生きて候（そうろう）　上

本多正信の次男・政重の武辺

安部龍太郎

朝日文庫

本書は二〇〇六年一月、集英社文庫より刊行されたものです。

生きて候　上●目次

下巻目次

生きて候　上

第一章　堪忍ならざる趣あり

一

雪が音もなく降っていた。

たっぷりと湿気をふくんだぼたん雪が、灰色の空から玉のすだれとなって真っ直ぐに降り落ちてくる。

明け方から降りつづく雪に、江戸城の西北にある火除け地は白一色におおわれていた。

城下の火事が城に飛び火することを防ぐためのもので、日頃は江戸城築城のための資材置場や、出陣前の馬揃えの場として利用されていた。

五百メートル四方もあるこの広大な空地で、二人の鎧武者が決闘の時を待っていた。

黒い当世具足をまとい漆黒の馬にまたがっているのは、倉橋長五郎政重。

勇猛をもって鳴る徳川家御先手組の中でも、槍を取っては一、二を争う剛の者である。

一文字眉はきりりと濃く、大きな目は眉尻まで裂け、鼻筋は太く通って、いかにも利かん気の強そうな面魂で、片鎌槍を無造作に右肩に荷いでいた。

対する相手は赤一色の具足を着込み、肩の高さにぴたりと鉄砲を構えている。

同じ御先手組の中でも鉄砲の名手として名高い葛西主膳。その後ろには、筒持ちが玉を込めた鉄砲を持って控えていた。

二人は東西に分れ、百メートルの距離をおいて向かい合っている。

北側には槍組の、南側には鉄砲組の者が出て検分役をつとめていた。

二人の中間には槍組の中里十四郎が、けら首に黄色い布を結びつけた槍を伏せて控えていた。

政重の盟友で、決闘の始まりを告げる立会人を買って出たのである。

黄色の布は伏兵に気付いた時の御先手組の合図で、雪の中でも鮮やかに映えるようにうこんで染めた特別の旗を用いていた。

政重が主膳と決闘に及ぶことになったのは、茶屋でのささいな口論が原因だった。

数日前、槍組の者たち数人が飲みにくり出し、鉄砲組の者たちと同席することになった。

同じ御先手組なので初めは和気藹々（わきあいあい）と酒を酌（く）んでいたが、酔いが回るにつれて戦場（いくさば）での手柄話を競い合うようになった。

そのうちに槍と鉄砲ではどちらが強いかという話になり、議論が白熱した末に乱闘になった。身内なので刀にこそ手をかけなかったが、十人ばかりが入り乱れての殴り合いになり、槍組の者たちが圧勝した。

これを聞いて、鉄砲組の者たちがいきり立った。

面目（めんぼく）を潰（つぶ）されたまま引き下がっては鉄砲組の沽券（こけん）にかかわると、槍と鉄砲とどちらが強いか決闘で決着をつけようと申し入れてきた。

互いに一人ずつ代表者を出し、武辺道（ぶへんどう）の意地をかけて渡り合おうではないかというのだが、これには槍組の者たちが二の足を踏んだ。

一対一の戦いにおいては、槍より鉄砲の方が有利に決まっている。しかも鉄砲組からは名人主膳が出ると聞いて多くの者が顔色を失った。

だが、ここで逃げては槍組の面目は丸潰れになる。

そこで組頭（くみがしら）たちが額を集めて相談し、政重に白羽（しらは）の矢を立てたのだった。

条件は戦場同然。たとえ討ち果たされても遺恨を残さぬという厳しいものだが、政重は進んでこれに応じた。

雪は降りつづいている。

政重は愛馬の大黒にまたがり、合図の旗が上がるのを待っていた。頭形兜を目深にかぶり、烏天狗の面頰をつけている。桶側胴の鎧には、戦場で受けた鉄砲玉のへこみの跡が点々と残っていた。

大黒にも鉄の馬面をつけている。胴体を守るために馬鎧をつけた方がいいと勧める者もいたが、いつものように鞍をつけただけだった。

「なあ大黒、戦は強い方が勝つんだ」

たてがみに積もった雪を払いながら語りかけると、大黒がぶるっとひとつ胴震いした。

背丈が百六十センチちかい大柄の馬で、戦場では敵の馬の首筋に喰らいつくほど気性が荒い。

だが政重にだけは従順で、指笛ひとつでどこからでも飛んでくるほどだった。

近くの寺で申の刻を告げる鐘が鳴った。

重く響く音が雪のすだれをついて聞こえてくる。

その余韻が終らないうちに、立会人の十四郎が六メートル余の長槍を起こした。
色鮮やかな黄色の旗が雪の中にひるがえった。
政重は鐙を蹴った。
大黒はたてがみをふわっと風に浮かせて疾走を始めた。
政重は手綱を取っていない。
だが大黒は政重の意図を背中で察し、主膳に向かって真っしぐらに突き進んだ。
百メートルの距離なら、七つ数える間に走り抜ける。
政重は胸の中で拍子を取りながら、左手で鞍の前輪をつかんで身を伏せた。
（一、二、三）
そこで一発目の銃声が上がった。
玉は大黒の馬面に当たって鋭い金属音を立てた。
政重は身を起こした。
主膳は筒持ちから鉄砲を受け取って素早く構えた。
その間にも大黒はひるむことなく突き進んでいる。
政重は再び身を伏せ、片鎌槍の柄を大黒の馬面につけるようにして前に突き出した。
（四、五、六）

二人の距離が二十メートルばかりに詰まった時、主膳は大きく横に動いて二発目を放った。

大黒の耳をかすめた玉は政重の肩口に命中したが、鉄の下に革を張った鎧を貫くことはできなかった。

政重は片鎌槍を大車輪にふり回し、兜をねらって真っ向から振り下ろした。

主膳は政重が槍を振り上げた瞬間、鉄砲の銃身ではね上げる構えを取った。

政重は右腕で外回りの車輪を描いているのだから、打ち込みは兜の左側に入るはずである。

そう見切って穂先を払おうとしたが、政重の槍は右側から落ちてきた。

強靭（きょうじん）な腕力と手首の柔らかさを生かして、槍の回転方向とは逆に振り下ろしたのである。

主膳は右から左へなぎ払われ、信じられない表情をしたまま気を失った。

「この勝負、倉橋どのの勝ちにござる」

十四郎が判定を下すと、槍組の者たちがどっと歓声を上げて政重を取り囲んだ。

「長五郎、よくやった」

「お主（ぬし）の鬼落とし、久々に見せてもらったぞ」

兜や鎧を叩いて手荒く祝福する。

鬼落としとは、大車輪からくり出す政重の変幻自在な一撃に冠せられた名だった。

この技にかかっては鬼でさえ命を落とすからだという者と、槍をふるう政重の形相が鬼のようだからだという者がいる。

いずれにしても、いまだに誰も破ったことのない政重入魂の一撃だった。

今夜は飲むぞと気勢をあげる仲間たちに囲まれて引き上げていると、早馬が雪を蹴立てて駆け込んできた。

「長五郎さま、至急屋敷にお戻り下されませ」

倉橋家の家臣が白い息を吐きながら告げた。

早駆けで汗をかいたのか、馬の体からも白い湯気が上がっていた。

「何事じゃ」

「長右衛門さまが倒れられ、明日をも知れぬご容体でございます」

「親父どのが……、いつのことじゃ」

「昨夜でございます。方々に使いを出しましたが、行方が知れなかったので」

聞くなり政重は大黒に飛び乗り、屋敷までの十二キロの道を息もつかせずに駆け通した。

倉橋長右衛門は政重の養父で、御先手組にあって槍奉行をつとめている。七歳の時に倉橋家の養子となって以来、政重が父とも師とも仰いできた古武者だった。

屋敷も雪におおわれていたが、表門から玄関へとつづく道は見舞いの客にそなえて掃き清めてあった。

政重は裏門に回り、馬屋の中で手早く鎧と兜を脱いだ。身内の争いは厳禁されている。決闘してきたと知られるわけにはいかなかった。

長右衛門は奥座敷の床の間の前に横たわっていた。

昨夜夕食を終えた後に、厠に立とうとして倒れたという。そのまま意識が戻らず、生死の境をさまよっているのだった。

座敷の床の間には、長右衛門が長年愛用した黒ずくめの鎧が守り本尊のように置かれている。枕辺には家族や親族が集まり、心労と徹夜の看病に憔悴しきった顔で容体を見守っていた。

「長五郎どの、こちらへ」

長十郎が手招きをした。

倉橋家の嫡男だが、本多家から養子に来た政重に対して常に臣下の礼を取っていた。

政重は枕辺に座り、養父の病にやつれた顔をのぞき込んだ。

先陣に倉橋長右衛門ありと聞けば、武田(たけだ)の騎馬軍団でさえ突撃をためらったほどの剛の者である。

禅の素養も深く、書も一流の域に達している。

だが、伏兵にでも会ったように急な病に倒れ、六十二歳を一期(いちご)として臨終の時を迎えようとしていた。

「もはやお命は旦夕(たんせき)に迫っております。僧侶(そうりょ)をお呼びになりますように」

脈を取っていた医師が告げた。

長右衛門の急病を知った家康(いえやす)が、今朝方(けさがた)つかわした名医である。その言葉は親族たちのかすかな望みを無残に断ち切った。

突然、すすり泣きの声が上がった。

五年前に他家に嫁(とつ)いだ長女が、泣きはらした目を押さえて肩を震わせている。

それにつられて長十郎の妻や幼い娘たちまでが泣きだした。

政重の背筋に寒気が走り、全身に鳥肌が立った。

子供の泣き声だけはたまらない。無垢(むく)の嘆きを天に訴えるようないたいけない声を聞くと、物狂おしさに胸をかきむしられてじっとしていられなくなった。

「御免」

政重はあわただしく席を立ち、ぶ厚い雪におおわれた裏庭に出た。上着を脱ぎ捨てて白小袖一枚になり、長右衛門の回復を願って水垢離を取った。

七つの時にこの家の養子となって以来、苦労や心配ばかりかけてきた。それなのにまだ何ひとつ恩返しをしていないのである。

このままみまかるようなら、腹を切って殉じるしかない。政重は一途にそう思い詰め、撥ね釣瓶を使う間ももどかしく頭から水を叩きつけた。

十杯ばかりも水をあびると、結跏趺坐して知らせを待った。

ずぶ濡れの体を冷たい風がなぶっていくが、少しも寒いとは思わない。今なら腹に刃を突き立てても、痛みなど感じない気がした。

井戸端の梅の古木が、雪におおわれていた。

枝をへし折るほどの雪に包まれながら、粘り強く耐え抜いている。

梅雨時になると毎年大ぶりの実をつけるので、家族総出で梅干を作るのが倉橋家の年中行事になっていた。

大きな笊に広げて天日に干し、塩漬けにした紫蘇の中に漬け込んでいく。

梅の干し具合と塩加減は、いつも長右衛門が厳しく吟味したものだ。

その頃の元気な姿が、鮮やかによみがえった。

「長五郎どの」

長十郎が呼びに来た。

「父上の意識が戻りました。話をしたいと申しております」

「切所（せっしょ）は……、病の峠は越えたのですね」

「多くは望めませぬ。お早く」

長十郎に背中を押され、政重は脇差（わきざし）を引っつかんで寝所に駆けつけた。

枕辺には親族たちがひざを詰め、案じ顔でのぞき込んでいる。

政重はざんばら髪のまま、白小袖の裾から水をしたたらせながらその中に割り込んだ。

「馬鹿な真似を」

長右衛門が弱々しくつぶやき、かすかに笑った。

政重を一目見ただけで、何をするつもりか察したのである。

「井戸端の梅も、この雪に難儀しておろうな」

「ご安心下され。親父どののように強うございます」

「この寒さじゃ。今年はさぞよい実をつけるであろう」

梅干を作っていた頃に思いを馳（は）せたのか、長右衛門が遠くをのぞむ目をした。

丸くふくよかだった顔はやせ衰えているが、自慢のひげは今も黒々とあごをおおっていた。

「そちにひとつ、言っておかねばならぬ」

長十郎の手を借りて上体を起こした。

意識を取り戻しただけでも奇跡的だと医者が驚いているのに、苦痛の色さえ浮かべることなく夜具の上に端然とあぐらをかいた。

政重はいつものように神妙に姿勢を正した。

「命というものは、父母から授かった宝じゃ。その宝を美しく使い切ることこそ、孝道の第一と知れ」

「美しく使い切るには、どうすればよいのでしょうか」

「人によってちがう。そちにはそちのやり方があるはずじゃ」

そう言われても、二十三歳の政重には分らなかった。

これまでは親父どののように生きたいと願い、教えられるままに兵法や禅の修行に打ち込んできた。

それだけでは足りないということだろうか……。

「このこと、蔵人（くらんど）にも伝えておけ。生き急いでも、死に急いでもならぬ」

長右衛門は政重を真っ直ぐに見据えると、満足気に目を閉じた。

参禅の時のようにどっしりと座り、深い物思いにふけっているようである。

政重は息を呑んで次の言葉を待った。今にも肺腑をえぐるような鋭い一言が口をつくと思ったが、長右衛門は静まったままだった。

「親父どの……」

政重は長右衛門の肩に触れようとして、すでに息絶えていることに気付いた。

まるで高僧が入滅するようにおだやかに息を引き取っていた。

時に慶長元年（一五九六）十二月十四日。

明け方から降りつづいた雪はいつの間にか上がり、西の空は落ちかかる夕陽に鮮やかに染められていた。


通夜の焼香を終えて離れに戻ると、戸田蔵人が待っていた。

初陣以来戦を共にしてきた盟友で、長右衛門を師とあおぐ同志である。恩師危篤と聞き、城番としておもむいていた八王子城から馬を飛ばして駆けつけたのだった。

蔵人も肩の張った大きな体を白装束に包んでいた。

「後を追うかね」

太い指で鼻毛を抜きながら事もなげに言った。

鼻毛を抜くのは所在ない時の癖で、だんご鼻の穴のまわりが霜焼けしたように赤くなっていた。

「死に急いでも生き急いでもならぬと申された。蔵人にも伝えておけとな」

「座したまま逝かれたそうだな」

「戦場で立ったまま往生するような、見事な最期だった」

政重は体の温みで乾きかけた小袖を脱ぎ、真新しい物に着替えた。

木綿の温かい感触に包まれると、張り詰めていた心の糸がぷつりと切れ、胸の底から熱い哀しみが突き上げてきた。

これまで何度か親父どのに助けられたことがある。

血気にはやって敵中深く突き進み、身方から孤立していることを知って慄然としていると、どこからともなく満月の前立てをきらめかせて駆けつけてくれたものだ。

もう二度とあの勇姿を見られないのだと思うと、腹に力が入らないような喪失感にとらわれた。

政重はその場に座り込み、ひざ頭を握りしめて泣いた。

皆の前では押し殺していた感情が噴き出し、どうしようもなく哀しかった。

蔵人は見ぬふりを決め込んでいたが、充分に泣いた頃合いを見計らって五升は入りそうな酒樽を差し出した。

「水盃では味気ないからな。追腹を切る時には酌み交わそうと思って持参した」

「有難い。いつになく気が利くではないか」

政重は憎まれ口を叩いて照れ臭さをまぎらわした。

「殉じることが出来ぬのなら、酒でも呑んで陽気に送るしかあるまい」

二人は黙々と酒を酌み交わしたが、酔いが回るにつれていつの間にか長右衛門の思い出話になった。

岡崎以来の譜代の家臣でありながら、御先手槍組をひきいて常に最前線で戦いつづけた武将である。

戦場に出ること三十数度。

身方を鼓舞して真っ先に白兵戦を挑み、利あらずして退き色になった時にも槍ぶすまを組んで殿軍をつとめた。

前線にまだ倉橋長右衛門が踏み留まっていると聞けば、崩れかけた軍勢が勇を鼓して取って返したものだ。

家康はその働きを賞して二千石の旗本に取り立てようとしたが、長右衛門は五百石以上の加増は身に余ると固辞し、前線に立ちつづけた。

人には分に合った生き方がある。梅には梅の花が咲き、桃には桃の花が咲く。分を超えた生き方をすれば、他人も自分も不幸になるばかりだ。

それが口ぐせで、信じた通りの生き方をまっとうした。戦国の世にはまれな律儀者だった。

「要するに倉橋どのは戦場が好きだったのだ。それゆえ地位も所領も眼中になかったのであろう」

蔵人は黒塗りの椀で水のように酒を呑んだ。

三升呑んでも鬼瓦のような顔には酔いの気色さえ表わさぬ。死神さえ逃げていきそうな不敵な奴だった。

「そうではあるまい。槍奉行を天職と心得ておられたのだ」

「好きだから天職と心得る。同じことではないか」

「天職とは好きで得られるものではない。己を知って、初めて得られるのだ」

そう考えるところが政重と蔵人の気質のちがいであり、長右衛門と接した密度の差でもあった。

「ならば、長五郎、お前の天職は何だ」

「分らぬ。親父どのは与えられた命を美しく使い切れと申されたが……」

「そらみろ。美しく使い切るとは、心のままに生きることだ。わしもこの命を的に、万石取りの大名にのし上がってみせる。それが倉橋どのの教えに報いる道なのだ」

それも少しちがう気がしたが、政重は反論しようとはしなかった。

「ご無礼をいたします」

ふすまが音もなく開き、花模様の小袖を着た絹江が現われた。

黒目がちの勝気な目をした娘で、引き締ったしなやかな体付きをしている。動作もきびきびとして、武辺者の前でも少しも臆したところがなかった。

「これは倉橋さまご秘蔵の品でございます。長十郎さまからお届けせよと申しつかりましたので」

お盆に載せた小さな壺を差し出した。

袖口から伸びたほっそりとした指に、清楚な色気がただよっている。

その指に触れられ大きな瞳に見つめられたなら、どんな男も我を忘れて夢中になるだろうが、絹江は決して心を動かしたりはするまい。そんな感じを抱かせる、近寄り難い雰囲気があった。

「何でしょうか」

「五年ものの梅干でございます」

「おい、この方は」

蔵人が絹江を無遠慮にながめた。

「岡部庄八どのの妹御だ。義妹の加代と親しくしていただいている」

「それがしは戸田蔵人、倉橋どのの弟子にして長五郎の悪友でござる」

「絹江と申します」

「ここでお目にかかったのも、師のお引き合わせでしょう。一献お付き合いいただけませぬか」

調子のいいことを言って誘ったが、

「せっかくですが、加代どのがひどく気落ちしておられますので、急いで戻りませぬと」

絹江はそつなくかわして引き下がった。

「空恐ろしいほどの美人だが、取りつく島もない素っ気なさだな」

「おぬしのギラつく目を見たなら、たいがいの女子はひるむだろうさ」

「無礼を申すな。近頃岡部どのの名を聞くことが多いゆえ、妹御とはどんなお方か知りたかっただけだ」

岡部庄八は徳川秀忠の近習で三千石を食んでいる。戦場では常に秀忠の側に控えて警固に当たる剛の者だが、昨年以来戸田家とは折合いが悪かった。

蔵人の父が庄八の加増について異をとなえたことが原因だと噂されていたが、政重も詳しいことは知らなかった。

「その後も岡部とは悪いのか」

「父上のことゆえわしは知らぬが、あのような妹がおるのなら仲良うしてもらいたいものだ。ここにはよく訪ねて来られるのか」

「加代が通っている道場の師範だそうだ。稽古帰りに時々立ち寄っていかれる」

義妹の加代は天道流薙刀術を学んでいる。絹江は加代と同じ十七歳だが、すでに免許皆伝を許されたほどの手練だった。

「長五郎、目当てはおぬしではあるまいな」

「何が」

「将を射んとすれば何とやらだ。お加代どのにかこつけて、おぬしに会いに来ているのかも知れぬぞ」

「まさか、悪い冗談はよしてくれ」

「そんな気は、ないと申すか」

「ああ、当たり前だ」

「ならばわしが頂くとしよう。一番槍をつけても文句は言わせぬからな」

蔵人が真顔で言って酒をあおった。

差し入れの梅干を肴に五升の酒を呑み尽くした頃、本多佐渡守正信がふらりと訪ねて来た。

「秘蔵の梅があると聞いたのでな。わしも仲間に入れてくれ」

手みやげの酒をとんと置いてあぐらをかいた。

家康の知恵袋と言われる切れ者で、政重の実の父である。

政重を養子に出したのは十六年も前のことだが、その理由について語ったことは一度もない。こうして訪ねて来るのも初めてのことだった。

二

長右衛門の葬儀は、小田原から移転したばかりの浄土宗誓願寺で行なわれた。

北条氏の権勢華やかなりし頃に建てられた古色蒼然たる寺は、古武士の生き方を貫いた長右衛門を送るにふさわしい威厳に満ちていた。

境内には家康直々の指示で葵の幔幕が張りめぐらしてある。弔問客も五百石の旗本とは思えないほど多かった。

江戸詰めの重臣たちは言うに及ばず、上野館林城主となった榊原康政、箕輪城主の井伊直政、上総大多喜城主の本多忠勝など、徳川四天王と呼ばれた歴戦の武将たちが、使者をつかわして長右衛門の死を悼んだ。

喪主の一人として本堂に詰めていた政重は、改めて親父どのの偉大さを見せつけられた思いだった。

人は利欲に走ってはならぬ。見事に生き、惜しまれて死ね。

常に口にしていた通りの生き方を貫いたことを、死してなお鮮やかに証明してみせたのだ。

（敵わぬなあ。親父どの）

政重は不覚にも涙ぐみそうになったが、驚くのはまだ早かった。

午後になると、家康自身が弔問に訪れたのである。

ずん胴の小柄な体を南蛮具足に包み、百人ばかりの鉄砲隊をひき連れていた。

形通り焼香を終えると、家康は鉄砲隊を西に向けて一列に配した。

「長右衛門、冥途の先陣を申し付ける。地獄の鬼どもを斬り従えて、後からゆく我らを迎えよ」

家康は空に向かって大音声に叫ばわり、日の丸の軍扇をひと振りした。

選りすぐりの鉄砲衆が、つるべ撃ちに空砲を放った。

境内に銃声がこだまし、硝煙の匂いと煙がただよった。

武人を送るにこれ以上は望めぬほどの、心憎い配慮である。しかも自ら指揮を執ったところに、家康の並々ならぬ思いが表われていた。

「そちが長五郎か」

家康は急にふり返って声をかけた。

政重は境内に走り下り、片膝をついて控えた。

「武辺のほどは聞き及んでおる。長右衛門は逝ったが、佐渡守は健在じゃ。親孝行をするがよい」

家康は日の丸の軍扇をはらりと閉じ、近習筆頭の本多正純一人を残して引き上げた。

母こそ違うが、政重にとっては九歳上の兄である。

「余人を交えず話がしたい。席をもうけてくれ」

「ならば、こちらに」

政重は本堂裏の中庭に案内した。

まだ作庭中で、百坪ばかりの敷地の真ん中に池を掘っている。池には中の島を作り、石の橋のかわりに丸木橋を渡してあった。政重は正純を中の島に案内した。三メートルほどの高さがあるので、四方から丸見えである。しかも冷たい北風に吹きさらされていた。

「世間話をしに来たのではない。まともな部屋に案内せよ」

正純は不快そうに吐き捨てた。兄弟とはいえ共に暮らしたことは一度もない。何度か顔を合わせたくらいで、顔立ちも気性もまったく違っていた。

「本堂にも庫裏にも、空いている部屋はありません。それに二人だけで部屋にこもっては、倉橋家の方々に礼を欠くことになります」

政重は初めて会った時から正純が苦手だった。端整すぎる顔立ちをしている上に、役者のように洗練された立居振舞いをするので、こちらもつい隙を見せまいと身構えてしまう。

その上何かと差し出がましいことを言うので、二人で向き合っていると気詰りでならなかった。

「そちは本多家に復することを断わったそうだな」

政重の気持を察したのか、正純はいきなり本題に入った。

「断わりました」

「何ゆえじゃ」

「理由はすでに、佐渡守どのに申し上げました」

通夜の日に正信から戻って来いと言われた時、政重は即座に断わった。

物心ついた頃から倉橋家で育てられ、長右衛門の薫陶を受けて人となった。それゆえ倉橋家の人間として生きたかった。

「侍の意地か。それとも養子に出された恨みか」

「親父どのの教えです」

「倉橋どのはそちを本多家に戻すつもりでおられた。十六年前に預かった時に、父上とそのように約束しておられたのだ。それゆえ家督にしようともなさらなかった」

「私は倉橋長五郎政重です。そのことに誇りを持っております」

「たかが五百石の次男坊で終るつもりか」

「ええ。いけませんか」

眉尻まで裂けた政重の目に殺気が走った。

親父どのが命をかけて守り通した家を侮辱されては、実の兄とはいえ許すわけにはいかなかった。

「一介の武士ならそれでも良かろう。だがそちは本多の血をうけた者じゃ。父上を助け、主家のため天下のために働かねばならぬ」

「………………」

「関東入封後六年が過ぎ、ようやく領国経営の目途が立ってきた。だが父上や私のやり方を快く思わぬ輩も多い。徳川家百年の礎を築けるかどうかの正念場なのだ」

正純が一通の書状を差し出した。

本多家に復縁するという届け書で、倉橋長十郎も同意の署名をしている。後は政重が署名するばかりだった。

「復縁が成れば、大殿もしかるべき所領と地位を与えるとおおせじゃ。本多家に復し、我らと共に働いてくれ」

正純は政重の肩を軽く叩いて立ち去ろうとしたが、丸木橋の前で足を止めた。

「役職は大番頭、所領は豆州韮山に一万石じゃ。それだけの値打ちが、そちにはあるのだ」

さりげなくつぶやくと、能役者のように乱れのない足取りで丸木橋を渡っていった。

正純の言葉通り、江戸はようやく徳川二百五十万石の城下町らしい体裁を整えつつあった。

徳川家康が関八州の太守として江戸に入城したのは天正十八年（一五九〇）八月一日。豊臣秀吉の小田原征伐によって北条氏が滅びた後のことである。

以来七年、徳川家では総力を上げて領国経営の整備を進め、城下町の建設に全力を注いでいた。

関東各地の主要な城に譜代の重臣を配し、江戸城の建設に着手し、家臣団の屋敷割りを行ない、三河や遠江から商人や職人を呼び寄せて定住させた。

江戸湾ぞいの低湿地には堀をうがって舟運の便をうながし、飲用水を確保するために神田上水を引き、荒川には長さ百三十メートルもの千住大橋を架けた。

町屋や堀の建設は今も盛んに行なわれ、槌音の響かぬ日と土埃の舞わぬ日はないほどの活況を呈していたが、浜松や駿府に比べればまだまだ広いだけの片田舎である。

道行く者も男ばかりで、互いに肩ひじ張って威勢を競うので、喧嘩沙汰や争い事が絶えなかった。

人が集まれば、遊興の場所も出来る。

道三堀にかかる銭瓶橋のちかくに建てられた風呂屋もそのひとつだった。

伊勢与市という者が始めたもので、入浴料が永楽銭一文だったので銭湯と呼ばれた。

良質の水が得難い江戸では、町屋ばかりか旅籠にさえ風呂がない。後に六百余軒を数える市中の風呂屋の嚆矢が、この与市風呂だった。

政重はこの銭湯に病みつきになり、三日に一度は通っていた。

石榴口と呼ばれる低い戸口をくぐって中に入ると、薄暗い部屋に熱い湯気が濛々と立ちこめている。この頃にはまだ湯船はなく、床の簀子から湯気を送り込む蒸し風呂を用いていた。

熱すぎる、息が詰まる、湯気で目も開けられぬ。

慣れない者はそう言って騒いでいるが、小袖をまとい頭に手ぬぐいをかぶって入ると、これほど心地いいものはなかった。

葬儀の日に正純に言われたことが、半月ちかくたっても政重の脳裡にこびりついていた。

大番頭の地位や一万石の所領が欲しいわけではない。正純が言うように天下国家のために働きたいとも思わない。

ただ、正信や正純が窮地におちいっていることを知っているだけに、黙って見過ごすわけにはいかない気がしていた。

徳川家臣団の中での二人の孤立は深刻だった。

さしたる戦功もないのに家康に重用されて威をふるうことを、徳川四天王をはじめとする武断派の重臣たちが快く思っていないからだ。榊原康政は正信を「腸腐れ」とののしり、本多忠勝は「佐渡の腰抜け」と罵倒してはばからない。

それでも家康が正信に絶大の信頼を寄せているのは、領国経営や城下町の整備のためには、武断派より正信のような文治の才ある者が必要だからである。

関東入封後に四天王が四辺の領主として遠ざけられ、正信だけが側近として残ったことが、両者の力関係を如実に表わしていた。

だが四天王も黙って引き下がったわけではない。徳川秀忠付きの老職となった大久保忠隣に働きかけて、本多父子を追い落とそうと躍起になっていた。

そうした中にあって、政重に対する武断派の評価は高かった。

小牧・長久手の合戦に前髪姿で参陣し、わずか五十の手勢をひきいて森長可の軍勢に挑みかかったことは、今でも語り草になっている。

それ以後も常に長右衛門と共に最前線で戦い、敵に後ろを見せたことは一度もない。家中でも五本の指に入るほどの槍の名手で、身方ばかりか敵将までが惚れ惚れとするような戦をする。

今もし政重が本多家に復すれば、武断派重臣の反感を和らげることが出来る。正信や正純が復縁を迫るのは、そう考えてのことだった。

四半刻ばかりも入っていると、湯気と汗で小袖がぐしょ濡れになった。

若くしなやかな筋肉におおわれた体に、小袖が薄膜となってぴたりと張りついている。内と外の定かならぬようなこの感覚と、外に出て冷水をあびる時の壮快感がたまらなかった。

石榴口から出ようとすると、三人連れが横に広がって入ってきた。

右端の小太りの武士とすれ違う時、相手が差した朱鞘の脇差が腰に当たった。

「貴様、無礼であろう」

鞘当てに来たと思ったのか、喧嘩腰で詰め寄ってきた。

鍾馗のように猛々しいひげを生やした三十ばかりの男である。

「失礼、こんな所にまで腰の物をつけた御仁がいるとは思わなかったものですから」

「いかなる時にも備えを忘れぬのが武士たる者の心得じゃ。覚えておけ」

「どうやら銭湯に入るのは初めてのようですね」

「何だと」

「この湯気の中に刀を持ち込めば、中子が腐って戦場で不覚を取るおそれがあります。だから帳場に預ける決まりになっているのです」

「若僧が、利いた風なことを吐かしおって」

目にもの見せてくれるとばかりに鍾馗ひげが脇差の柄に手をかけた。

相手が抜くより早く、政重が鞘尻をつかんで後ろに抜いたからたまらない。鍾馗ひげは抜身の刀で腰紐を切り、小袖の前がはらりと開いた。

「おい、よせ」

仲間の一人が男に何やら耳打ちした。

薄暗い上に湯気がこもっているので、はっきりと確かめることは出来なかったが、どこかで見たことのある油断のならない目をした男だった。

「ご無礼をいたしました。腰の物は帳場に預けて参りましょう」

妙に低姿勢で鞘を受け取り、逃げるように外へ出て行った。

風呂の外には座敷があった。

ここで酒と肴を出してくれるので、休憩所や社交場になっている。非番らしい武士や仕事明けの職人たちが三々五々と酒を酌み交わしていた。

政重も冷やで一杯傾けていると、隣の席から話し声が聞こえた。

昨夜、戸田蔵人の父帯刀が喧嘩沙汰で落命した。相手は馬廻役の岡部庄八で、前々から遺恨の筋があったという。

切れ切れの会話からそれだけを聞き取ると、政重は風呂屋を飛び出して番町に向かった。

番町は江戸城の西北にある大番組が住む屋敷町である。家康は直属の旗本からなる大番組を、城の防備の弱いこの方面に住まわせて敵の攻撃に備えたのだった。

蔵人の屋敷は五番町にあった。

父帯刀が大番組五番隊に属していたからだが、帯刀自身は合戦よりも計数に明るく、本多正純のもとで領国の管理や年貢の収納に当たっていた。

屋敷の門はぴたりと閉ざされていた。

当主が私闘の末に討ち取られるなど不覚悟の極みなので、謹慎して上からの沙汰を待っていたのである。

裏の通用口もびくともしない。

（まさか……）

政重の胸に不吉な予感がよぎった。

一家そろって自決したのではないかという不安に駆られ、築地塀を乗り越えて中に入った。

蔵人の部屋とおぼしきあたりに飛び下りると、ふすまが開いて本人が顔を出した。左手には九十センチばかりの長刀を下げている。

「間者（かんじゃ）でも忍び込んだかと思ったが、とんだ見込みちがいだ」

残念そうに口をとがらせている。急な変事に取り乱した様子は少しもなかった。

「いつ戻った」

「今朝だ。家の者から早馬で知らせがあった」

「喧嘩沙汰と聞いたが」

「茶屋で行き会い、口論になったらしい。父上は酔っておられなかったらしいが、依怙（えこ）の沙汰をするとなじられて度を失われたようだ。岡部どのと父上とでは、勝負になるまい」

岡部庄八は大番組の中でも蔵人と並ぶ剣の達人である。しかも三十三歳という男盛りで、初老にさしかかった帯刀が敵う相手ではなかった。

それを承知で抜き合ったのは、引き下がっては体面が保てぬほどひどい侮辱を受けたからだった。

「岡部どのは、昨年の恩賞に漏れたのは父が讒言（ざんげん）したせいだと公言しておられた。初めから斬るつもりで仕掛けられたとしか思えぬ」

「これから、どうする」

「武士の喧嘩は両成敗(りょうせいばい)だ。岡部どのにもしかるべき処罰をしていただく。それが成らぬ時は、果たし合いを挑むしかあるまい」

蔵人は事もなげに鼻毛を抜いていた。

戦場で数々の修羅場(しゅらば)をくぐり抜けているだけに、何があっても動じない肝太(きもぶと)さを身につけていた。

三

外堀にかけられた木橋を渡り、西の丸大手門をくぐると、警固の兵に訊問(じんもん)を受けた。

「倉橋長五郎政重、本多佐渡守どのに所用があって参上いたした」

名乗りを上げると、中仕切り門の前でしばらく待たされた。

江戸城西の丸は、本丸南側の守りを固めるために家康が入封後に築いた新しい曲輪(くるわ)である。縄張りの広さと堀の深さは大坂城にも劣らぬが、殿舎や櫓(やぐら)の造りは質素なものだった。

「お待たせいたしました。それがしは佐渡守さまの用人、矢野左馬助(やのさまのすけ)と申す者でござる」

政重と同じ年頃の武士が、西の丸へと案内した。

本多正信の屋敷は西の丸御殿のすぐ側にあった。家康が政務を執るために造った御殿に寄り添うように、百メートル四方の屋敷を与えられていた。

案内されたのは庭に面した書院だった。

正信が居間がわりに使っているらしく、文机(ふづくえ)の側には書類がうずたかく積み上げてあった。

「佐渡守さまは来客中でございます。しばらくお待ち下されませ」

政重の素姓を知っているのか、矢野の態度はひどく丁重だった。

「戸田蔵人のことで、お願いの儀があって参上いたしました。そのようにお伝え下さい」

正信には近付くまいという禁を破って訪ねたのは、戸田帯刀の事件が容易ならざる成り行きになっていたからだ。

蔵人は喧嘩両成敗の定法(じょうほう)に従って岡部庄八を処罰するか、庄八との果たし合いを認めるように大番頭(おおばんがしら)に申し入れたが、訴えはことごとく却下された。

それどころか、帯刀が賄賂を取って政務に手心を加えていたとして、所領没収と江戸追放の処分が下されたのである。

これは岡部庄八を庇うためのでっち上げとしか思えなかった。

庄八は徳川秀忠の乳兄弟であり、近習としての信任も厚い。喧嘩両成敗の処罰をまぬがれるために、帯刀に非があると決めつけたにちがいない。

帯刀の不正を訴える者がいて証拠の品もそろっていると発表されたが、誰が訴え、どんな証拠があるのかは公表されないままだった。

これを不服とした蔵人は、君命とはいえ不義の決定に従うことは出来ぬと、一族郎党百余人を集めて屋敷に立て籠っていた。

このままでは誅伐の命令が下り、蔵人らは屋敷を枕に討死することになりかねない。政重はそれを避けるために、正信の助力を乞いに来たのだった。

書院の床の間には「厭離穢土欣求浄土」と大書した軸がかけられ、阿弥陀如来の木像が安置してあった。

若い頃に一向一揆に身を投じ、十数年間織田信長の軍勢と戦いつづけた正信は、今でもこれらの品を手離さない。厭離穢土の文言は、徳川軍の幟旗に用いているほどだった。

政重はふと黒くすすけた阿弥陀如来像に目を惹かれた。

高さ二尺ばかりで、丸顔で肩が盛り上がった素朴な造りである。半眼に開いた目は慈愛に満ち、口元にはあどけない笑みをたたえている。

(はて、どこかで……)

見た記憶が確かにある。

広々とした板の間にこの像が安置され、何百人もの信者たちが念仏をとなえている光景が脳裡によみがえったが、どこでの出来事なのか思い出せなかった。

「待たせたな」

四半刻ほどして正信が現われた。

鼻筋の太く通った不敵な面構えは、六十歳になっても少しも変わらない。誰が見ても父子と分るほど、二人はよく似ていた。

「ご多忙のところ、申し訳ございませぬ」

「酒でも呑むか」

「いえ、ゆっくりしてはいられませぬので」

「まあ付き合え。上方では朝鮮再征の軍を起こすことになり、我らも近々上洛せねばならぬ。その仕度に追われて、席の温まる暇もない」

慶長の役が始まったのだ。

文禄の役の後、明国との和平交渉を進めていた豊臣秀吉は、明皇帝が提示した和議の条件を不服として、再び戦を始めることにしたのである。

「先陣の西国勢は、すでに肥前の名護屋城を発した頃であろう。こたびは太閤殿下も渡海され、陣頭に立って指揮をとられるそうだ」

侍女が運んだ酒を、正信はいかにも旨そうに呑み干した。

朝鮮出兵で豊臣家と西国大名が力を使い果たせば、徳川家にも天下取りの機会がめぐってくる。頭の片隅でそんな算盤を弾いている顔だった。

「本日は戸田蔵人の一件で、お願いがあって参りました」

「矢野から聞いたが、わしの力ではどうにもならぬ」

「何ゆえでございましょうか」

「この一件は、大久保忠隣どのが裁量なされておる。秀忠公の意を受けてのことゆえ、大殿でさえ口出しを控えておられるのだ」

秀忠はそれほど岡部庄八に肩入れしているのである。正信としては、それに異を唱えて秀忠や忠隣との対立を激化させるわけにはいかないのだ。

「それでは蔵人の立場はどうなりますか」

「当家を致仕（ちし）すればよい。あれほどの男ゆえ、奉公先などいくらもあろう」

「父を殺されて、おめおめと引き下がれますか。このままでは蔵人は合戦に及びますよ」

「そうならぬように、戸田忠次（ただつぐ）どのに説得してもらっておる。忠次どのは本家に当たるゆえ、あの者も聞きわけてくれるであろう」

正信はしきりに酒を勧めたが、政重は口にしなかった。友が刻々と窮地に追い込まれているのに、酔ってなどいられなかった。

何も出来ぬと言いながら、正信は陰で動いてくれたらしい。西の丸を訪ねた二日後に、江戸城の評定所（ひょうじょうしょ）で事件の吟味が行なわれた。

岡部側からは大久保忠隣が、戸田側からは本多正純が立ち会い、戸田帯刀の不正を訴えた者の訊問と、岡部庄八からの聞き取りが行なわれた。

その結果、帯刀はこれまでにも何度か賄賂を受け取っていたことが明らかとなり、庄八には非がないことが改めて認められた。

しかも、帯刀の不正を訴えた者の氏名はついに公表されなかった。

公（おおやけ）にすれば戸田一門の恨みを買い、闇討（やみう）ちされるおそれがあるというのである。

この決定には不審を持つ者が多く、いろいろと不穏の噂が飛び交ったが、大久保忠隣と本多正純が立ち会って決めたことなので、正面きって異を唱えることは出来なかった。

一方、戸田忠次は懸命に蔵人の説得をつづけていた。

忠次は家康の股肱(ここう)の臣で、戸田本家の当主に当たるが、蔵人は一徹である。

忠次の労に報いるために一族郎党には暇を出したが、一人だけでも討死して父の無念を晴らしたいと頑張っていた。

その心意気に打たれたのか、十人ばかりの家臣が屋敷内に留まっている。上意によって討手(うって)が差し向けられるのは、時間の問題となっていた。

思い余った政重は、番町にある岡部庄八の屋敷を訪ねた。

門前には、具足を着込んだ三十人ばかりの兵が警固に当たっていた。槍だけではなく、火縄を点じた鉄砲まで用意する物々しさである。

蔵人の屋敷とは五町ばかりしか離れていないので、いつ討ち入られるか分らないと警戒しているのだ。

政重は組頭らしい足軽に氏名を告げ、庄八に会いたいと申し入れた。

玄関先まではすぐに通されたが、庄八は留守だった。今朝早く秀忠から呼び出しがあり、登城しているという。

「いつお戻りになられますか」

「急なお召しゆえ、我らにも確とは分り申さぬ」

応対に出た初老の家臣は、要領を得ない返答をくり返すばかりである。どうやら庄八の身を案じた秀忠が、事が落着するまで城内に避難させたようだった。

ならば留守役に会わせてくれと強談判に及んでいると、

「留守はわたくしが預かっております」

奥から絹江が現われた。

稽古用の袴をはき、白小袖にたすきをかけている。討ち入りがあったなら、薙刀を取って戦うつもりなのである。

「どのようなご用でございましょうか」

「岡部どのに御意を得たい」

「秀忠公のお召しによって登城しております」

「ならば留守役どのにお願いします。戸田帯刀どのに不正ありと訴えた者の氏名を教えていただきたい」

「存じませぬ」

「蔵人のことはお聞き及びでしょう。訴人の言が正しいと分れば、蔵人もこたびの仕置に納得するはずです」

「帯刀どのに不正があったことは、先日のご重職方の吟味で明らかとなりました。兄に不正を責められた帯刀どのは、逆上して刃傷に及ばれたと聞いております。今さら訴人の穿鑿をする必要はございますまい」

絹江は政重をひたと見据え、切り口上にまくし立てた。


戸田蔵人はたった一人で戦っていた。

本家の説得を容れて家臣全員を退去させたものの、自分だけは屋敷を枕に討死すると決し、討手となった本多正純の家臣たちと渡り合っていた。

その構えがもの凄い。

いつの間にか屋根の上に物見櫓を上げ、四方に鉄の板を張って防御を固め、二十梃の鉄砲を自在に使って撃ちかけてくる。

射撃の腕は正確無比なので、本多正純の家来たちも攻めあぐね、いたずらに死傷者を増すばかりだった。

櫓を家ごと焼き払ったらどうかという意見もあったが、蔵人はそれに備えて天井裏に火薬樽を仕掛けている。

爆発炎上したなら近所に飛び火し、高台に造られた番町すべてが火の海と化すおそれがあった。

ならば火薬樽を取りはずそうと天井裏にもぐり込もうとすると、頭上で二十梃の鉄砲が容赦なく火を噴いた。

かくなる上は長期戦に持ち込んで疲れを待つしかないと一決したが、蔵人は憎らしいほど頑丈で粘り強く、二日たっても三日たっても音(ね)を上げなかった。

蔵人の奮闘が長引くにつれて、正純はますます窮地に追い込まれていった。

武断派の重臣たちはここを先途(せんど)と正純の武人としての無力を責め立て、他の家臣たちも蔵人に同情を寄せ始めていた。

困り果てた正純が政重を訪ねて来たのは、蔵人の籠城(ろうじょう)四日目のことだった。

「そちはあの者と懇意であろう。何とかしろ」

焦燥(しょうそう)のあまり目が血走っていた。

「何とかしろとは、どういう意味ですか」

政重は内心蔵人の働きに快哉(かいさい)を叫んでいる。さすがは盟友だけのことはあると、差し入れでも届けてやりたい気分だった。

「説き伏せるか、討ち果たせ。そちが対の勝負を挑むと言えば、あの者も櫓から下りて来よう」

「勝手な言い草だな。こんなことになったのは、あなた方が訴人の名も明かさぬままに処罰されたからですよ」

「私は頼みに来ているのではない。大殿の名代として命じておるのだ」

「ご免こうむりましょう。大殿は親孝行をせよと命じられました。親父どのの服喪中に干戈を交えては孝道にもとりますから」

政重は蠅でも追うように追い返したが、正純は執拗だった。家督をついだ倉橋長十郎に、家康の朱印状をもって蔵人の討伐を命じたのである。

これに背いては養家にまで迷惑が及ぶ。政重も重い腰を上げるしかなくなった。

なごり雪が降りしきる二月晦日の夕刻、政重は黒一色の甲冑に身を包み、愛馬の大黒とともに出陣した。

右脇には三メートルの片鎌槍をたばさみ、体より大きな黄母衣を背負っている。

この出立ちを見ただけで、蔵人にもすぐに政重だと分るはずだった。

「これより蔵人に勝負を挑む。手出しは無用じゃ」

門前に群がる正純の家来を一喝して、屋敷に馬を乗り入れた。

途端に銃声がして、兜に衝動が走った。

蔵人が放った弾が、目庇に命中したのだ。何事も大雑把なくせに、鉄砲の腕前だけは嫌になるほど正確だった。

「蔵人、孤立無援の籠城をつづけても埒は明くまい。大殿直々の命により、この長五郎が引導を渡す。いざ尋常に勝負せよ」

四方に谺するほどの声で叫ぶと、蔵人がむっくりと立ち上がった。

「長五郎か。相手にとって不足はない」

雪のすだれの向こうから返答があった。

五日間の籠城にもかかわらず、意気はますます盛んである。緋色の甲冑を着たまま櫓から屋根へ、屋根から塀へと飛び移り、あっという間に政重の前に降り立った。

火縄のついた鉄砲を二梃も抱えている。

ひげは伸び放題で、発砲時の煙に顔が黒くすすけていた。

「雪の日に鉄砲かね」

「近頃の火縄は雨でも雪でも消えぬ。たいしたものだ」

蔵人が火縄にぷっと息を吹きかけてそれを証明した。

「太刀の蔵人と呼ばれたおぬしではないか。刀で勝負してくれないか」

政重は片鎌槍の石突きを地面に突き立て、腰の大刀を抜いた。

「よかろう。ただしおぬしは槍を使え。こいつとでは勝負にならぬ」

長身の蔵人は九十センチちかい剛刀を使っている。槍でなければ政重の不利は目に見えていた。

「そうかね。ならば遠慮はするまい」

政重は片鎌槍を低く構えた。

穂の根本につけた鎌は両刃なので、突く時にも引く時にも敵を倒すことが出来る。槍の穂先も鎌の刃も、空恐ろしいほどに鋭く磨き上げられていた。

蔵人は刀を下段に取り、突いてくるところをはね上げようと身構えている。槍と戦うには、これが最も安全な対処法だった。

政重の体に次第に殺気がみなぎってきた。

武器を持って立ち合えば、殺すか殺されるかである。

全身全霊を尽くして相手を倒そうとした者が勝つことを、戦場で身をもって知っているだけに、盟友といえども寸毫（すんごう）の手加減もしない。

眉尻まで裂けた目をカッと見開き、太い鼻を興奮にふくらませている。

その猛々しい顔は虎のようだった。

政重は鋭い気合とともに猛然と突きかかった。

腰の位置から上下左右に槍をくり出し、穂先で突き鎌でえぐろうとする。

だが蔵人もひるまなかった。

外の突きは左右に足を送ってかわし、内に来れば刀ではね上げる。かわし切れないと見ると、腕をいっぱいに伸ばし、槍の枝の分れ目に鍔元（つばもと）を当てて押し返した。

力まかせに押し込んで、槍を引く隙を与えない。へたに引けば、ここぞとばかりに斬り付けてくるのは目に見えていた。

政重は槍先を左右にゆすってかわそうとした。

蔵人はそうはさせじと鍔元で押さえようとするが、これは柄の長い槍の方に分がある。

左手で支点を作り、右手で石突きを思いきりこじると、穂先が鍔元からはずれて自由になった。

政重はそのまま大車輪にふり回し、体勢を崩した蔵人の首筋目がけて鬼落としをふるった。

並の武士なら鋭くとがった鎌で首をえぐられたはずである。

どの角度から落ちてくるか分らない槍を刀で払いのけることは不可能だし、反射的に体を引いても腕を伸ばせば充分に対応できる。

ところが蔵人は体勢を崩しながらも前に踏み込み、刀を両手で頭上にさし上げてこの一撃を受け止めた。

人は命の危険を感じると、無意識に後ろに下がるか体を丸めて身を守ろうとする。瞬時にその逆の行動をとった蔵人は、さすがと言うべきだった。

「おぬし……」

政重は刮目(かつもく)し、この男を死なせるのが惜しくなった。

たとえ自分を倒したとしても、蔵人は正純の家来どもに撃ち殺されるに決まっていた。

「蔵人、槍をかわしながら館まで下がれ」

「ほざくな。これしきの槍」

蔵人は万歳の格好(かっこう)のまま、足を踏んばってわめいた。

「この勝負はやめだ。私に考えがある」

政重はすでに武辺者から盟友の顔に戻っている。

蔵人もそれを察したのか、槍をかわすふりをしながら館の中まで引き下がった。

しばらくの後――。

館の中から煙が上がった。

「手負いの蔵人が自爆するぞ。退がれ」

政重は庭に飛び出しながら叫んだ。

政重が討たれた場合にそなえて庭先まで詰め寄っていた鉄砲足軽の一団が、我先にと外へ逃れていく。

その間にも煙は館に満ち、軒先を伝って空へ立ち昇っていった。

「爆発するぞ。近所への飛び火にそなえよ」

政重は大黒に飛び乗り、風のような速さで表門を駆け抜けた。

背中には鎧を脱ぎ捨てた蔵人がしがみついている。

だが黄母衣ですっぽりとおおっているので、門の正面に陣取っていた正純でさえそのことに気付かなかった。

四

正純こそいい面の皮だった。

爆発炎上にそなえて四方の屋敷に急使を走らせ、鎮火の用意を整えて待ち受けたが、いつまでたっても異変は起こらなかった。

館からは盛大に煙が噴き上げるが、爆発どころか火の手さえ上がらない。

不審に思って踏み込んでみると、湿らせた火薬に火をつけてあるだけだった。

手負いの蔵人はどこへ行ったかと捜していると、奥のふすまに、

「戸田蔵人並びに倉橋長五郎、堪忍(かんにん)ならざる趣(おもむき)あり。欠け落ち申し上げ候」

墨跡も鮮やかに大書してあった。

ここに至って、正純もようやく黄母衣のカラクリに気付いたのである。

二人の脱出劇はその日のうちに家中に伝わり、快哉を叫ばぬ者はいなかった。

武断派の本多忠勝はわざわざ蔵人の屋敷を訪ね、政重が筆を染めたふすまを譲り受けたいと申し出たほどだった。

そうとは知る由(よし)もない政重は、事件の後にも江戸市中に潜伏していた。

戸田帯刀を訴えた者から、事の真偽を確かめるためである。

手がかりは与市風呂にあった。

風呂上がりの武士たちが、戸田家の用人が岡部家に出入りしていると噂するのを小耳にはさんだのだ。

用人の名は河鍋八郎(かわなべはちろう)。

そう聞いて、政重はすぐにいつぞやの三人組を思い出した。脇差を抜こうとした

鍾馗ひげの男を止めたのが八郎だった。

蔵人の屋敷で、政重は何度か八郎に会ったことがある。

四十がらみの世事に長けた男で、すべての帳簿を任されるほど帯刀から信頼されていた。

その八郎が岡部家に出入りしているとは尋常ではない。政重はすぐに会って事情を聞こうとしたが、帯刀が斬られた日から八郎は行方をくらましていた。

風呂屋で会ったのは、帯刀が斬られた翌日である。八郎は姿を隠した身でありながら与市風呂を訪ねたのだ。

それほどの風呂好きなら、ほとぼりが冷めた頃には必ず現われる。政重はそう睨み、与市風呂に入りびたって待つことにした。

江戸広しといえども風呂屋はここだけなのだから、足を棒にして捜し回るよりはるかに確実だった。

待つこと十日――。

桜のつぼみがようやく開きかけた頃、河鍋八郎が現われた。

この間と同じように三人連れである。どうやら鍾馗ひげともう一人は用心棒らしい。

政重は小袖を着て手ぬぐいをかぶり、三人の跡を尾けた。

今度は鍾馗ひげも脇差を帳場に預け、神妙に石榴口をくぐろうとする。

「おい、久しぶりだな」

えっとふり向いた相手の首筋に手刀を叩き込み、もう一人の股間を蹴り上げて悶絶させた。

あわてて逃げようとする八郎の襟首をつかみ、

「せっかく来たんだ。ゆっくりしていけよ」

頭を押さえつけて風呂に押し込んだ。

石榴口の内側には戸板があった。この戸を開け閉めして蒸気の量と温度を調節する。

政重は入るなり戸をぴたりと閉ざし、心張り棒をかけた。

幸いほかに客はいない。湯気が立ちこめる真っ暗闇の中に二人だけで向き合った。

「よほど風呂が好きなようだな」

政重は襟首から手を放した。

「江戸はほこりっぽいからな。汗を流してさっぱりしたいのだ」

八郎も久々の風呂を楽しもうと肚を据えたらしい。

「私も同じだ。体中から汗が噴き出す感じがたまらない」

「わしはこの後に水を浴びるのが好きでな。酒や女などよりはるかに気分がすっきりする」

「こっちの気分もすっきりさせてくれないか」

「………」

「帯刀どのの不正とは何だったのか知りたいんだ」

戸を閉めきった風呂は次第に温度が上がり、体から汗が噴き出した。

熱い湯気を吸って喉が痛むのか、八郎は苦しげにあえいだが、口を開こうとはしなかった。

かまどで薪が燃えさかる音と八郎の荒い息づかいばかりが、闇の中でしばらく続いた。

「蔵人は出奔して西国に走った。私も真実が知りたいだけで、決して迷惑が及ぶようなことはしない」

「本当か……」

「私はすでに徳川家を致仕している。今さら事を蒸し返しても仕方があるまい」

「帯刀どのに不正などなかった」

八郎が観念してつぶやいた。

「わしは……、岡部どのに頼まれて讒言したのだ」

「帯刀どのを討つために仕組んだのか」

「ちがう。わしが頼まれたのは、帯刀どのが討たれた後だ」

口論の末に帯刀を斬った岡部庄八は、喧嘩両成敗になることを恐れて八郎に不正の訴えをするように頼んだ。帯刀に不正があれば、それを理由に斬り捨てたと強弁出来るからだ。

八郎は帯刀の文机から加増の取り成しを頼んだ依頼状を盗み出し、翌日早く岡部家に不正の証拠として届けた。

だが、こうした依頼はあっても、帯刀が私欲のために応じたことは一度もなかったという。

「わしはもう四十二じゃ。帯刀どのの不覚のために戸田家が潰されては、新たに仕官出来る見込みもない。岡部どのを救う見返りに用人として雇ってもらえるなら、背に腹はかえられなかったのだ」

「このことを、ご老職方は？」

「本多どのは気付いておられた。証拠の文は近頃のもので、依頼のあった加増の沙汰はまだ下されておらぬ。そのことに気付かれたはずなのに、異を唱えようとはなさらなかった」

大久保忠隣が秀忠直々の命令で岡部庄八を救おうとしているのを知って、事を丸く収めようとしたのだろう。あるいは忠隣と秘密裡に取り引きしたのかも知れなかった。

「岡部家での扶持(ふち)はどれほどかね」

「百二十石じゃ。おぬしのような若武者には噴飯物(ふんぱんもの)と思われようが、わしにとっては妻子を養う命綱でな。討ち果たされた主人に忠義立てして、棒に振るわけにはいかなかったのだ」

「汗は充分に流れたか」

「ああ、頭と喉が痛む。手足の先まで干からびていくようだ」

石榴口の外から何やらわめき立てる声がする。用心棒たちが正気に返り、店の者に戸を開けろと迫っているらしい。

「冷たい水でもあびてさっぱりするんだな。ここで聞いたことは胸のうちにしまっておくが、今度扶持を失うことがあっても、卑怯(ひきよう)な真似はせぬがよかろう」

政重は心張り棒をはずして戸を開けた。

風呂に押し込められていた蒸気が、白い煙となって外に流れていった。

春一番がほこりを巻き上げて吹き過ぎていった。

江戸湾ぞいには、舟運の便と城の防備の強化をはかるために盛んに堀が掘られている。泥土が道端に積み上げられ、白く乾いて風に巻き上げられるので、町中にどぶくさい臭いがただよっていた。

後に三十間堀と呼ばれる堀の近くに、遠州屋という旅籠がある。

徳川家の江戸転封に従って岡崎から移り住んで来た者が、旅籠と料理屋を営んでいた。

家中でも大家の者しか出入りしないこの店で、岡部庄八は大番組の仲間たちと酒宴を開いていた。

戸田蔵人の出奔から一ヵ月が過ぎ、人の噂も鎮まったので、厄払いと験直しにくり出したのだ。

酌婦も呼んで盛大にやっているらしく、男たちの笑い声と女たちの嬌声が風に乗って中庭まで聞こえてきた。

政重は編笠をかぶったまま、庭の木陰に身をひそめた。

名も知らぬ雑木の中に、山桜が一本だけ真っ直ぐに突っ立っている。

幹も枝も頼りないほど細いのに、薄桃色の花びらを豪勢につけて頭上をおおっていた。

政重は庄八を待っていた。

至急会いたいという文を、河鍋八郎の名で店の者に託したのだ。手が空き次第、必ず現われるはずだった。

宴席が次第ににぎやかになり、鳴り物の音が聞こえるようになってから、大柄の武士が座敷から抜け出してきた。

ふぐのような丸い顔にもみ上げをたくわえた、頑丈な体躯の持主である。四肢の肉付きも豊かで、甲冑を着たならいかにも見栄えがしそうだった。

どうやらこれが岡部庄八らしい。なじみの店で気が緩んでいるのか、腰には大脇差しかたばさんでいなかった。

「今頃何の用だ」

庄八は間近に歩み寄っていまいましげに吐き捨てた。

「しばらくは身を潜めておれと申したではないか」

秘事を隠そうとして頭がいっぱいなのか、相手が別人だとは疑ってもいない。

「ところが、堪忍ならないことがありましてね」

「何だと」

「戸田蔵人に成りかわり、果たし合いを申し入れる」

政重が立ち上がった瞬間、庄八は抜き打ちに斬りつけてきた。

敵と分れば相手の隙を即座につくのが武辺者の鉄則である。

政重が編笠に視野を奪われ、刀に手をかけていないのを見て、庄八はためらうことなく斬り捨てようとしたのだった。

だが政重は抜く手も見せずに大脇差を払い上げ、返す刀で胴を払った。

庄八はかろうじて後ろに飛びすさり、山桜の幹を楯に取った。

「うぬは、何奴じゃ」

驚愕のあまり、酔いに赤らんだ顔が引きつっている。

政重の太刀さばきはそれほど凄まじかった。

「倉橋長五郎政重」

低く名乗って編笠の庇を上げた。

庄八はかなわぬと思ったのか、

「曲者じゃ。出会い候え」

声を張り上げて仲間に助けを求めた。

だがその声が終らぬうちに政重は刀をふるい、桜の幹ごと庄八の巨体を袈裟がけに両断した。

「ば、馬鹿な……」

庄八は驚愕の目を見開いて切り残された桜の幹に取りすがり、ずるずると崩れ落ちた。

異変に気付いた仲間たちが十数人、刀を手に走り出て来たが政重は動じなかった。

「尋常の果たし合いにて討ち取り申した。ご検分をお願い申す」

刀を懐紙でふき取り、鞘におさめた。

「さような申し開きが通じると思うか。岡部の仇、この場で成敗してくれる」

相手はいっせいに抜刀し、白刃の輪で政重を取り巻いた。

さすがは大番組選りすぐりの武士たちだけあって、一糸乱れぬ鮮やかな動きだった。

「ならば、お相手つかまつる」

政重は刀を正眼に構え、正面の武士の喉元に切っ先の狙いをつけた。

一人で多勢を相手にする時には、先へ先へと仕掛けて一対一の局面を作りつづけることが肝要だった。

「待たれい」

植え込みの陰から声が上がり、七、八人の武士が走り出て来た。

御先手組の仲間たちである。

用意のいいことに、たすきをかけ袴の股立ちを取っていた。

「我らは果たし合いの立会人でござる。先に斬り付けたのは岡部どのじゃ。検分にご異議があられるなら、我らがお相手いたす」

中里十四郎が進み出た。

葛西主膳との勝負の時に立会人をつとめただけあって、堂に入ったものだった。

大番組の者たちは互いに顔を見合わせ、利あらずと見て刀をおさめた。

「どうせこんなことだろうと思ってな。組の透破に跡を尾けさせていたのだ」

意外な成り行きに面くらっている政重の肩を、十四郎が得意気に叩いた。

透破とは探索を事とする忍びである。庄八を討つことに気を取られていたので、跡を尾けられていることに気付かなかったのである。

「後のことは我らに任せ、すぐにご城下を出ろ」

「私は残って沙汰を待つ。組の番所に連れていってくれ」

城下に残れば仇討の詮議がある。その場で帯刀を討ち果たした理由を述べ、蔵人の処分を撤回するよう求めるつもりだった。

「よし。ならば番所まで凱旋じゃ」

大黒に乗った政重の前後に仲間たちが従い、槍の穂先に黄色い旗をかかげて番所に向かった。

（絹江さんに、済まぬことをした）

政重の胸がちくりと痛んだ。

苦々しげな正純の顔も脳裡をよぎった。

だがここまでやらねば気が済まないのだから仕方がない。これで生きる道が閉ざされるのなら、腹を切ればいいと覚悟を定めていた。

第二章　地を叩きて慟哭す

一

伏見城は華やかにそびえていた。

小高い山の頂きに築かれた五層の天守閣は、唐破風、千鳥破風を配して美しい均整を保っている。

四層までは白漆喰で壁をぬり、黒漆ぬりの柱を外に見せた真壁造りで、最上階だけが黒壁に朱ぬりの高欄をめぐらした望楼となっていた。

空に向かってすっくと立つ天守閣を扇の勾配をつけた天守台が支え、周囲には多聞櫓をめぐらしてある。

宇治川のほとりに愛馬を止めた倉橋長五郎政重は、あまりの美しさに息を呑(の)んだ。すっきりと形の整った城はいかにも戦いやすそうであり、王者の風格に満ち、女性的な優雅さまで備えていた。

秀吉が隠居所とするために、「利休好(りきゅうごの)み」に造営するよう命じたものだ。文禄三年（一五九四）に完成した城は昨年閏(うるう)七月の大地震で全壊したが、この年五月に前にも増して豪奢(ごうしゃ)な城が完成したばかりだった。

（かなわぬなあ）

政重は心をゆさぶられてしばらく城を見上げていたが、ふと不吉な予感にとらわれた。

華やか過ぎるのだ。

満開の桜のように、あるいは海に落ちる夕陽のように、やがて来る滅びを思わせる気配がこの城にはただよっている。

この城に比べれば、実用一点張りで天守閣も上げていない江戸城の方が、はるかに健全で希望に満ちている気がした。

川ぞいには船宿が軒を並べている。部屋の連子窓(れんじまど)にもぽつりぽつりと灯(とも)が点り、川面(かわも)に映ってゆらめいていた。

大橋を渡って城下に足を踏み入れた途端、政重はうなじのあたりにチリッと焼けるような痛みを覚えた。

殺気を感じた時の癖である。

両側に軒を並べた家の中から、誰かが鋭い殺気を放っていた。

(右だ)

そう察した政重は、体を鞍の右側に倒して大黒を軒下に寄せた。二階から飛び道具をあびせられることを避けるためである。

とたんにうなじの痛みが消えた。射程からはずれたために、相手が気を抜いたのだ。

やはり鉄砲で狙っていたらしい。

(追手か)

岡部庄八の一族郎党が、仇討のために追手を差し向けることは充分に考えられる。

あるいは寵臣を討たれた秀忠が、手練を選んで誅殺しようとしているのかも知れなかった。

庄八を討ち果たした後——。

政重は御先手組の番所で上からの沙汰を待った。

だが五日たっても十日が過ぎても何の音沙汰もなく、詮議は行なわれないままだった。

政重を詮議にかければ、岡部庄八の不正ばかりか、庄八を守るために戸田帯刀に罪ありとした先の裁定の誤りまでが白日のもとにさらされる。

そうなれば庄八を庇おうとした徳川秀忠にまで累が及びかねないだけに、扱いを決めかねていたのだった。

だが庄八が討たれたという噂は城下の隅々にまで広がっているので、いつまでも手をこまねいているわけにはいかない。

とりあえず、士道不覚悟という理由で岡部家を取り潰し、戸田家との両成敗という形で決着をつけようとしたが、これがその場しのぎの策だということは誰の目にも明らかだった。

こうした形勢を見た武断派の重臣たちは、政重を評定の場に呼んで詮議し、真実を明らかにするように求めた。この機会に本多正純を追い落とし、やがては正信まで失脚させようと狙ったのである。

御先手組の番所で謹慎している政重のもとに、数日後には武断派の重臣たちが登城して家康に善処を迫るという噂が伝わってきた日の夕方、本多正信が供も連れずに訪ねて来た。

「気分はどうだ。さぞ鼻を高くしておろうな」

顔を合わせるなり冷ややかに言った。

「私は真実を述べたいばかりです。他意はありません」

「だからこそ厄介（やっかい）なのだ。しかも命を投げ出す覚悟までしているとあっては、もはやつける薬もない」

「何ですか。ご用は？」

政重は正信の言い草にむっとして語気を荒らげた。

「今夜のうちに城下を出て行け。そう伝えるために、日暮れの道を急いで来たのだ」

「出て行くつもりはありません。どんな処分でも甘んじて受けるつもりですから」

「こうなれば公（おおやけ）の処分はできぬ。それゆえ殿はおまえを誅殺することになされた」

殿とは家康のことだ。

この問題を放置しては、家中の分裂がいっそう深刻になる。そこで政重を斬って事態の収拾をはかることにしたという。

「構いませぬ。存分になされるがよい」

「お前の忠義とは、その程度のものか」

「…………」

「お前を誅殺すれば殿の威信に傷がつき、ひいては徳川家を危うくすることになる。身を引いてそれを避けるのが、まことの忠義の道じゃ。長右衛門どのなら何と言われるか、頭を冷やして考えるがよい」

正信は路銀を入れた包みを無造作に置いて席を立った。

政重は夜半まで考え抜き、江戸を立ち去ることにした。

もう二度と徳川家には戻らぬと覚悟を決めての退去だった――。

伏見を訪ねたのは、西国の諸大名が朝鮮出陣に備えて兵を募っていると聞いたからだ。

名のある大名家に仕え、華々しい働きをして家康や正信を見返したい。政重は意地と野心を胸に秘め、どこへ行ったものかと考えながら大黒を進めた。

「どけどけ。道を開けろ」

背後で居丈高な声がした。

豊家御用の旗をかかげた車借たちが、十台ばかりの荷車に樽を積み、凄まじい形相で突っ走ってくる。

樽には左巴の藤、黒田長政の紋所を染めた袖標がつけられていた。

「何だね。あれは」

船宿の呼び込み女をつかまえてたずねた。

「へえ。赤国に渡らはった大名衆のお手柄の証どす」

「あかこく？」

政重には何のことだか分らない。聞いたこともない言葉で、どんな漢字を当てるのかさえ見当がつかなかった。

「いややわ。そないな形をしておしやすさかい、お武家はんも海を渡ってひと旗挙げはるおつもりなんとちゃいますか」

「海を渡る？　朝鮮国のことか」

「へえ、そうどす」

秀吉は全羅道や慶尚道という名を覚えられないので、赤国、青国と色分けして呼ぶようにしたという。そこからの手柄の証といえば、討ち取った首にちがいなかった。

「そないなことより、今夜の宿はどないどす。ええ娘も仰山おりますよって」

脂粉の匂いをふりまきながら袖を引くが、政重には表通りの船宿に泊るほどの余裕はなかった。

江戸を出てからすでに三ヵ月が過ぎている。正信が置いていった路銀は突き返してきたので路用の銭も残り少なくなり、大黒の飼葉にさえ事欠く始末だった。

今夜もどこかの寺の軒下を借りるしかあるまいと思いながら大黒を進めていると、前方から十数騎の武士たちがやって来た。

大名家の家臣たちらしい。こうした場合には馬を下りてくつわを取るのが礼儀だが、政重は大黒にまたがったままだった。

さっきの首樽といい船宿の女たちの嬌声といい、どこか頽廃を含んだこの町の空気がなじめない。そのことへの苛立ちが、政重に挑戦的な態度を取らせていた。

案の定、相手は政重を取り囲むように馬を止めたが、掛けられたのは無礼をとがめる罵声ではなかった。

「長五郎どの、倉橋政重どのではありませんか」

陽に焼けた丸い顔をした若者が、なつかしげに馬を寄せてきた。

梅鉢紋の立派な裃を着ているので加賀の前田家の重臣らしいが、政重には心当たりがなかった。

「私です。孫四郎ですよ」

重臣どころの話ではない。前田利家の次男利政だった。

弱冠二十歳にして能登二十一万石を与えられた俊英である。

「孫四郎か。立派になったなあ」

八年ぶりの再会である。当時政重は十六歳、利政は四つ下の少年だったのだから、見違えるのも無理はなかった。


利政は行きつけの船宿に政重を案内した。

玄関先に紺色の大きな暖簾をかかげた宿で、三和土の両側には水が流れ、みずみずしい姫百合の花を生けてある。

これほど配慮の行き届いたもてなしには、江戸ではとてもあずかれない。都ならではの雅だった。

夏の野の繁みに咲ける姫百合の
知らえぬ恋は苦しきものぞ

政重はふと、『万葉集』の歌を思い出した。

若き日によく口ずさんだ歌だった。

「長五郎どの、聞きましたよ」

二人きりになると、利政は昔の関係に戻って親しい口をきいた。

「上意討ちと定まった戸田蔵人どのを母衣に隠して脱出させ、奸計をめぐらした秀忠公の寵臣を成敗なされたそうではありませんか」

「伏見にまでそんな噂が伝わっているのか」

「その話でもちきりですよ。堪忍ならざる趣あり。そう大書されたとか」

それほど政重がもてはやされたのでは、秀忠の面目は丸潰れである。何としてでも誅殺しようとするのは当たり前かも知れなかった。

「長五郎どのは変わらないなあ。あの頃のまんまです。こんな所で会えるなんて夢のようだ」

利政は二十一万石の太守という立場も忘れ、目を輝やかせて小まめに酌をした。

八年前の天正十七年（一五八九）、政重は長右衛門に従って大坂屋敷におもむいた。養父がどんな役目をおおせつかっているのか知らないまま、来る日も来る日も屋敷の警固に当たる退屈な日がつづいた。

そんな時、前田利家から招待を受けたのである。

利家は自分の屋敷に政重を招き、親しく言葉を交わしたばかりか、次男利政の指南役になってほしいと頼んだ。

秀吉が無二の盟友と頼むほどの大大名が、どうして自分に目をかけるのか分らないまま、政重は半年ほど足しげく前田邸に通い、武道や書の手ほどきをした。

利政は利発な少年で、文武ともに呑み込みが早く筋も良かった。

長兄の利長とは十六歳も離れているせいか、政重を実の兄のように慕い、どこに行くにも後をついて回るほどだった。

おそらく利家は、政重が本多正信の子だと知っていたのだ。

だから利政の指南役に任じて両家の絆を強めておこうとしたのだろうし、長右衛門も何も言わずに政重を前田邸に通わせたのである。

政重は大人たちのそんな思惑など知る由もなく、利政に手厳しく槍の稽古をつけた。

利政の近習が手をゆるめるようにたしなめると、

「戦場で敵が手加減してくれますか」

頭ごなしに怒鳴りつけて、ますます厳しく打ちすえた。

利政も気性が荒い質で、打たれても打たれても泣きべそをかきながら挑みかかってきたものだ。

こうして酒を酌み交わしていると、その頃の親しさが時を超えて一度によみがえってきた。

「長五郎どのの稽古はきつかったなあ。あの頃のあざが、腕にも背中にも残っていますよ」

利政は笑いながら左の袖を二の腕までまくり上げた。

あの頃とは比べものにならないくらい太くなった腕に、あざの痕だけが薄く残っていた。

「いい肉付きだ。相当腕を上げたようだな」

「今では父上にだって勝ちます。もっとも還暦をむかえた相手に勝っても自慢にはならないか」

「いいや。並の武士では利家どのには勝てまい」

「そうか。長五郎どのも父上と手合わせなされたっけ」

槍の又左と異名をとった利家と、政重は一度だけ戦ったことがある。前田家の屋敷に通っていた頃、節句の座興に利家が勝負を挑んだからだ。

利家の正室である芳春院や利長、利政、それに秀吉の養女となった豪姫が見守る中で、政重は利家と稽古用の槍を合わせた。

とたんに鋭い殺気に圧倒され、金縛りにあったように身動きがとれなくなった。

織田家の小者から槍一本で八十万石の大名にまでのし上がった利家の気迫は、五十歳を過ぎてもそれほど凄まじいものだった。

政重は反射的に地面に腰を落とした。

気が萎えたからではない。相手との目線の位置を変えることで、気の呪縛から逃れようとしたのである。

しかも座りざまに喉元めがけて槍を突き上げていた。

意表をつかれた利家が飛びすさってかわしたほどの鋭い一撃によって、政重はようやく落ち着きを取り戻していた。

勝負は互角だった。

剛力を生かして攻め立てる利家の槍を、政重は動きの速さと体の柔らかさでかわし、隙をみて反撃に転じた。

だが成長しきれていない若い体では、百戦錬磨の利家と渡り合うのは無理である。四半刻ばかりのせめぎ合いの末に息が上がったところを、頭上から痛烈な一撃をみまわれた。

政重はとっさに利家の喉元を突いて捨て身の相討ちをねらったが、一瞬早く脳天を痛打され、そのまま気を失った。

気付いた時には広間の縁側に寝かされていた。

「何もこんなにひどく打ち込むことはないではありませんか」

喧嘩腰で怒鳴りながら手当てをしてくれる者がいた。

利政かと思って薄目を開けると、錦の打掛けを着た豪姫だった。

天正二年（一五七四）の生まれだから、政重と同い年である。

息がかかるほどに顔を近付け、濡らした手ぬぐいで額のこぶを冷やしていた。

「戦場では敵は手加減してくれぬとは、長五郎の口癖じゃ。それに手加減などしていたら、今頃こちらの首が飛んでおったわ」

利家は酒を呑みながら首筋をさすった。

政重の突きは首をかすめたばかりだが、青あざが出来るほどに強烈だった。

「それは、そうでしょうが……」

豪姫は反論できない悔しさをぶつけるように手ぬぐいを固く絞り、政重の額に甲斐甲斐しく当てた。

冷たさに痛みが心地よく引いていく。

豪姫の袖口からふくよかな香りがただよい、体が甘く満たされていくようである。

政重は禁断の実に触れるような後ろめたさを覚えながらも、しばらく気を失ったふりをして豪姫の介抱に身を任せていた。

初めて人を恋うたのはこの時である。知らえぬ恋はと口ずさむようになったのも、豪姫の花のようなかんばせを間近に見たせいだった。

「あの時、長五郎どのは気付いておられたでしょう」

利政はいたずらっぽい目をして問い詰めた。

顔が真っ赤になるほどに酔って、いささか無遠慮になっていた。

「あんなことをしたばかりに、今でも罰を受けておる」

「罰？　どんな罰ですか」

「物の怪がついたのさ」

政重は大ぶりの盃をゆっくりと飲み干した。

秀吉の肝煎りで、豪姫はほどなく宇喜多秀家に嫁いだ。

だが政重の胸に灯った恋の火は、今も消えることなく燃えつづけていたのである。

二

翌日、伏見城西の丸の前田家の屋敷を訪ねた。

利政にしかるべき大名に仕えて朝鮮に出陣するつもりだと打ち明けると、それなら父に会って相談したらどうかと勧められたからだ。

西の丸は本丸のすぐ側にある曲輪で、かつては豊臣秀次の屋敷があった。ところが二年前に秀次が謀叛の科で切腹を命じられたために、前田利家に与えられたのである。

「長五郎、よき武辺者になりおったのう」

顔を合わせるなり利家は愉快そうに笑った。

からりと晴れた笑い声や、手足の長い丈夫そうな体つきは相変わらずだが、髪は薄くなり、ひげにも白いものが多くなっていた。

(お老けになられた)

政重の偽らざる実感である。

利政が還暦をむかえた相手に勝ってもと言った気持がよく分った。

「秀忠どのの近習を斬り捨てたそうだな」

「はい」

「でかした。若い頃にはそれくらいの気概がのうては、信じるに足る男にはなれぬ」

並の武士が口にしたなら噴飯物の台詞だが、利家自身がそうした生き方をしているだけに千金の重みがあった。

永禄二年(一五五九)、利家は主君信長の同朋衆だった拾阿弥を斬り捨てた。拾阿弥が信長の威を笠に着て無礼を仕掛けたからだ。

時に二十二歳。

切腹は覚悟の上だったが、信長は勘当だけに処分を留めた。利家の才気と豪胆を惜しんだからである。

翌年の桶狭間の合戦に利家は飛び入りで加わり、敵の首三つを取ったが、信長からは言葉さえかけてもらえなかった。

翌々年の斎藤竜興との合戦に再び飛び入り、斎藤家随一の猛将といわれた足立六兵衛を討ち取った功によって、ようやく帰参が許された。

今のおだやかさからは想像もつかない、波乱に満ちた生き様を貫いた男なのである。

すぐに酒になった。

年若い侍女たちが酒肴の膳を運んだが、利家は酒を口にしようとはしなかった。

「思うところあって断っておる。遠慮なくやってくれ」

往年の大酒飲みが、つまらなさそうに茶などすすっている。

「長五郎どの、父上もあのようにおおせられておるゆえ」

同席した利政が酒を勧めた。

こうした場合に断わっては、かえって余計な気を遣わせることになる。政重は大盃を五、六杯、さらりと飲み干した。

利家がうらやましげに唇をなめたほどの豪快な呑みっぷりだった。

「朝鮮での戦に出たいそうだな」

用件はすでに利政が伝えていた。

「はい。新参のお口添えをいただければ幸甚に存じます」

「徳川家に戻るつもりはないのか」

「ございませぬ。この身ひとつでどこまでやれるか、試してみるつもりでございます」

「ならば、わしのために働いてくれ」

利家が急に若やいだ表情をした。

「こたびの戦には、前田家は出陣せぬとうかがいましたが」

「出陣はせぬが、かの地のことは気にかかる。だが近頃は近江の者たちが秀吉公のお側を固めておるゆえ、我らには朝鮮で何が起こっているのかさえ知らされてはおらぬのじゃ」

近江とは、言わずと知れた淀殿の出身地である。今や豊臣家は、淀殿を中心とした派閥によって牛耳られていると言っても過言ではなかった。

「そこで、そちに力を貸してもらいたい」

ずずッ。

利家が音をたてて茶をすすった。

「密偵として、かの国へ行けと？」

政重の察しは早かった。

「渡海の手配はすぐにする。だが当家の名を出してもらっては困るのだ」

石田三成らは軍監や使い番を自派の者で固めることによって、朝鮮からの情報を独占している。帰国した将兵にも箝口を命じているほどで、これに背いて独自に密偵を出しては、利家といえどもただではすまない。

そこで徳川家を致仕したばかりの政重に白羽の矢を立てたのだった。

「どうじゃ。引き受けてくれるか」

「お役に立てるかどうかも分りませぬ。しばらく考えさせていただきとう存じます」

その日から、政重は「藤波」という船宿に滞在することにした。

支払いは当家でするので、決心がつくまで何日でも好きなだけ逗留してくれ。利家がそう勧めたからである。

政重は二階の部屋で長々と寝そべり、利家の申し出について考えていた。

戦況を視察せよというのだから、密偵というのは当たらない。使い番や軍目付に近い重い役目である。

だが身許も明かせず戦場にも立てないのでは、手柄を立てる機会がない。そのことにどうしても抵抗があった。

窓を開けると、真正面に伏見城の天守閣がそびえていた。

秀吉が一万石につき二百人、総勢二十五万人の人夫を集めて築いた城だ。

城下町も宇治川の西岸を埋め立てて町割りしたもので、秀吉の天下統一のお陰で生まれた町と言っても過言ではなかった。

城下の者たちも豊臣家の恩恵にあずかっているので誰も秀吉を悪く言わないが、政重はどこかおかしいと感じていた。

華やかな繁栄とは裏腹に、果実が腐りかけたようなすえた臭いが立ち昇ってくる。それは何かが病んでいるせいだと、鋭い嗅覚が告げていた。

窓の下を豊家御用の旗を立てた荷車が、土煙を上げて走り過ぎていく。

肥後の加藤清正が朝鮮から送った「手柄の証」だった。

すでに初夏である。

樽の中身が生首ならば、塩漬けにしても半月ともたない。車借たちがあれほど急いで荷車を引くのは、大至急との厳命を受けているからにちがいなかった。

十人二十人と連れ立って、船着場に向かう者たちもいた。

先導する者たちは立派な服装をしているが、後につづくのは襤褸をまとい痩せさらばえた者ばかりである。

主家が滅びて牢人となったり、重い年貢に耐えかねて逃散した百姓などをかり集め、戦場人足として朝鮮に送り込んでいるのだ。

庶民の暮らしぶりにおいても、勝ち負けははっきりしていた。

秀吉の天下統一や朝鮮出兵の恩恵にあずかった者は富み栄え、埒外に立った者は重い負担ばかりを強いられる。

勝ち組ばかりが集まったこの町の繁栄からすえた臭いが立ち昇るのは、負けた者を一顧だにしない傲慢さのせいかもしれなかった。

三日目の午後、加藤清正が送ってきた生首が伏見城の大手門前にさらされた。

首台に置かれた五十ばかりの首が、血の気の失せた色をして虚空を睨んでいた。これまでは塩漬けだったのでいたみがひどかったが、清正は塩に石灰を混ぜているのでまったく腐敗していなかった。

集まった数千の見物人は、恐れる気色もなく首に見入っている。女や子供までが祭りの屋台でものぞくように浮き浮きとして、時には笑い声を上げながらそぞろ歩いていた。

首の横には、おびただしい鼻があった。鼻ばかりを削ぎ落としたものや、上唇ごとめくり取ったものなど形もさまざまである。

台の後ろには「雑兵小者の首は披露する甲斐もないので鼻だけ送った」という説明書きが立てられていた。

ウワァァァン。

突然、政重の耳底に火がついたように泣く子供の声が聞こえた。

山積みされた鼻の中に、五歳か六歳とおぼしきものがあったのだ。

上唇ごとめくり取られた子供の鼻が、死してなお恐怖の叫びをあげていた。

政重の全身が粟立った。

急いでその場を離れようとしたが、詰めかけた群衆に押されて身動きがとれなかった。

「赤国人どもは柔なんやな。見てみい。子供みたいのまでおりよるで」

でっぷりと肥った五十がらみの商人が、連れの女の肩を抱いてしたり顔で話している。

「ほんまや。あっちは女子はんのようやな」

「紅でも引いとるんかい。仕様もないやっちゃで」

商人が吐き出す酒臭い息をかぐと、政重はたまらなくなって胸倉をつかみ上げた。

「な、なんや、あんた」

「お前らには、あれが女子供の鼻だということが分らんのか」

押し殺した声が怒りに震えていた。

「何言うてはるんや。雑兵小者と書いてあるやおまへんか。太閤殿下が嘘つかはると
でも言うんやったら、あんたコレもんでっせ」

手で首を斬る仕草をする商人に当て身をくらわせ、政重は人を押しのけるようにして雑踏から抜け出した。

その足で西の丸の前田利家を訪ねた。

「朝鮮へは、馬は行けますか」

「難しいが、何とかなる」

「ならば行きます。すぐに手配をして下さい」

利家のためではない。朝鮮で何が起こっているのか自分の目で確かめたかった。

「よくぞ決意してくれた。引出物にこれを」

利家が床の間に飾った馬上槍を差し出した。

柄の長さは二・四メートル、穂は九十センチばかり。

京都の名工越中守正俊が鍛えた大身の業物で、柄にはあわび貝をちりばめた螺鈿

細工がほどこしてあった。

「信長公から拝領した当家の家宝じゃ。名は敦盛。わしも何度か使ったが、刃こぼれしたことは一度もない」

受け取ってみて驚いた。

柄に鉄棒が仕込んであるのでずしりと重い。だが見事に均整が取れているので、素振りをくれてもさほど重いとは感じなかった。

半刻の後――。

政重は大黒とともに伏見の船着場にいた。利家の手配で大坂までの船を借り切ったのだ。

別れを惜しんだ利政が、十数名の家臣とともに船着場まで見送りに来た。

「そうそう。戸田蔵人どのは、浅野家に三千石で召し抱えられたそうです」

どこからかそんなことを聞き込んできている。蔵人の仕官先まで噂になるほど、二人は評判になっていた。

「浅野幸長どのも朝鮮出兵を命じられたそうですから、向こうで戸田どのに会えるかも知れませんね」

「会ったらこの槍を見せてやるよ。うらやましがるだろうな」

業物を得た嬉しさに、政重の心は浮き立っていた。

「ご無事でお帰り下さい。もし当家に来ていただけるなら、二万石、いいえ、三万石でお迎えしますから」

「大名たる身で……」

軽々しいことを口にしてはならぬ。そう言おうとした途端、焦（きな）くさい臭いが鼻をかすめた。

（火薬だ）

そう気付いた瞬間、利政を抱きかかえて身を伏せた。

パァーン。

乾いた銃声がして政重の後ろにいた家臣が倒れた。川を下る船から狙い撃ったのだ。

標的は政重である。だが主君が狙われたと思った利政の家臣たちは、倒れ伏した二人の周りに円陣を組んで楯（たて）となった。

立ち上がろうとする政重を、利政は下から素早く抱き寄せて唇を合わせた。

男と男が愛し合うことが、普通だった時代のことである。

「子供の頃から、一度こうしてみたいと思っていました。やっぱり思った通りだ」

「何が」

「長五郎どのの唇は、百合の花の匂いがする」

「戯言(ざれごと)を」

政重は苦笑しながら利政を引き起こした。

ちらり。豪姫の面影が胸をよぎり、がらにもなく顔を赤らめた。

三

大坂からは山陽道をひたすら西に走った。

「藤波」で充分の休息と栄養をとった大黒は、天馬のように軽やかに駆けていく。日に百二十キロをかせぎ、夜は主従並んでぐっすりと眠った。

道中目にする光景は悲惨(ひさん)の一語に尽きた。

文禄元年(一五九二)に朝鮮出兵が始まって以来、西国大名は重い負担を強いられている。

大名たちは出兵の費用を捻出(ねんしゅつ)するために年貢の収奪を強化し、村々から足軽や人足を徴用するので、領民は貧困と人手不足にあえいでいた。

苦しさに耐えきれずに逃散した百姓たちが、着のみ着のままで路上にたむろし、初夏だというのに田植えをしていない田が目立つ。

このままでは早晩領国経営が立ちゆかなくなることは、誰の目にも明らかだった。

もし養父の長右衛門がこんな光景を目にしたなら、出兵を中止するよう一命を賭して秀吉に諫言しただろう。

実の父の正信なら、豊臣家の先行きも長くはあるまいとほくそ笑むかも知れない。

そんなことを考えながら瀬戸内ぞいの道を駆け、五日目には長門国の下関に着いた。

ここでは前田利家の書状が物を言った。

出陣中の宇喜多秀家に馬を贈りたいので、万事よろしくお取り計らいいただきたい。

毛利輝元にあてた依頼状を差し出すと、すぐに名護屋行きの軍船に乗る手続きをしてくれた。

船は筑前博多で一泊し、翌日の昼過ぎに名護屋浦に入港した。

加部島と呼子の間を抜け、細い水路を南に下ると、右側に名護屋城が忽然と姿を現わした。

それは蜃気楼のような光景だった。海と山ばかりでわずかな平野もない僻地に、伏見城に勝るとも劣らない巨大な城がそびえている。

本丸の石垣を高々と積み上げ、五層の壮麗な天守閣を上げ、四方に二層の隅櫓を配している。

本丸、二の丸、三の丸、山里丸などから成る縄張りは伏見城よりはるかに広く、城から海につづく斜面には家がびっしりと建ち並んでいた。

板ぶきの民家の中に混じっている瓦ぶきの館は、文禄の役の時にこの地に在陣した大名たちのものだった。

五年前――。

朝鮮出兵を決意した秀吉は、渡海のための前線基地とするために名護屋城を築き、日本中の大名に在陣を命じた。

朝鮮出兵の総勢十六万。後詰めとして名護屋に駐留した兵力だけでも十五万ちかい。戦場商いを当て込んだ商人や職人、遊芸人も城のまわりに移り住み、当時の京都や大坂に匹敵するような大都市が一朝にして出現した。

ところが、しょせんは交通不便の地で、衣食の入手もままならない片田舎である。文禄の役が休戦になると各大名も領国へ引き上げ、建物だけが残るうら淋しい町となった。

それは慶長の役が始まってからも変わらない。小西行長や加藤清正、黒田長政らの諸将は領国から直接出兵し、後詰めの軍勢も在陣していなかった。

（まるで小田原の一夜城のようだ）

船縁に立った政重は、壮大な空虚にかえって圧倒されていた。

城下はまったくの無人ではなかった。

城には唐津城主の寺沢志摩守が代官として在番し、朝鮮との連絡や物資の補給に当たっている。大名家の陣屋にも留守役がいるので、彼らを相手にした店が細々と商いをつづけていた。

政重は船着場の側の船宿に大黒を預けて城に向かった。

チリッ。

かすかな痛みがうなじを走ったが、これは殺気ではない。店にたむろしている人夫や水夫たちの、悪意に満ちた視線のせいだった。

（侍がなんや。文句があるならかかって来くされ）

落ちくぼんだ目で見据えながら、挑発するような薄笑いを浮かべている。

彼らだけではなかった。

商人も職人も、行き交う女や子供たちさえ、人を値踏みするような暗い目をして、隙あらば銭のひとつもだまし取ってやろうと身構えている。

まるで悪意が瘴気となって立ち昇り、町中に悪臭がただよっているようだった。

（なぜだろう。この町の人々はどうしてこんな臭いを発するのか）

その疑問が、寺沢志摩守に会って解けた。

「ふうん。前田どのの書状ね」

裃姿の志摩守は、利家の依頼状を一読するなり、

「朝鮮くんだりまで馬を届けるとは、物好きなこった」

そう吐きすてて突き返したのである。

出征軍との連絡や後方補給の任に当たる者とも思えぬ暴言だった。

「戦場に馬を送り届けることが、どうして物好きなのですか」

「そんなことも分らんのかね」

「ええ、分りませんね」

政重は表情を険しくした。利家を侮辱されて黙ってはいられない。返答によってはただでは済まさぬつもりだった。

「安宅船（あたけぶね）に乗せたところで、海が荒れれば馬が暴れ出して手がつけられなくなる。途中で殺して食糧にするか、海に捨てるのが関の山だ。たとえ無事に釜山（プサン）に着いても、蹄（ひづめ）が傷（いた）んでしばらくは使い物にならぬ。向こうで調達した方が余程効率がいい」

「文禄の役の時もそうでしたか」

「もちろん」

「ならば、向こうに調達できるほど馬がいるとは思えませんね」

李舜臣(イスンシン)の水軍に補給路を断たれた日本軍は、馬を食べて生き延びた。そんな噂が江戸にも伝わっていた。

「おるかおらんか、わしの知ったことか」

「出征軍に弾薬や食糧を送るのがあなたの役目でしょう」

「今度の戦は、大名家ごとの自前持ちだ。太閤殿下直々の命令がなければ、わしは米粒ひとつ送る気はない」

「釜山に渡る船を、都合してはいただけませんか」

「ひと月ほど先に船を出す予定がある。それまで待てないとあらば……」

志摩守は落ちくぼんだ猿のような目で、政重の頭から爪先までながめた。

「他の大名家か商人に頼んで船に乗せてもらうことも出来るが、これはちと物いりでな」

臆面(おくめん)もなく袖の下をよこせという仕草をする。

大義のない戦が招いた精神の荒廃が上から下まではびこっているために、この町は腐ったような臭いを発していたのだった。

ぬっ。

船宿の玄関から巨大な顔がのぞいた。戸口より頭ひとつ背が高いので、かがんで中をのぞき込んだのだ。

百九十センチは優にある大男だが、馬のように澄んだ目をして申し訳なさそうに体をすくめている。

その不釣合いがいかにもおかしかった。

「備前宇喜多家、明石掃部と申しまする」

年は四十半ば、籠手とすね当てをつけた小具足姿で、腰には剛刀をたばさんでいる。たった今戦場から帰ってきたばかりだという気配を、全身からむんむんと発していた。

「倉橋どのでございまするか」

「そうです。長五郎政重と申します」

この男は強いだろうな。政重は掃部が戦場に立つ姿を思い、嬉しさにぞくりと身震いした。

「当家の主にご用があると、寺沢どのからうかがいました」

「確かに、そう言いましたが……」

政重は困った。秀家に馬を献上すると聞いてわざわざ訪ねてくれたのだろうが、この男をあざむくわけにはいかなかった。

「お急ぎでなければ、飯でも食べませんか」

ちょうど昼飯時である。掃部を部屋に案内し、宿の者に酒と飯を運ばせた。

「頂戴つかまつる」

掃部は懐から塩を取り出し、握り飯を作り始めた。

巨体のわりに柔らかい優しげな手をしている。器用でもある。お櫃の米はたちまち握り飯に変わり、お膳の上に行儀よく並んだ。

それを感無量といった顔で頬張っていく。今にも涙を流さんばかりだった。

「酒はどうですか」

「いや、結構でございまする」

この戦が終るまで断っているという。前田利家が酒を断っていたのも、同じ理由かもしれなかった。

政重は遠慮なく酒を口にし、握り飯をひとつもらった。

うまい。

塩の加減と握り具合が絶妙で、かむほどに大地の香りがただよってくる。米がこんなにうまいものだと、どうして今まで気付かなかったのだろう。

「かの国の塩がいいのでござる。塩だけはかないませぬ」

掃部は十数個をぺろりと平らげ、未練がましく空のお櫃をのぞいている。

「掃部どの、実は」

政重は頃合いを見て朝鮮に渡る本当の理由を打ち明け、船に乗せてもらいたいと頼んだ。

「なにゆえそのようなお役目を?」

掃部が急に真顔になった。

物見遊山のつもりならただではおかぬ。そう言いたげな険しさである。

子供の鼻を見て泣き叫ぶ声を聞いた。そう言っただけで、掃部はすべてを了解した。

「鼻です」

「明後日卯の刻（午前六時）、船着場でお待ち申し上げまする」

刀をカチリと鳴らして請け合った。

七月晦日の卯の刻――。

船着場には大型の艀船がつけてあった。六人の漕ぎ手が乗り、馬が乗れるように板が渡してある。

明石掃部は十人ばかりの屈強の家臣とともに待ち受けていた。名は守重（もりしげ）、洗礼名はジョアン。宇喜多家で二万五千石を食（は）むキリシタン武将だということを、政重はこの時初めて知った。

沖には宇喜多家の安宅船が停泊している。

大黒を艀船で運び、船首に立てた滑車で吊り上げるという。

「よい面構えじゃ。海など何も恐ろしゅうはないゆえ、大船に乗ったつもりでいて下されや」

掃部が大黒の鼻面（はなづら）をなでてかきくどくと、気性が荒く人見知りの激しい大黒が安心しきって艀船に乗り込んだ。

ところが、船が岸を離れたとたん大黒は恐慌（きょうこう）をきたした。

船に乗るのは初めてなので、足場が頼りなく揺れることに脅え切っている。たてがみを逆立て、せつな糞をもらすほどの取り乱しようで、足を踏みしだいて今にも船から飛び出そうとする。

政重と掃部が両側から押さえたが、容易には鎮まらない。

政重はやむなく大黒に乗った。重心が高くなるので艀船が転覆するおそれがあったが、大黒と一心同体になるしか落ち着かせる手立てはなかった。

効果は覿面である。大黒は四肢を踏ん張ってぴたりと鎮まった。

パァーン。

聞き覚えのある銃声がして、肩口に激痛が走った。

絹江である。

小袖にたすきをかけた絹江が、無防備になった政重を岸から狙い撃ったのだ。

薙刀の師範とは聞いていたが、鉄砲の腕も見事なものだ。

急所をはずれたと知ると、替えの鉄砲を落ち着き払って従者から受け取っている。

政重は絶体絶命の窮地に立たされた。大黒に乗ったままでは格好の標的となる。かといって下りれば、大黒がいっそう激しく暴れることは目に見えている。

救ったのは掃部だった。

家臣二人を軽々とつかみ上げ、政重の前に立ちはだかった。

肩に乗せた二人と掃部の大きな頭が、楯となって政重を庇っている。

絹江は構わず撃った。

左側の家臣が頭を撃ち抜かれて真後ろに倒れた。

替えの鉄砲は三梃もある。一人ずつ撃ち倒すつもりらしいが、掃部も素早く別の家臣を抱え上げた。

たまらなかった。これ以上自分のために人を死なせてはならない。

政重は鐙(あぶみ)をひと蹴りし、手綱(たづな)を強く引き絞った。

大黒は軽々と跳躍し、船縁を越えて海に飛び込んだ。

盛大な水しぶきが上がり、人馬ともに深々と海に沈んだが、大黒は水をかいてゆっくりと水面まで浮上した。

初めてにしてはなかなかの泳ぎっぷりである。艀船を楯にすれば、岸から狙い撃たれるおそれもなかった。

(そうか。絹江どのか)

兄を斬られたのだから仇(かたき)を討とうとするのは当然である。

肩口に手傷を負わされながらも、政重は絹江の健気(けなげ)さを誉めてやりたい気持になっていた。

四

安宅船は宇喜多秀家が本営としている釜山鎮城に立ち寄り、巨済島(コジェド)を大きく迂回(うかい)して泗川(サチヨン)の港に入った。

八月十日のことである。

文禄の役では李舜臣が指揮する朝鮮水軍に壊滅的な打撃をこうむった日本軍だが、今度は幸先が良かった。七月十五日の巨済島沖の海戦で、敵の大半を討ち取る大勝利をおさめたのである。

これには訳がある。

前回の役で華々しい活躍をした李舜臣をねたんだ朝鮮国王の近臣が、彼を水軍統制使の地位から失脚させたのだ。

有能な指揮官を失った軍隊は、頭のない蛇に等しい。

士気も低く統制も乱れた朝鮮水軍に、藤堂高虎、九鬼嘉隆らの水軍は完勝し、制海権を完全に掌握した。

安宅船がわが庭を行くように泗川港に入ることが出来たのは、この勝利のお陰だった。

「これより先は地獄でござる。我も人も修羅とならねば、生きてはいけませぬ」

掃部ばかりか家臣たちまで、身を切られるように切ない顔をしている。青い海を抱き込むように広がるのどかな港町の景色からは、想像も出来ない厳しさだった。

「われらはこれより南原城攻めの本隊に、武器弾薬を届けねばなりませぬ。お望みなら同道なされるがよい」

「いや、一人で行ってみます」

宇喜多軍に守られていては、本当のことは見えない。政重は漠然とそう感じていた。

「さようでござるか。四方は敵地ゆえ、思わぬところから襲われまする。充分にご用心なされるがよい」

「かたじけない。お陰で助かりました」

「これを持っていかれよ。義の心ある者は、地の塩でござる」

掃部がキリシタンらしいことを言って小さな塩袋を渡した。

政重は大黒とともに上陸した。

遠くからはのどかに見えた港町も、足を踏み入れると戦の惨状をいたる所にとどめていた。

石造りの家の中は焼け焦げ、外壁には銃弾の跡が生々しく残っている。道行く人はまばらで、石畳の道だけが夏の日射しに熱く焼けていた。

大黒は船旅の間に足がむくんで満足に歩けない。政重は港の近くの茶店にしばらく足を止めた。

ニンニクの匂いが鼻をつく。人々はいつもと同じ営みをつづけていたが、表情は暗く言葉も少なかった。

結局、大黒の足は丸一日たっても治らなかった。

「初めての船旅だ。無理もあるまい」

翌日、政重は大黒を引いて南原に向かった。

釜山浦(プサンポ)に上陸した日本軍は、周辺に拠点となる城を築き、七月下旬に左翼と右翼の二軍に分けて進攻を開始した。

右翼軍は毛利秀元(ひでもと)、加藤清正、黒田長政ら六万五千。

左翼軍は小早川秀秋(こばやかわひであき)、宇喜多秀家、島津義弘(しまづよしひろ)ら五万。

左翼軍の南原城攻めが近いと聞いた政重は、掃部からもらった地図を頼りに北西への道をたどった。

山にはごつごつした岩がむき出しになり、枝の細い雑木がまばらに生えている。

沿道の村は無残なばかりに焼き払われ、所々に黒焦げになった遺体が転がっていた。

秀吉は出征軍に老若男女、僧俗に限らずなで斬りにせよと厳命している。また食糧も現地で調達するように命じていたので、日本軍は先を争って村々に押し入り、非道の限りを尽くしたのだった。

この時左翼軍に同行した臼杵(うすき)・安養寺の僧慶念(きょうねん)は、その様子を次のように伝えている。

〈はやはや船より我も人も劣らじ負けじとて、物をとり人を殺し、奪いあえる躰、なかなか目もあてられぬ気色也〉（『朝鮮日々記』）

家々を焼きたて、子供をからめ捕り、親を斬り殺したともある。子供を捕虜にしたのは、日本に連れ帰って奴隷として売り払うためだ。

酸鼻の極み——。

そうとしか表現しようのない惨憺たる光景が、歩を進めるにつれて次々と目に飛び込んでくる。

政重は全身に冷たい汗をかき、歯の根が合わないような震えを覚えながら、どこかでこうした光景を見たことがあると思った。

かつて自分もこんな惨禍の中にいた。はっきりとは思い出せないが、体が確かに覚えている。だからこんなに震えが止まらないのだ。

南無阿弥陀仏、南無阿弥陀仏——。

ふいに頭の中に一向宗徒の念仏の声が響き渡り、薄暗い寺で懸命に祈る群衆の姿が浮かんだ。

加賀金沢。今や前田家の城地と化した金沢御坊でのことだった。

南原城攻撃は八月十三日に始まった。

政重は十五日に求礼（クレ）という町までたどりつき、小西家の使い番からそのことを知らされた。

城には明からの援兵三千と朝鮮軍一千余人がたてこもっている。明兵は多くの鉄砲を備えているので、日本側にも多数の手負いや死人が出ているという。

ともかく一刻も早く南原に着こうと大黒を飛ばしたが、道のりは意外に遠い。

しかも肩口に受けた鉄砲傷がうずき出し、手当てに手間取ったために、南原に着いたのは十六日の明け方だった。

町は夜明け前の青い闇（やみ）に包まれ、ひっそりと静まり返っている。

遠くからその様子を見ただけで、すでに戦が終ったことが察せられた。

吹き来る風に、血の臭いが混じっている。

家を焼き払った後の焦げた臭いもする。

戦場ではなじみ深い、阿鼻叫喚（あびきょうかん）の残り香だった。

ぽつり。

雨がひと粒頬を打ち、音もなく降り始めた。

山の端から霧が立ちのぼり、あたりを乳色におおっていく。

南原の町は石組みの城壁を残すばかりだった。

高さ三メートルばかりの城壁で町を囲んだ中国式の城塞都市だが、大門の上にそびえていた建物も、防衛のために築いた井楼もすべて焼き払われている。

城の周囲にはおびただしい数の死体が折り重なって倒れていた。

明や朝鮮の鎧をまとった者は意外に少なく、僧衣や単衣物を着ている者が目立つ。

首を取られた者のほかは、例外なく鼻を削ぎ落とされている。

首も鼻もついているのは、日本軍の遺体ばかりだった。

城門の正面に遺体が多いのは、落城前に最後の突撃を敢行したからだ。

真っ先に朝鮮の鎧をまとった者たちが飛び出し、町の住民を従えて血路を開こうとしたらしい。

城壁の側に折り重なって倒れているのは、梯子をかけてよじ登ってくる日本軍を防ごうとして転落した者たちだった。

政重は馬を下り、死者に対してせめてもの礼を尽くした。

言うべき言葉もない。ここに来ればまともな戦が見られるだろうという期待は無残に打ち砕かれ、果てしのない空しさばかりが胸に迫ってきた。

「止まれ。わりゃ何者か」

城門の前で鋭く誰何された。

肥後八代を領する小西家の兵が、十人ばかり警固に当たっている。四人が槍を構え、この先は一歩も通さぬ構えで立ちはだかっていた。

ジロリ。

政重は切れ長の目をひんむいて相手をにらみつけ、槍の穂先を腹に当てられたまま足を踏み出した。

凄まじい殺気に気圧された足軽たちは槍を構えたまま後ずさり、物も言わずに道を空けた。

城壁に囲まれた五百メートル四方ばかりの城内には、霧と煙が立ちこめていた。

焼け落ちた家の燃えさしが雨に打たれ、煙とも湯気ともつかぬものを上げている。それが霧の中へ溶け込んで視界を閉ざしていた。

政重は中央通りらしい石畳の道を歩いた。

形を留めているのは、王族や高官の住まいとおぼしき石造りの家ばかりである。

歩を進めるにつれて、鼻を削ぎ落とされた死体がひとつ、またひとつと霧の中から現われてくる。火に巻かれて黒く焦げた死体からも鼻を削ぎ落としているので、そこだけが骨の色が白く浮いた不気味な断面をさらしていた。

この戦に加わっていたなら、自分も同じことをしただろうか？

政重はそう問うてみた。否と言い切れる自信はなかった。

突然、霧の中に銃声がとどろいた。

百梃、いや二百梃ちかい鉄砲のつるべ撃ちが二度、三度とつづき、万余の軍勢が地を揺るがして喊声を上げた。

政重は一瞬幻聴かと思った。

霧の中にさまよう魂魄が、日本軍に攻められた時の音を聞かせるのではないか……。

だが、そうではなかった。さほど遠からぬ所で、たった今戦が始まったのだ。

「北だ」

政重は大黒に飛び乗り、北の城門を抜けた。

全力で突っ走りながら額金を巻き、用意の鎖帷子を着込んで戦に巻き込まれた場合に備えた。

半里ほど北に南原山城があった。

南側の谷を高い城壁で閉ざした朝鮮式山城である。

小西、島津の軍勢を主力とする日本軍は、この城壁に攻めかかっていた。

高さ三十メートルちかい堅固な石垣で、城壁の上から守備兵が鉄砲や半弓を撃ちかけているが、兵力と火力の差はいかんともし難い。

日本軍は正面からばかりではなく、谷の両側の尾根によじ登り、三方から鉄砲を撃ちかけて城門を突破した。

敗走する守備兵を追って、数千の軍勢がわれ先にと険しい山を登っていく。

霧におおわれた斜面が旗指し物や甲冑(かっちゅう)におおいつくされたと見えた時、なだれのように岩が崩れ落ちた。

山城に逃げ込んでいた南原の住民たちが、山の中腹に仕掛けておいた岩や丸太をいっせいに落としかけたのである。

ひと抱えもあるような岩が、山の斜面を弾むように転がり、先陣の足軽や雑兵たちをなぎ倒す。

それでも後続の兵はひるむことなく攻め登った。

山頂には住民たちが運び込んだ食糧がある。兵糧補給のない日本軍は、それを獲らなければ明日の飯にもこと欠くだけに、身方(みかた)の屍(しかばね)を踏み越えて一番乗りを果たそうとした。

岩や丸太の備えの尽きた住民たちは、投石によって対抗した。

二重三重にめぐらした柵を楯にして、必死で石を投げつづけた。

霧の晴れ間からのぞく群衆の中には、女や子供も数多く混じっている。この山城を落とされたなら生きる道のない老若男女が、髪ふり乱して石を投げる。

だが、日本軍は楯を押し立てて投石を防ぎ、鉄砲を撃ちかけながら三方から攻めかかっていく。

やがて柵を引き倒し、一人残らずなで斬りにすることは、遠目にも明らかだった。

（ああ、これは……）

加賀の一向一揆が、織田信長の軍勢に攻められた時の光景と同じだった。

金沢御坊でも手取川ぞいの山城でも、織田軍は巻狩りのように四方を取り囲み、包囲の輪をちぢめながらなで斬りにした。

その包囲の輪の中に、幼い政重は父正信とともにいた。

その記憶が、体を震わせる恐怖とともによみがえった。

こんなことを許してはならぬ。このようなことに手を染めた者に、生きる資格はない。

政重の腸は怒りに張り裂けそうだった。

それでも、この惨劇を止める手立てはない。己の無力に歯噛みしながら立ち尽くすほかに術はなかった。

やがて霧が晴れ、凄惨な戦は終った。
政重の姿もいつの間にか消えていたが、雨に濡れた地面に一書が残されていた。

地を叩きて慟哭す
豊公の大義、いずこにかあらんや

第三章　来援遅からじ

一

満天の星だった。

高い夜空に大小さまざまの星がきらめき、今にも降ってくるようである。

天空を分けて天の川が悠然と横たわっている。

星月夜というのだろう。月の姿は見えないのに、星の光だけで地上は青く照らされていた。

一面の芒の原に、大黒が立ちつくしていた。

馬は横になって眠ることは少ない。生来臆病なせいか、外敵に襲われてもすぐに逃げられるように、立ったまま眠って夜の大半を過ごす。

星明りに照らされた大黒の体は、白銀色に輝やいていた。漆黒(しっこく)の毛にかかった夜露が光を反射し、大黒の体を神々(こうごう)しく染め上げていた。

夜半に目をさました倉橋長五郎政重(まさしげ)は、芒の原にあお向けになったまま、あかずに愛馬をながめていた。

九月の初めとはいえ、全羅北道(チョルラプクト)の夜の冷え込みは厳しい。

それでも政重はこたえるふうもなく野宿の旅をつづけていた。

八月十六日に南原(ナムウォン)城を攻め落とした日本軍は、八月二十日には全州(チョンジュ)城を占領した。

ここで作戦会議を開き、右翼の加藤清正らは忠清道(チュンチョンド)に進撃し、左翼の宇喜多秀家らは全羅北道と南道(ナムド)に展開すると決した。

穀倉地帯である全羅道を占領し、そこを拠点として忠清道、京畿道(キョンギド)まで攻め取るのが、今度の出兵の目的である。

豊臣秀吉が送り込んだ十四万一千余の将兵は、冬将軍の到来に追われるように各方面に散っていった。

政重は右翼軍の動きを追っていた。

忠清道を占領するためには、稷山(チクサン)城を攻め落とさなければならない。

漢城(ソウル)防衛の拠点といわれるこの城に対して将兵がどんな戦(いくさ)をするか、しかと見極めなければならなかった。

大黒も目を覚ましたらしい。

たてがみをふって胴震いをすると、前足を交互に持ち上げたり下ろしたりしている。片方の膝をくの字に折ってしばらく宙に浮かしたかと思うと、反対の足を持ち上げてじっとたたずんでいる。

妙だな。

政重はむくりと体を起こして前足をつかもうとした。

大黒は二、三歩後ずさって拒もうとする。その下がり方もぎこちなかった。

「相棒だろう。遠慮するな」

ぴしりと叱(しか)りつけると、大黒は観念したように片足をゆだねた。

蹄(ひづめ)のつけ根が柔らかい。蹄と肉との間に黴菌(ばいきん)が入り、蹄叉(ていさ)病にかかったのだ。

このまま放置すれば、蹄が腐って歩けなくなるおそれがあった。

大黒はすまなそうにうなだれている。星明りに黒く輝やく瞳が、気弱そうに救いを求めていた。

「安心しろ。すぐに治してやる」

政重はたてがみをなで、長い顔を抱きしめた。

大黒は政重の胸に額を押し当て、身動きひとつしなかった。

夜明けを待って、朝鮮朝顔をさがした。

朝顔に似た五弁の花をつける野草で、とげの生えた楕円形の実をつける。実には猛毒があるが、乾した葉には鎮痛作用があるので、曼陀羅葉と呼ばれる薬草となる。

この国ではいたる所に自生しているので、日本の将兵たちも鎮痛薬として用いていた。

あいにく乾している暇がないので遠火であぶり、大黒の蹄の裏側にしっかりと詰め、馬わらじをはかせた。

蹄鉄などない時代である。馬の足元をどう守るかは、武士にとって死活に関わる問題だった。

朝鮮朝顔の薬効はてきめんで、半刻ばかりすると大黒は前足をかばわなくなった。

政重は燃え残りの炭を粉末状にすりつぶし、水で溶いて布にぬりつけ、蹄の裏側に当てた。

炭には炎症をしずめる効果がある。こうした治療をくり返しながら回復を待つ以外に手がなかった。

当分乗ることもできないので、くつわも手綱もはずしてやった。

「治るまでにはしばらくかかる。あまり羽目をはずすなよ」

大黒のたてがみをひとなでして、北方はるかな稷山城に向かって歩き出した。

四キロほど歩き、山中に分け入った頃、息もたえだえに泣く子供の声が風に乗って聞こえてきた。

政重の耳がぴくりと動いた。

子供の泣き声だけはたまらない。いたいけな、何の力をも持たない命が、この世の不条理を声を限りに訴えているのだ。

その嘆きが胸の底に深々と突きささり、居ても立ってもいられなくなる。

政重は風上に向かって走った。

街道をしばらく北に向かうと、谷川ぞいの脇道があった。

道の奥に一軒の百姓家がある。泣き声はそこから聞こえていた。

藁ぶきの家の前には、農作業のための広い坪がある。戸口には二人の足軽が、槍を手に見張りに立っている。鎧の胴には、加藤清正の丸に桔梗の紋所が描かれていた。

政重はぞっとした。

しきりに背後を気にしている二人の様子を見ただけで、家の中で何が行なわれているか察しがついた。

「何か、わりゃ」

足音に気付いた二人が、槍を構えて制止しようとした。

政重はそれより早く二人の手元に詰め寄り、一人をこぶしで、別の一人をひじ打ちで昏倒させた。

家の中は地獄だった。

三人の男が斬り殺され、二人の女が裸にむかれて犯されていた。

上がりがまちに木馬のようにうつ伏せに押さえつけ、土間に立った足軽が後ろから貫いていた。

女が股を閉じないように、両足首を棒に縛りつける残忍な手口である。

足軽は八人だった。

一人の女に四人がかかり、背中を押さえつけたり乳房をもてあそんだりしながら順番を待っている。

片隅の柱には三歳くらいの女の子が縛られ、声を限りに泣いていた。

顔を泣き腫らして非道を訴えるが、けだものと化した足軽たちには届かない。

届かないどころか、その声にかえって獣欲をそそられ、悪行の度を過ごしたにちがいなかった。

「おのれら、それでも武士か」

地を震わせる一喝に、二人の足軽がへっという表情でふり返った。

犯すことに熱中するあまり、背後に人が迫ったことにも気付かなかったらしい。

政重は容赦しなかった。

前田利家から拝領した「敦盛」の鞘を払うなり、右手一本で横に払った。

九十センチの穂がうなりを上げ、薄暗い家の中にほの白い弧を描いた。

二人の足軽の首がへっという間抜け面のまま宙にすっ飛び、体は鎧の草摺を持ち上げた格好のまま真後ろに倒れた。

「何奴じゃ。加藤家の手勢と知っての狼藉か」

「どこの誰であろうと、この所業は許さぬ」

「ほう。ならば表へ出ろ」

組頭らしい大柄の男が合図をすると、他の三人が落ち着き払って立ち上がった。

残る二人は脇差を抜き、女の背中をひと突きした。

この出兵に当たって秀吉は、老若男女、僧俗にかぎらずなで斬りにせよと厳命している。

その狂気のごとき命令が、配下の将兵にかくもむごい振舞いをさせたのである。

相手は六人。

野戦用の長槍を構えて政重を取り囲んだ。

敦盛より二メートルばかりも柄が長い。この利を生かし、四方から突きかかって仕留めるつもりらしい。

政重はすでに武辺者と化していた。

眉尻まで切れた目をかっと見開き、鼻を大きくふくらまして息を整えるや、敦盛の石突きを深々と地に突き立てた。

「ふざけおって。何の真似だ」

組頭がふっと槍先を下げた。

政重の気迫に気圧されていただけに、意表をついた行動に我知らず気を抜いたのだ。

政重はその一瞬を逃さなかった。

虎のような素早さで組頭の手元まで付け込み、大刀を抜き放って首をはねた。

両隣の足軽があわてて槍を向けようとするが、柄の長さが邪魔になって自由が利かない。その無防備な首筋をねらって、切っ先を叩き込んだ。

一人は槍の柄で受け止めようとしたが、ひと握りもある柄が軽々と両断された。

別の一人は槍を捨てて刀を抜こうとしたが、鯉口を切った時にはすでに首を失っていた。

凄まじい速さと残酷なばかりの強さに、残る三人は息を呑んで棒立ちになった。

その隙に政重は、敵の槍を拾って走り出した。

敵が逃げると、人は本能的に追いかける。

一瞬の忘我状態から立ち直った三人は、誘いにのって我先にと追ってきた。

走り出す位置も足の速さもちがうのだから、追っている間に縦に一列になる。

足音でそれを確かめると、政重はふいに反転して先頭の足軽に挑みかかった。

左手に持った刀で相手の槍をはね上げ、右手の槍で鬼落としを叩き込む。

両手を自在に使った動きで三人を次々と打ち倒していく様は、さながら阿修羅と化したようだった。

家の陰で物音がした。

横に回ってみると、十五、六ばかりの少年が尻もちをついたまま、ずるずると足をもがいていた。

逃げ出そうとしたものの、腰が抜けて立てなくなったらしい。裁着袴をはき額金を巻いているが、籠手やすね当てはつけていなかった。

「ちがう。俺はこいつらの仲間やない。う、宇喜多家の小者(こもの)で、竹蔵(たけぞう)というもんや」

少年は恐怖に目を見開き、あえぎながら名乗ったが、白熱した政重の耳には届かない。

討ち果たそうと一歩踏み出した時、

「父ちゃん(アボジ)、母ちゃん(オムニ)」

泣きながら叫ぶ子供の声が聞こえた。

政重ははっと我に返り、家の中に取って返した。

柱に縛りつけられた幼女が、ぎゅっと身をすくめて泣き声をこらえた。見つかったなら殺されるとおびえ切った痛々しい仕草だった。

「恐がらなくてもいい(ケンチャナケンチャナ)。どうか泣かないでおくれ(ウィジマウィジマ)」

政重は旅の途中に習い覚えた言葉で語りかけ、脇差で幼女の縄を切った。

父母のもとへ行こうとしたのだろう。幼女は土間まで走り出て、凍りついたように立ちつくした。

（いかん）

政重はとっさに幼女を抱き上げ、反対の方を向かせた。

こんな惨状を目にすることが、子供にとってどれほど大きな心の傷となるか、幼い頃に一向一揆虐殺の渦中にいた政重は身をもって知っていた。

　一家は六人。

　老父と四十代半ばの夫婦、そして二十歳ばかりの若夫婦とこの幼女。一家四代にわたってつつましく暮らしていたにちがいない。

　幼女一人が生かされたのは、近頃横行している人買い商人に売り渡すためだった。

　政重は心の中で念仏を唱えながら、二人の女の足枷（あしかせ）を切り、土間に横たえてむしろをかけた。

「そこにおる者、出て来い」

　突然戦場嗄（が）れした声が響いた。

　いつの間にか五十人ばかりの兵が家を取り巻いていた。加藤家の鉄砲隊が、仲間の異変に気付いて駆けつけたらしい。

「出て来ぬのなら、家ごと焼き払う。五つ数える間に姿を見せよ」

　外には十五人の鉄砲足軽が、筒先（つっさき）を戸口に向けて射撃の構えを取っている。その後ろには十人ばかりの弓衆が、火矢をつがえて弓を引きしぼっていた。

「ひとおつ、ふたあつ」

　政重は裏口に回ってみた。

こちらも抜かりなく鉄砲隊が固めている。幼女をつれて脱出することは不可能だった。

「みっつう、よっつう」

組頭らしい男の声には、少しのためらいもない。五つを数えたら、間髪いれずに火矢を射込ませるにちがいなかった。

政重は幼女を抱いて表に出た。

薄暗い家の中にいたために、目の奥が痛いほど外の光がまぶしかった。

「これは貴殿がなされたことか」

ひげ面の組頭は丁重だった。

そうした態度を取らせるだけの威厳が、政重にはそなわっていた。

「さよう。理由は中をご覧になればお分りいただけましょう」

「ご家中と姓名をうかがいたい」

「ご陣にて申し上げます」

「あれは貴殿の馬でござるか」

地に突き立てた敦盛の側で、大黒が案じ顔でたたずんでいた。

「蹄を痛めています。嫌疑が晴れるまで、預かっていただけませんか」

「承知いたした。それがし、鉄砲頭の清川武左衛門という者でござる」

「かたじけない。それではご案内いただきましょう」

政重は幼女を抱いたまま歩き出した。

武左衛門は家の中を検分して火をかけるように命じた。

惨劇の証拠を消すためである。

火矢がたてつづけに射込まれ、藁ぶきの家はまたたく間に炎に包まれた。

二

細面のすっきりとした顔立ちだが、大黒と並んでもひけを取らないほどの馬面である。

顔が異様に長かった。

座っているのでしかとは分らないが、背丈は優に百八十センチを超えるはずである。

目が酒に酔ったように赤く、人を射すくめるような殺気を放っている。

加藤清正。肥後熊本十九万五千石の大名でありながら、よほど大きな焦りと憤懣を抱えているようだった。

「長五郎政重か。そちの名は聞いたことがある」

低くおさえた声である。感情を御する鍛練を積んだ話し方だった。

「徳川家に仕えながら、秀忠どのの側近を斬り捨てて出奔したそうだな」

「さよう」

政重はそう答えただけだった。

「どんな気分だ」

「………」

「主家を捨てる気分はどうだとたずねておる」

「さしたることもございません」

「長年の恩義にそむきながら、わずかの呵責も覚えぬか」

「御恩には奉公をもって報いております。主に理不尽の振舞いあれば、致仕するのは当然でございましょう」

「そのような身勝手が、いつまでも通用すると思うなよ」

清正が苛立たしげに膝をゆすった。

「当家の家臣を八人も斬り捨てておきながら、無事に済むはずがあるまいが」

「あの者たちが何をしたか、ご存知でしょうか」

「武左衛門から聞いた。だが戦場ではよくあることだ」

「あのような非道を、認めるとおおせられるか」

「そうは言わぬが、いちいち罪に問うていては異国での戦はつづけられぬ」

秀吉は兵糧は現地で調達せよと命じているが、それを察知した朝鮮側が兵糧米を一粒残さず隠したために、日本軍は窮地におちいっていた。

米のありかを白状させるために住民に拷問を加えることも多く、それが行き過ぎて婦女を凌辱するという事件も起こっていた。

こうした行為を厳しく禁じれば兵糧米が手に入らなくなり、大量の脱走者を出すことになる。清正らはそうした矛盾の中での戦いを強いられていた。

「そうですか。貴殿がそのようなお考えでは、家臣たちが女子供の鼻まで削いで手柄の証とするのは当然かもしれませんね」

「根も葉もないことをほざくな。当家に限って、そのような卑怯な真似はせぬ」

「本気でそう思っておられるのなら、軍勢の統率がよほど乱れているのでしょう。まともな報告が何ひとつなされていないようだ」

その一言に清正の両目はますます赤くなり、顔は蒼白になった。

図星だったからだ。苦しい戦をつづけるうちに軍勢の規律は乱れ、脱走して帰国したり朝鮮側に投降する者が相次いでいた。

そのことについて、朝鮮側の記録は次のように伝えている。

〈いま則ち事役煩重なり。まさに暴酷せしめ、労苦に堪えず、身を脱して逃来せんとす。近頃、清正、大いに士卒の心を失し、軍人の日本へ逃去する者、日に百をもって数う。兵勢はなはだ孤なり〉（『朝鮮王朝宣祖実録』）

清正の焦りと憤懣の原因は、正しくここにあった。

「これから大田城攻めの評定にかからねばならぬ。そちの処分は追って沙汰するゆえ、人屋にでも入って頭を冷やしておくがよい」

清正が捨て台詞を残して席を立った。

兵舎の牢で五日を過ごした後、政重は後ろ手に縛られて詮議の庭に引き出された。

「宇喜多家の船で渡って来たそうだな」

清正が板の間に座って訊問した。

政重がただならぬ素姓の者だと分っているので、五日の間に八方手を尽くして調べたのである。

「あの馬も一緒だったというが、何用あって一人で来たのじゃ」

「さるお方から備前中納言どのへの使いを頼まれましたので」

「誰じゃ。その方の取りなしがあれば、罪を減じてやらぬでもないぞ」

「今度の一件とは、関わりのないことでござる」

「宇喜多どのは南原におられるはずじゃ。使いに来たのなら何ゆえ南原に行かぬ」

清正は政重が秀吉や三成の隠し目付ではないかと疑っているらしい。それゆえ処分をためらっていたのである。

「すでに用件はすみましたゆえ、この国での戦がどのようなものか見て回っているのでござる」

「それも、さるお方とやらに命じられたことか」

「貴殿が送られた塩漬けの鼻や耳を、伏見城下で拝見いたしました」

その中に女や子供のものまで混じっているのを見て、この国でどんな戦が行なわれているのか確かめたくなった。

「それは当家の者の仕業ではない。何かの手違いがあったのだ」

政重はためらうことなくそう言った。

清正はむきになって否定したが、思い当たることがあるようだった。

「のう倉橋、武士は相身互いという。今度のことは痛み分けにせぬか」

「…………」

「聞けば当家の足軽にも落度があったという。そちがこのことを他言せぬと誓うなら、すべてを水に流そうではないか」

「そのような約束はできませぬ」

政重は一瞬の迷いもなく答えた。

命を長らえるために嘘をつくようでは、泉下(せんか)の長右衛門に顔向けできなかった。

「ならば戦陣の作法にしたがって詮議にかけるしかあるまい。武左衛門、これへ」

清正に呼ばれて初老の武士が現われた。

鎧を着ていないので別人のようにおだやかに見えるが、あの日政重を捕えた清川武左衛門だった。

「この者は当家の足軽が婦女を凌辱したゆえに斬り捨てたと申しておる。相違ないか」

「我らが駆けつけた時には、一家五人が討たれておりました。その中に婦女も二人おりましたが、凌辱された形跡などございませなんだ」

武左衛門はよどみなく答え、面の皮を千枚も重ねたように平然としていた。

「確かだな」

「確かでござりまする」

「聞いての通りじゃ。これでもまだ我を張り通すつもりか」

証拠はすべて焼き払ったのだから、政重が正しいという証拠は何もない。ここらで折れて手を打ったらどうだと、暗に勧めていた。

政重は笑った。二人の芝居があまりに滑稽で、腹の底からあぶくのように笑いがこみ上げてきた。

「な、何がおかしい」

「賤ヶ岳の七本槍と称されたほどのお方が、このようなことをして恥ずかしくはないのですか」

「何だと」

図星をさされ、清正は首のつけ根まで真っ赤になった。

「一軍の将たる者がそのような有様では、配下の将兵の悪行は果てしなく広がり、戦場は地獄と化しましょう。私を斬ったところで、そうした堕落を隠し通すことはできますまい」

「何も知らぬ若僧が、聞いた風なことを抜かしおって。構わぬ。土壇に据えて斬り捨てい」

清正が声高に命じた時、馬屋の方で騒ぎが起こった。

「誰か、その黒馬を押さえろ」

叫び声につづいて二頭の馬がもみ合う気配がしたと思うと、白い大柄の馬が庭に駆け込んできた。

螺鈿(らでん)細工の大和鞍(やまとぐら)を置き、緋色(ひいろ)の手綱と尻繋(しりがい)をつけた華やかな装いである。奥州馬らしく、背が高く足も太い堂々たる馬体だった。

清正の愛馬「有明(ありあけ)」である。

有明を追って、大黒が駆け込んできた。

こちらはくつわも鞍もはずした野生馬そのままの出立(いでた)ちで、ひと回りも大きな相手を追い回していた。

「有明、鎮まれ」

清正が両手を広げて立ちはだかったが、有明はその横をすり抜け、反対側へと飛び出していった。

大黒は天馬のごとき速さで前に回り込み、棹立(さおだ)ちになって威嚇(いかく)する。有明はあわてて踵(きびす)を返し、再び庭へと逃げ込んできた。

馬は臆病な生き物だけに、不意に襲われると我を忘れるほどに取り乱す。大黒の先制攻撃にひるんだ有明は、清正の後ろに回り込んで助けを求めた。

大黒は清正の前で棹立ちになり、ひと声高くいなないた。

政重に対する理不尽な扱いを怒っている。だからわざわざ有明を庭に追い込み、勝負を挑もうとしたのである。

清正もそれを察したらしく、手早く有明のくつわをはずした。

「負けはせぬ。臆するな」

主人に尻を叩かれて落ち着きを取り戻した有明は、大黒を横目でにらみながら空地の方へと移動した。

大黒も険しい目をしてその後についていく。

前足はまだ痛むはずなのに、そんなそぶりは露ほども見せなかった。

時ならぬ馬と馬との一騎討ちである。

互いに相手の力量と攻めかかる間合いをはかりながら、右へ右へと回っている。

先に仕掛けたのは有明だった。

相手がひと回りも小さいことに安心したらしく、高々と棹立ちになって大黒を押さえ込もうとした。

大黒も果敢に立ち向かった。同じように棹立ちになり、前足で有明の顔や首筋を殴ろうとする。

だが背が低く力が弱いという不利は否めない。

高い位置からの有明の強打をはねのけるのが精一杯だった。

「有明、でかした。急所をねらえ」

清正が手を打ち鳴らして声援を送った。

勝負は先に音を上げるか逃げ出した方の敗けである。

二頭の馬は何度も棹立ちになり、激しく息をつきながら殴り合う。相手を組み止め、首筋や肩口に嚙みつこうとする。

その猛々しい戦いぶりは、戦場における武士の姿と同じだった。

勝負が長引くにつれて、形勢は次第に逆転していった。

馬体の大きな有明が先に疲れ、動きが鈍くなってきたからだ。

初めのように高く棹立ちになることも、強く殴りかかることもできなくなり、大黒によりかかるようにして息を継ごうとする。

大黒はその瞬間を逃さなかった。有明の喉首に下からくらいつき、体をひねって地面にねじ伏せた。

どっという地響きと砂ぼこりが上がり、有明が降参のいななきを上げた。

だが大黒は許さなかった。喉首を深々とくわえたまま、清正をジロリとにらんだ。

「今すぐ主人のいましめを解け。さもなくばこいつの喉笛をくいちぎる」

鋭い目がそう語っている。

「おのれ、畜生の分際で」

逆上した清正は大太刀を抜き放ち、大黒を斬って有明を救おうとした。

政重は後ろ手に縛られたまま清正に体当たりしようとしたが、それより一瞬早く、

「主計頭どの、おやめなされ」

凜とした声がして、緋おどしの鎧を着た武士が入って来た。

供をする大柄の武士は、肥前名護屋から一緒だった明石掃部。

掃部にえり首をつかまれるようにして従っているのは、竹蔵と名乗った色の浅黒い少年だった。

(すると、この方は)

宇喜多秀家公にちがいない。政重はそう察した。

気品あふれる表情といい、堂々たる押し出しといい、備前、美作五十余万石の太守たるにふさわしい偉丈夫だった。

「この馬は、私が加賀大納言どのより拝領したものです。それを斬ったとあらば、今度こそ太閤殿下もお許しになりますまい」

「ううっ、くっ」

清正は小さくうめいて立ち往生した。

先の朝鮮出兵で秀吉の勘気をこうむり、昨年許されたばかりである。今ここで秀家の馬を斬ったなら、どんな処罰を受けるか分らなかった。

「許す。政重の罪を許すゆえ、有明を助けてくれ」

虎退治で名を馳せた大豪傑が、恥も外聞もなく懇願した。

人並はずれて大きな男だけに、身の丈に合う愛馬は何物にも替えがたかったのである。

「間に合って良かった。大事ござらぬか」

掃部が政重を縛った縄を切った。

「この竹蔵という小者が、今朝になって事件の注進に参りました。人相風体が貴殿に似ているようなので、殿にお願いして仲裁に来ていただいたのです」

「倉橋政重と申します。危うい所をお助けいただき、かたじけのうござる」

政重は片膝をついて礼を言った。

「貴殿のことはお豪や利政から聞いていました。このような所でお目にかかれるとは、神仏のお引き合わせでございましょう」

秀吉の秘蔵っ子でありながら、秀家には少しもおごり高ぶったところがない。まるで長年の友をもてなすように朗らかだった。

その夜、政重は全州にある秀家の本陣に招かれた。

「家中の者に酒を禁じておりますので、たいしたもてなしもできませぬ」

並んだのは一汁三菜、食事だけの応接である。

それでも食糧確保のままならない陣中にあっては贅沢な晩餐だった。

「かたじけない。お言葉に甘えて、お聞き届けいただきたいことがございます」

「ほう、何ですか」

「掃部どの、これでいつぞやのように握り飯を作っていただけませんか」

塩の入った革袋を差し出すと、秀家が声を上げて笑い出した。カラリと晴れた温かい笑いである。

「そいつはいい。掃部、私の分も作ってくれ」

どうやら秀家も、あの旨さを知っているらしい。

「さようでござるか。しからば無調法なれど」

掃部がお櫃を引き寄せ、神妙な顔で握り飯を作り始めた。

「加賀大納言さまの使いで参られたと、掃部から聞きましたが」

「こちらからの報告は、利家公にさえ知らされてはおりませぬ。それゆえ目となり耳となれとのおおせでございます」

「さぞ驚ろかれたでしょうね」

秀家が苦渋の色を浮かべた。

こんな戦をつづけていることに忸怩たる思いがあるのだろう。

「ご無礼ながら、これほどひどいとは思いませんでした。泗川の港に着いた時、掃部どのが我も人も修羅とならねば生きられぬとおおせられた意味がよく分りました」

「日本では、戦に勝ちさえすれば民はこぞって従います。しかしこの国の民は、野にひそみ山に隠れて抵抗をつづけます。それゆえまったく違った戦をせざるを得ないのです」

「太閤殿下が命じられたように、この国の民をなで斬りにするということですか」

清正が聞いたなら烈火のごとく怒りそうな物言いだが、秀家は眉ひとつ動かさなかった。

「そのようなことができるはずがありませぬ。民を服させる方法を見つけるか、それが無理なら兵を引く以外に現状を打開する方法はありますまい」

「そのことを、伏見へは」

「殿下に奏上しています。しかしあくまで戦えとご下命なら、全軍一丸となって死力を尽くすしかありませぬ」

秀家には気負いも焦りもない。現状を冷静に分析し、最善の道を見出そうとしていた。

（さすがだな）

政重は秀家の器の大きさに感じ入った。

このように困難な戦場にありながら、宇喜多軍の統率に一点の乱れもないのは、家臣たちが秀家に心服しているからにちがいなかった。

「でき申した。召し上がって下され」

握り飯を並べた隅切盆（すみきりぼん）を、掃部が大きな体を二つに折って差し出した。

炊きたての御飯に塩の香りが混じって、空きっ腹には何ともたまらない匂いである。

政重と秀家は同時に手を伸ばし、乾盃（かんぱい）でもするように掌（てのひら）を打ち合わせて握り飯を頬（ほお）張（ば）った。

三

戦況は前回の出兵と同じように推移していた。

日本軍は緒戦でこそ大勝利をおさめたものの、朝鮮、明（みん）の軍勢が迎撃態勢をととのえると、次第に旗色が悪くなっていった。

忠清道(チュンチョンド)を占領すべく稷山(チクサン)に向かった右翼軍は、九月七日に明軍の反撃を受けて撤退を余儀(よぎ)なくされた。

九月十六日には、鳴梁(ミョンリャン)の海戦で日本水軍が敗退した。

朝鮮水軍の統制使に再任された李舜臣(イスンシン)が、わずか十三艘(そう)の船で百三十三艘もの日本船に大打撃を与えたのである。

しかも冬将軍は刻々と迫っていた。

冬になれば朝鮮の山野に食糧は絶えるというのに、後方からの兵糧の補給はまったくない。船で本国から取り寄せたとしても、馬がないので内陸部まで輸送することも出来なかった。

こうした状況に直面した諸将は北進を断念し、海岸ぞいの城を堅固に構えることにした。

海ぞいであれば、本国からの兵糧、弾薬の補給が可能だからである。

撤退する日本軍を、朝鮮、明軍はここぞとばかりに追撃した。

九月二十日には大田に近い報恩(ボウン)で加藤清正の軍勢が攻撃を受け、九月二十三日には南原(ナムウォン)から求礼(クレ)に向かう小西行長軍が襲われた。

この形勢を見て、朝鮮の民衆もいっせいに蜂起した。いったんは日本軍の支配下に入っていた農民たちも、村を捨てて山に走り入り、撤退する日本軍に痛打をあびせた。

数日を秀家の本陣で過ごした政重は、蹄叉病のいえた大黒をひきつれ、大田から秋風嶺(チュプンニョン)へと向かっていた。

秀家はこのまま釜山浦(プサンポ)まで同行するよう勧めたが、それでは戦況を視察するという役目が果たせない。危険を覚悟で稷山から慶州(キョンジュ)へ撤退する右翼軍の後を追うことにしたのだった。

前方には岩肌の目立つ山が、屏風(びょうぶ)のように切り立っていた。

俗離山(ソンニサン)から徳裕山(トグニサン)へとつづく尾根で、尾根を越える峠が秋風嶺である。

北から南へとつらなる大山脈によって東西にへだてられた朝鮮南部には、美しい名を冠したいくつもの峠が関門のようにつづいていた。

道は山あいをぬって九十九(つづら)折りになっている。

道端の水飲み場で大黒を休ませていると、後方の曲り角から陽に焼けた渋皮色の顔がのぞき、あわてて頭を引っ込めた。

竹蔵である。

秀家の本陣を出て以来、つかず離れず跡を尾けているが、決して近づこうとはしない。

何か話したいようなそぶりを見せるが、近寄ればとって喰われるとでも思っているのか、五十メートルばかりの距離を保ったままだった。

初めは明石掃部からの使いではないかと気になっていた政重も、煮えきらない態度が次第にうとましくなり、知らんふりを決め込んでいた。

その夜は、秋風嶺に近い岩場の陰で眠ることにした。

巨大な岩が山肌から庇のように突き出しているので、夜露をしのぐには最適である。

政重は横になるなり、軽い寝息をたてはじめた。

どんな場所でもすぐに眠れなければ、戦場では働けない。しかも眠りながら意識の一点をとぎすまし、周囲の異変にそなえなければならなかった。

しばらくすると、竹蔵が忍び寄ってきた。

足音もたてずにするすると大黒に近付き、草や柿の実を与えている。これもいつものことで、大黒も警戒する様子もなく馳走にあずかっていた。

いったい目的は何なのか。

政重に近づくために、大黒に取り入ろうとしているのか。それとも大黒を手なずけて盗み出そうとしているのか。どうにも不可解な行動だった。

翌朝未明——。

政重のとぎすました意識が、後方から迫る不審な足音をとらえた。

二十人、いや三十人ちかい。いずれも屈強の男が、武器を手に迫っている。

残党狩りだ。しかも標的は自分らしい。政重はそう察して体を起こした。こんな時には大黒の足を借りて難をさけるに如くはなかった。

（それにしても、あの小僧は）

どこへ行ったかとあたりを見回していると、遠くで爆発音が上がった。

一発、また一発。

夜の底をほの明るく染めて閃光が走り、なじみ深い戦場の音が山の静寂を引き裂いた。

焙烙玉である。

素焼きの壺に火薬をつめた焙烙玉を、九十九折りの道を登ってくる敵の頭上に投げたらしい。恐怖の叫びと算を乱して逃げ去る足音が聞こえた。

「もう大丈夫や。みんな追っ払いましたさかい」

星月夜の青い明りに照らされて、竹蔵が意気揚々と引き上げてきた。

「いったい、何の真似だ」

「倉橋さまのお役に立ちたかったんです。そしたら家来にしてもらえるんやないかと思いまして」

「私は家来など持たぬ」

「そんなら弟子でもいいです。俺に戦の仕方を教えてくんなはれ」

竹蔵がいきなり土下座をした。

生半可な気持ではないことは、ここまで一人でついてきたことからも明らかだった。

「武士になりたいか」

「武士にもなりたいけど、それより強くなりたいんや。この間の倉橋さまの戦いぶりを見て、体の芯がぶるぶると震えよりました。お願いします。どんなことでもしますよって」

「なぜ強くなりたい」

「俺のお父もお母も、戦に巻き込まれて殺されました。せやから俺は、あの家に足軽たちが入ったんを見て、なんかせなあかんと思うたんや。そやけど……」

相手は十人である。怖くて何もできないまま物陰に隠れていると、政重が現われてまたたく間に十人を倒した。

それを見て以来、強くなるためにはどんな修行でもすると意を決したという。

「強うなって、自分の思う通りに生きたいんです。物陰に隠れて怯えるのは、もう嫌や」

こらえていた思いが堰を切ったのか、竹蔵は声を上げて泣き始めた。

政重の一番苦手な、子供の切ない泣き声である。

「分った。それならまず大黒の弟子になれ。この馬に乗れるようになったら、槍と剣の使い方を教えてやる」

許しを得たとたん、竹蔵はけろりと立ち上がった。

どうやら政重が泣き声に弱いことを見抜いていたらしい。

素早い動きといい機転といい、なかなかあなどれない少年だった。


秋風嶺を越えた加藤清正らは、十月末に慶尚南道の西生浦城にたどり着いた。

この頃には宇喜多秀家と毛利秀元の両将は釜山浦に、島津義弘父子は泗川に、小西行長は順天にそれぞれ城を構え、朝鮮半島南岸部に踏みとどまる構えを取っていた。

清正らに遅れることひと月――。

政重は慶尚南道の道境をこえて蔚山に足を踏み入れた。

三方を山に囲まれ、東側が海に面した港町で、古くから日本人接待のための浦所が置かれた所である。

町の東のはずれには、平野の中に小高い岩山がぽつんと頭を出している。

この山を利用して、日本軍は築城工事にかかっていた。

加藤清正の居城とするためで、動員兵力は一万六千。

その中に浅野幸長の軍勢も加わっていると聞いて、政重は城を訪ねてみることにした。戸田蔵人に会えるかもしれないと思ったからである。

普請は城ばかりではなかった。

城のまわりに土手と塀と柵を組み合わせた惣構と呼ばれる防御陣をめぐらし、その内側に将兵が寝泊りする小屋を建てていた。

惣構には七つの木戸をもうけ、番兵が人の出入りを厳重に見張っている。

「宇喜多家寄人、倉橋政重という者だが、浅野家の戸田蔵人どのにお目にかかりたい」

そう名乗れと秀家に言われている。いずこも寄合所帯なので、所属が明らかでないと面倒なことに巻き込まれかねないからだ。

効果は絶大で、すぐに浅野家の持場に案内された。

二の丸の一角に大勢が集まり、二層の隅櫓と塀を築いている。蔵人は陣笠、陣羽織姿で采配をふっていた。

政重はしばらく親友の働きぶりをながめていた。

相変わらず口は悪いが、指示は的確で無駄がない。作事方など務めたこともないくせに、まるで本職のように板についていた。

やがて蔵人がひょいとふり返り、政重と大黒に気付いた。

「あっ」

まわりの者がふり向くほどの大声を上げ、幽霊でも見たように茫然と立ちつくした。

「お、おい。長五郎ではないか」

「ああ、この通り足もある。私は二本、大黒は四本」

政重がにこっと笑うと、蔵人は嬉しさのあまりいかつい顔をくしゃくしゃにした。

「戸田組集まれ。非常呼集」

蔵人が声を張り上げると、ひと癖もふた癖もありそうな屈強の武士たちが、二十人ばかりたちどころに集まった。

どうやら蔵人は、新規召し抱えの牢人たちを束ねているらしい。

「これが倉橋長五郎政重、わしの命の恩人だ」

政重の肩を抱くようにして皆の前に押し出した。

「ほう」

不遠慮な感嘆の声が上がり、武士たちの目が獲物を見つめる獣のような熱をおびた。

蔵人が事あるごとに政重の戦ぶりを吹聴していたからである。

「よし、持場に戻れ」

蔵人は用済みとばかりに部下たちを追い散らし、政重を本丸に案内した。

「どうだ。なかなかのものだろう」

築城の名手とうたわれた加藤清正が選んだ所だけに、城の立地は見事なものだった。

高さ五十メートルほどの岩山は、本丸、二の丸、三の丸を配するのに充分の広さがある。

城の南側には太和川が、東側には支流が流れ、海へとそそいでいる。

北側と西側には、長さ二・五キロもの惣構が扇形にめぐらしてあった。

岩山のまわりに石垣を高く築き上げて補強し、曲輪を太鼓塀で隙間なくかこい、要所には門や隅櫓が配してある。その数は大小十二にも及んだ。

櫓も塀もまだ未完成で、大工や左官、人足たちがわき目もふらずに働いていた。

「やがては惣構の外に堀をうがち、川の水を引き入れる。この本丸にも三層の御天守を建てるというが、今は櫓と塀を仕上げるのが先決だ。いつ敵が攻めて来るか分らぬからな」

「このあたりは平穏なようだが」

「今のところは敵もなりをひそめているが、やがて陣容を整えて攻めて来るさ。何しろこっちは海っ端にしがみつくようにして籠城の構えを取っているんだ。攻めて下さいと誘っているようなもんじゃないか」

「めずらしく弱気だな」

「出世の好機と思って浅野家に仕えたが、こんな戦は真っ平だ。お前はどうしてこんな所まで来た。宇喜多の寄人とかいったが、召し抱えられたか」

「いいや、戦況視察というところだ」

さる大名から視察を頼まれたことを、政重は手短に語った。

「ならばしばらくここに居たらどうだ。戦とはまた別の真実が見えるかも知れぬぞ」

蔵人は謎をかけるようなことを言って作事場に戻っていった。

別の真実――。

それは戦場での平穏な日常の中にあった。

築城にたずさわる一万六千人のうち、半数以上が日本から強制的に連れて来られた百姓や水夫、職人たちだった。

彼らは夜の明けぬうちから山に入って材木を切り出し、日暮れてから疲れ果てた姿で戻って来る。山中では朝鮮軍に襲撃され、仕事が遅いといっては日本兵に処罰されながら、過酷な使役に耐えていた。

作事場では大工たちが手斧をふるって柱を削り、鋸をひいて板をわかつ。鍛冶たちはふいごを踏んで鉄を溶かし、金槌をふるって釘や鎹に仕上げていく。冬将軍を目前にしているためか、迫り来る敵におびえているのか、工事は昼夜兼行でつづけられ、真夜中でも金槌や手斧の音がやむことがなかった。

このため疲労のあまり倒れる者が続出した。苦しさに耐えかねて脱走を企てる者もいる。

そんな者たちを引き出しては、見せしめの処刑が行なわれる。

何ともやりきれない光景だった。

さらに耐え難いのは、人買い商人どもの横行である。

日本から船を連ねてやって来た商人たちが、日本軍の後をついて回り、捕われた朝鮮人を奴隷として買いあさっていた。

この様子を蔚山城にいた従軍僧慶念は次のように記している。

〈日本よりも万の商人も来たりし中に、人商いせる者来り。奥陣より後につき歩き、男女老若買い取て、縄にて首をくくり集め、先へ追い立て、歩み候わねば後より杖にて追い立て、うち走らかすの有様は、さながら阿防羅刹の罪人を責めけるもかくやと思いはべる〉（『朝鮮日々記』）

日本では禁止された奴隷売買が、この国では公然と行なわれている。大名たちも戦費をかせぐために、先を争って悪業に手を染めているのだった。

蔚山滞在が半月に及んだ頃、大黒に異変が起こった。

落ち着きを失い、北の方ばかりを気にしている。

吹きつける北風に異変を嗅ぎ取ったのか、しきりに胴震いをくり返す。

竹蔵が飼葉をやろうとしても見向きもしなかった。

「朝からこんな調子ですねん。具合でも悪いんとちゃうやろか」

大黒を手なずけたと自負していた竹蔵は、すっかり自信を失っていた。

政重は大黒にまたがり、同じ風に身をさらした。

かすかに感じるものがある。大軍勢の放つ熱気が風の中にただよっている。

「竹蔵、二、三日留守をすると、蔵人に伝えておけ」

政重は鐙を蹴り、北に向かって走り出した。

休養充分の大黒は、四肢の筋肉を波打たせて疾走する。日本にいた頃の調子を取り戻した、力強い走りっぷりだった。

道境を越えると、慶州（キョンジュ）までは二十キロばかりだった。かつては新羅（しらぎ）王朝の都が置かれた町も、日本軍によって跡形もなく焼き払われていた。

慶州を過ぎた頃から、軍勢の気配はますます強くなった。

四万、あるいは五万ちかい大軍が、風上から迫ってくる。

方向は北西。距離は十キロとは離れていまい。

大黒が落ち着きをなくしたのは、風の中に軍馬の匂いを嗅ぎ取ったからだ。

それほど多くの騎馬を擁しているとすれば、明からの援軍にちがいなかった。

政重は馬を止め、かたわらの山中に身をひそめた。

大軍が移動する時には、必ず斥候（せっこう）を出して伏兵の有無を確かめる。

このまま進んでは、その者たちと出くわすおそれがあった。

案の定、四半刻（さんじっぷん）ほどすると十騎ばかりの斥候が駆け抜けていった。

緋色の鎧を着て南蛮風の兜（かぶと）をかぶった明兵である。

さらに待つこと一刻（にじかん）。

明軍の第一陣が通り過ぎた。大半は歩兵で、騎馬は予想したより少ない。馬が多いのは、大将軍砲と呼ばれる大砲や弾薬をつんだ荷車を引かせているからだった。

第一陣は明軍およそ一万三千、朝鮮軍は四千ばかり。

第二陣、第三陣もほぼ同数で、殿軍が通り過ぎた時には日が暮れていた。

驚いたのは大将軍砲の数である。三軍合わせれば千二百門は下らない。籠城した日本軍に、遠くから砲弾をあびせるつもりにちがいなかった。

（いかん）

このままでは蔚山城が真っ先に狙われる。一刻も早く城に戻ってこのことを知らせなければ……。

政重は夜の間に蔚山城に戻ろうとしたが、思わぬ不都合が待ち受けていた。

慶州に駐屯した明軍が、蔚山へ通じるすべての道を封鎖していたのである。

四

政重が蔚山城にたどりついたのは、十二月二十三日の未明だった。

明軍の進発が明日と定まり、道の封鎖がわずかにゆるんだ。その隙をついて夜間に突破してきたのである。

小具足姿のまま泥のように眠っていた蔵人を叩き起こし、敵の動きを伝えた。

「蔵人、起きろ」

「ほう、五万か」

蔵人は久々に活快な笑みを浮かべた。

これでようやくまともな戦ができると思ったからだろうが、敵が千二百門もの大砲を持っていると聞くとにわかに表情を険しくした。

「このこと、他の者には？」

「話してはおらぬ」

「よし。ならばしばらくわしの家来になってくれ。お前を斥候に出したと言えば、わしの手柄になる」

現金な申し出だが、政重は左右なく応じた。家を取り潰された蔵人が、どれほど出世したがっているか知っていたからである。

蔵人は政重を連れて本丸に上がり、浅野幸長にこのことを告げた。

「ご、五万」

真綿の夜着をかぶったまま出てきた幸長はしばし呆然とし、やがて激しく身震いした。

浅野長政の嫡男で、二十二歳になる青年大名である。

「それで、いつ攻めてくる」

「明日の夕刻でござる」

敵の陣容から見て移動にはそれくらいかかると、蔵人は自分で見てきたようなことを言った。

「それまでに早急に守りを固めねばなりませぬ。まず百姓や水夫など戦の役に立たぬ者を、川向こうに落としていただきたい」

兵糧が切れれば籠城戦はおしまいである。この小さな城に一万六千人も抱えることは不可能だった。

「しかし、今からでは」

「太和川さえ渡せば、西生浦まで自力でたどり着きましょう。人買い商人の船に捕われた者たちをすべて召し放ち、あの船で川を渡せば夕方までには何とかなります」

これも政重の入れ知恵である。

「分った。飛騨守どのと計ってすぐに手を打とう」

城には秀吉の軍目付として太田飛騨守が派遣されている。

幸長はさっそく飛騨守に報告し、夜明けとともにあわただしい脱出劇が始まった。

すでに冬の盛りで、川には薄氷が張っている。その氷を割って人買い商人の千石船が往復し、昼までに六千人ちかくを対岸に避難させた。

小早船を仕立て、西生浦の加藤清正や釜山浦の宇喜多秀家らに救援を乞う使者を送った。

明軍の来襲までには間に合わないだろうが、五、六日の間に援軍が駆けつけるはずである。それまで持ちこたえられるかどうかに、一万余人の命運がかかっていた。

城に残った者たちはありったけの桶を使って川から水をくみ上げ、蔚山城下に乱入して食べられそうなものは手当たり次第に城内に運び込んだ。

明の第一陣が姿を現わしたのは未の刻過ぎだった。

緋色の鎧を身にまとい、龍の旌旗をかかげた軍勢が、山を背にして海ぞいの平野に陣取った。

第二陣と第三陣がその西側につらなり、城を鶴翼に包囲する陣形をとった。

政重が見立てた通り、その数はおよそ五万。

車つきの大将軍砲千二百四十四門を正面に押し立て、城まで近寄って砲撃する構えだった。

「お前が言った通りだ。お陰で手柄を立てられたよ」

蔵人がはにかんだ顔で礼を言った。

「礼には及ばぬ。お前がいてくれたお陰で、戦に関わりのない者を死なせずにすんだ」

「まだ安心は出来ぬぞ。城中には三、四千人の人足が残っておるからな」

「それゆえこの城を守り抜く。それが武士たる者の務めだ」

政重は戸田組に加わって惣構の守備についていた。ここを死守しなければ、あの大砲で本丸、二の丸を直に砲撃されるのである。

「お前の役目は視察であろう。何ゆえわざわざこの城に残った」

「蔵人の勘は昔からよく当たる。それを信じたのさ」

「わしの勘？」

「ここに着いた日に、戦は近いと言ったではないか。それに別の真実とやらも見極めたかった」

「それで、何か分ったか」

「分ったさ。お前がこんな戦は真っ平だと言った気持がな」

「そうだとも。わしは明の大軍が現われてほっとしている。たとえ敗けても、あの世とやらで倉橋どのにみやげ話が出来るからな」

冬の夕暮れは早い。

あたりが薄墨色の闇にとざされ、身を切るような冷たい風が吹き始めた。

それを待っていたように、明軍の歩兵二千ばかりが惣構に押し寄せ、次々に火矢を射込んだ。

惣構の塀や作事小屋を焼き立てるためだが、このことあるを見越して小屋はすべて解体して城内に運び込んでいる。塀に突き立った火矢も、用意の水で難なく消し止めた。

浅野勢も鉄砲を撃ちかけるが、隙間なく並べた敵の楯にはばまれて効果が薄い。互いに挨拶がわりの小競り合いをくり返したばかりだった。

その日の夜半、加藤清正が小早船でやって来た。

急の知らせを聞いたものの、陣立てをしていては間に合わない。そこでわずか十人ばかりの家臣とともに、陣頭指揮を執るために冬の海を渡ってきたのだ。

さすがに天下に聞こえた豪傑だけのことはあった。

三の丸の門をくぐった清正は、陣小屋の側につないである大黒に気付いて足を止めた。

「ほう、こんな所で会うとはな」

八十センチもある長烏帽子の兜が、長身の清正を二倍ほどにも大きく見せていた。

「有明も明日来る。今度は仲良くしてやってくれ」

小さくつぶやくと、大黒のふさふさした冬毛をひとなでして立ち去った。

政重とも目を合わせたが、声をかけようともしなかった。

翌朝早く、加藤家の軍船三十艘が到着した。

船には二十人ずつ鉄砲衆が乗り込んでいるが、一艘だけは有明が占めていた。

揺れにそなえて柵を作り、しっかりと固定している。馬体を痛めないように、柵にはぶ厚く布が巻いてある。

その扱い方を見ただけで、清正がいかに有明を大事にし、運命を共にする同志と見なしているかがよく分った。

扇形の惣構の中央に浅野家の鉄砲衆が陣取り、左を加藤家、右を太田家の兵が固めた。

その数およそ二千。

七つの木戸の陰には、一千ばかりの長槍隊が槍を伏せてひそんでいた。

「倉橋どのではござらぬか」

加藤家の陣からひげ面の男が声をかけた。

清正に訊問された時、婦女への凌辱はなかったと証言した清川武左衛門である。

「その節はご無礼いたしました。役目柄とはいえ、虚言をろうしたことをお許しいただきたい」

思いがけないほどさっぱりと謝られ、政重も水に流す気になった。

「大黒を預かっていただき助かりました。それにあの女の子の預け先を捜していただいたそうで、お礼申し上げます」

「それがしにも、あれくらいの孫がおりましてな。せめてもの罪滅ぼしでござる」

武左衛門は声をひそめて打ち明けた。こんな無体な戦を、すき好んでしているわけではない。そう言いたげだった。

あたりは深々と冷え込んでいる。吐く息も凍りそうなほどで、両手をこすり合わせて指をぬくめなければ鉄砲の扱いもままならなかった。

東の海に陽が昇り冷気がわずかにゆるんだ頃、明軍の総攻撃が始まった。

大将軍砲を前面に押し出し、百メートルばかり離れた所から砲撃を加え、土手の上にめぐらした太鼓塀を粉砕しようとした。

だが板と板との間に小石をびっしりと詰め込んだ太鼓塀は、砲弾の直撃を受けてもびくともしない。

効果が薄いと見た明軍は砲撃を中止し、五千人ばかりの鉄砲隊と弓隊を五十メートルばかりの距離まで接近させた。

鉄砲で掩護しながら火矢を射込ませる作戦である。

昨日と同じように前面に隙間なく楯を並べているが、この戦法で来ることは日本側も読んでいる。敵が火矢をつがえて天に向けた時、七つの木戸をいっせいに開いて長槍隊を突撃させた。

明軍は楯の隙間から鉄砲の筒先を出して長槍隊を狙い撃つ。

そうはさせじと、惣構の内側から鉄砲隊が掩護した。

耳をつんざくような轟音と煙があがり、長槍隊の先陣がばたばたと倒れていく。

だが後方の者たちは、身方の屍を踏みこえて楯の備えを突きくずした。

逃げまどう明軍を目がけて、二千梃の鉄砲が火を噴いた。

片膝をついて太鼓塀の狭間から撃つ者もいれば、立ったまま塀越しに撃つ者もいる。

その間にも明軍の放った火矢が、惣構に向かってゆるやかな弧を描いて飛んでくる。

太鼓塀や柵に突き立って燃え上がる。

その攻撃は執拗だった。

用意した火矢の数、何と十一万八千本。

その物量にものを言わせ、身方の犠牲もいとわずに攻め寄せてきた。

日本側はそのたびに追い散らしたが、数千本の矢を射立てられてついに太鼓塀が炎上した。

外側の板が燃え破れ、中に詰めた小石がざらざらとこぼれ落ちる。

明軍はこの時とばかり大将軍砲を撃ちかけ、跡形もなく塀をふき飛ばした。

七つの木戸も燃え落ちている。そこを狙って敵がいっせいに突入したが、木戸の内側には虎口(ここう)がしつらえてあった。

行き止まりの道に戸惑う相手に、虎口の陰にひそんだ者たちが鉄砲を撃ちかけ、長槍隊が突きかかって追い返した。

それでも多勢に無勢で、次第に旗色は悪くなっていく。

激戦半日に及んだ頃、本丸の櫓で引き太鼓が打ち鳴らされた。

全員退却の合図である。

狭い城内での過酷な籠城戦の始まりを告げる合図でもあった。

明け方の冴(さ)えた月に照らされて、大黒が立ち尽くしている。

長い冬毛に下りた霜(しも)が、細かい氷の粒となって張りつき、石英(せきえい)の粉でもまぶしたようにキラキラと輝いていた。

馬は寒さに強い。奥州の寒立馬はひと冬を雪の中で過ごすほどだから、大黒も立ったまま平然と眠っていた。

その背中にもたれかかるようにして、竹蔵が眠っている。

大黒の体温でぬくもるので、この方が横になるよりよく眠れるのだ。

それに大黒を守るのにも都合が良かった。

籠城三日目となり、城内の兵糧は底をついている。飢えに耐えかねた者たちが、大黒を盗み取って食べてしまわぬとも限らなかった。

城内の窮乏はそれほど極まっていた。

築城中だった城には兵糧のたくわえはわずかしかなく、城内には井戸さえ掘っていない。

あわててかき集めた食糧や水も、わずか二日で使い切っていた。

これを知った明軍は、徹底した兵糧攻めに出た。

城の包囲を厳重にし、夜陰に乗じて川の水を汲みに出る者や、食糧調達に出ようとする者を容赦なく攻撃した。

籠城四日目——。

清正は明軍の総大将に使者をつかわし、和議の可能性をさぐった。

これに応えて明軍からも使者が来た。清正の旧臣岡本越後守である。

越後守は数ヵ月前に一千余の兵をひきつれて朝鮮側に投降した。清正にとっては恨み重なる相手だった。

惣構まで出た清正は、城方の全将兵が見守る中で越後守と対面した。

「貴殿が降人となって明軍に下られるなら、城内の将兵の命はすべて助ける。明の提督はそうおおせられました」

越後守が提督からの書状を差し出し、清正の投降を求めた。

「分った。しからば数日のうちに互いに参会し、和議のことを話し合おう。それまでに諸将とはかり、和議の条件を決めておくことにする」

清正はそう答えたが、これは援軍を待つための時間かせぎだった。

十二月二十八日、待望の援軍が来た。

明軍の包囲網のはるか後方から来援を知らせる狼煙が上がったが、翌日になっても何の異変も起こらなかった。

小勢ゆえに明軍との決戦をさけているのか、それとも後続の軍勢を待っているのか、いつまで待っても明軍に攻めかかろうとはしない。

兵糧は尽き、飢えと寒さに明日をも知れぬ命だけに、城兵の誰もが祈るような思いで狼煙が上がった彼方に目を向けていた。

「蔵人、もうひと手柄立てる気はないか」

籠城以来沈黙を守っていた政重が、久々に腰を上げた。

「夜討ちか？」

「お前は四、五百ばかりの手勢をひきいて夜討ちをかけろ。私はその混乱をついて包囲網を突破し、援軍との連絡を取る」

身方の忍耐はもはや限界に達している。

二、三日のうちに援軍が来なければ、気力を失ってバタバタと倒れていくだろう。

「よし。殿に言上（ごんじょう）する。ついて来い」

本丸の陣屋ではちょうど軍議の最中で、浅野幸長、加藤清正、太田飛騨守らが険しい表情で慶尚南道の絵図に見入っていた。

援軍はどこまで来たのか。人数はどれほどで、あと何日で到着するのか。額を寄せて議論をくり返している。

蔵人の献策は、机上の空論に疲れた彼らの迷妄（めいもう）を覚ますに充分だった。

「そうじゃ。その手じゃ」

清正が真っ先に賛意を表わし、ちらりと政重を見やった。

無視していたいのに、そうもならぬと悟ったらしい。

「この城に馬は二頭しかおらぬ。わしも共に出陣して手をかそう。決行は明朝未明。鉄砲衆三百、打物衆三百。屈強の者を選んで仕度をととのえておけ」

夜半になると、あつらえたように氷雨が降り始めた。

北風に吹かれて、細かい氷の粒が城の中に降り落ちてくる。

明軍は惣構の外に陣小屋をかけて布陣していた。

日本軍が築いた土手を防塁にして、ふいの攻撃にそなえていた。七つの木戸も修復して夜番の兵をおいていたが、今は氷雨をよけて番小屋に逃げ込んでいる。

明軍も対陣が長引くにつれて兵糧不足と寒さに悩まされ、士気はいちじるしく低下していた。

一方、城内選りすぐりの部隊は、夜明け前に三の丸に勢ぞろいした。

まずは足軽隊が丸太で木戸を突き破り、鉄砲隊が血路を開き、抜刀隊が敵を追い散らす。そうして五百メートルにも及ぶ敵陣の真っ直中を突き抜けるのだ。

政重は浅野家から借りた緋おどしの鎧を着込み、敦盛を脇にかい込んで大黒にまたがっている。

隣では清正が長烏帽子の兜をかぶって有明に乗っていた。

馬は共通の敵を前にすると、とたんに団結する。

群をなして行動していた頃の習性がそうさせるのか、城内では無視しあっていた大黒と有明がくつわを並べて鎮まっていた。

有明は大黒を頭と認めたらしく、時折頼りきったような視線を投げたり、たてがみをなめて毛づくろいを手伝ったりしていた。

「敵陣の中ほどまで進んだなら引き返して下さい。退路を断たれるおそれがありますから」

政重が声をかけた。

「その先は一人で行くか」

「半ばまで崩された敵は浮き足立ちます。さしたることもないでしょう」

「今のうちに、頼んでおきたいことがある」

「何でしょうか」

「この戦が終ったなら、大黒をわしにゆずってくれ」

「こいつは相棒です。手離すことは出来ません」

「ならばそちも肥後に来い。禄高(ろくだか)は望みに任す」

要するに政重を召し抱えたいのである。だが素直にそうとは言えないので、こんなもって回った言い方をしたのだった。

東の空が白みはじめた頃、三の丸の櫓門が開かれ、足軽たちが惣構の木戸を突き破った。

鉄砲隊と抜刀隊が手はず通り敵陣に突っ込んでいく。

寝込みを襲われた明軍は大混乱におちいり、武器さえ取らずに我先にと逃げ散った。くさびでも打ち込んだように敵陣が真っ二つに割れ、亀裂は奥へ奥へと広がっていく。

「今だ。行くぞ」

清正が先に飛び出し、政重が後につづいた。

清正は大きく反りを打った大太刀をふりかざし、政重は敦盛の中ほどを持って敵にそなえたが、反撃してくる者はいない。

あっけないほど容易く敵陣の裏まで突き抜け、政重は太和川ぞいの道を狼煙の上がった方向へとひた走った。

翌日は慶長三年の元旦である。

首尾やいかにと固唾を呑んで一夜を過ごした将兵たちは、夜明けとともに城に駆け戻ってくる政重の姿を見た。

明軍は昨日の夜襲にこりたのか、北側の山際まで後退して堅固に陣を構えている。無人となった川ぞいの道を、政重は飛ぶような速さで駆けていた。めずらしく旗指し物をかかげている。

風を受けて大きくたわんだ白地の大旗には、墨黒々とこう記されていた。

　来援遅からじ
　　将士安らけく新春を賀せ

目のいい蔵人がいち早くそれを読み取ると、城内からどっと歓声が上がった。

海陸両路から六万の援軍が駆けつけたのは、それから三日後のことだった。

第四章　散りのまがひに家路忘れて

一

西生浦の海は朝陽に輝いていた。

蔚山から八キロほど南にあるこの港町に日本軍は城を築き、釜山と蔚山の中継基地としていた。

ところが、蔚山城が明軍の攻撃を受けて大破したために、西生浦城まで退却していた。

冬の間は食糧確保の目途がまったくたたないので、築城工事をつづけられる状況ではなかったからである。

戦いは膠着状態に入っている。

朝鮮の山野は雪におおわれ、食糧ばかりか暖を取るための薪を確保することさえ容易ではないので、日本軍も明軍も身をすくめて春の到来を待っていた。

倉橋長五郎政重も戸田蔵人らと西生浦城に移り、所在ない日を過ごしていた。

見るべきものは見た。今のうちに日本に戻り、前田利家に現状を報告すべきではないか。そう思いながらも、なかなか決心をつけられずにいた。

蔚山城での戦い以来、加藤家や浅野家の者が慕い寄って来るので、彼らを置き去りにしていくのは気が咎めたからである。

「長五郎、遠乗りにでも出ぬか」

蔵人が声をかけたのは朝食後のことだった。

厳寒の真っ盛りだが、空はきりりっと晴れている。

真っ青な空と雪におおわれた大地の対比が鮮やかだった。

「行くのは構わぬが、馬はどうする」

「あるさ。来てみろ」

勇んで三の丸の馬屋へ連れて行った。

加藤清正の有明や大黒と並んで、栗毛の馬が飼葉を食べていた。

体は大黒より小さいが、鼻筋に白い線の通った利口そうな顔立ちをしていた。

「わしの馬じゃ。名を万石（まんごく）という」

蔵人は蔚山城での働きを認められ、浅野幸長から三千石を加増するとの確約を得た。その扶持米（ふちまい）を担保（たんぼ）に、出入りの商人から馬を買ったのである。

「お前のお陰で六千石を食（は）む身となった。今日はそのお礼に面白い所に案内しよう」

「売娼窟（ばいしょうくつ）ではあるまいな」

「こんな天気のいい日に、そんな所へ行くものか。山また山のその奥さ」

蔵人は上機嫌で万石の背に鞍（くら）をつけ始めた。

二人が向かったのは、西生浦から三十キロほど西にある東莱（トンネ）という町だった。町のはずれには温泉場があるが、戦（いくさ）が始まって以来使う者もいない。そこの湯につかって雪見酒としゃれこもうというのである。

東莱は太和川（テファチョン）の流域にひらけた町で、両側には険しい山が迫っている。山野はあまねく雪におおわれ、青空に映えて輝くばかりの美しさだった。

「あれが上鶴山（サンハクサン）だ。尾根伝いには新羅（しらぎ）時代の山城の跡がある」

先に馬を進めながら、蔵人が西側にそびえる山を指さした。

城壁で山を囲んだ城の中には金城洞（クムソンドン）という村があり、今も朝鮮軍の拠点になっているという。

「あちらが東萊山城。文禄の役の時に激戦地となった所だ」

東側の小高い山がそうである。東萊府使の宋象賢(ソンサンヒョン)をはじめとして一万余人が討死(うちじに)したという山城も、純白の雪におおわれてひっそりと静まっていた。

「こんな景色を見ていると、故郷が恋しくなる。今頃みんなどうしているだろうな」

蔵人が懐かしげに東の空をあおいだ。

「江戸の町造りにでも励んでいるさ。大殿(おおとの)は今度の出兵には関わっておられないからな」

二人は今でも家康を大殿と呼んでいる。それほど大きな存在だった。

「この先どうする。いつかは帰参するつもりか」

「私は岡部どのを斬り捨てた。果たし合いの詮議(せんぎ)もされなかった。とても帰参など許されまい」

「許されたら、どうする」

「分らぬ。みんなには会いたいが、今さら戻るのも癪(しゃく)ではないか」

ここを出て行けと言った本多正信の言葉が、今でも政重の脳裡(のうり)にこびりついている。

帰参を許されたからといって尻尾(しっぽ)を振って戻るようでは、武士の一分(いちぶん)が立たなかった。

「岡部といえば、絹江どのはどうなされた」

「さあ、知らぬ」

仇と付け狙われたことなど、おくびにも出さなかった。

「柳腰のいい女だったなあ。父の仇を討ってくれたのは有難いが、岡部家が取り潰されたのでは、今頃さぞ苦労しておられよう」

家を取り潰された無念が分るせいか、蔵人はしんみりとつぶやいた。

太和川ぞいの道を進むと、谷は次第に狭くなった。

町の者たちは日本軍の侵攻を恐れて山の中に逃げ込み、家はことごとく焼き払われていた。

日本軍に利用されることを阻止するために、食糧や家財をすべて持ち去り、自ら家に火をかけたのである。

「温泉場はもう少し先だ。近頃はこのあたりまで敵が出没するので、恐れて誰も近寄らぬ。我らが借り切ったようなものだ」

釜山鎮城に使いに行ってこの温泉のことを聞いたという。

ここから釜山浦までは十二キロほどしか離れていないので、城番の将兵が時々訪ねていたのだった。

大きく蛇行（だこう）した川を曲がり切ると、上鶴山の中腹から白い湯気が上がっていた。

雪景色の中では目立たないが、政重はいち早くそれに気付いた。

「あそこが、そうか」

温泉から湯気が上がっているのだと思った。

「いいや。温泉はもっと上流だ」

「ならば、あれは」

合戦の跡ではないか。そう思った瞬間、政重は鐙（あぶみ）を蹴（け）っていた。

寺が焼き払われていた。

急な石段を登ると広々とした境内（けいだい）があり、本堂や庫裏（くり）の土台の上に炭と化した柱や梁（はり）が折り重なって倒れていた。

火が消えて間がないらしく、まだ下の方がくすぶりつづけている。

その上に降った雪が蒸気となり、湯気のように見えたのだった。

黒く焦げた焼死体も転がっていた。

焼け落ちた寺の下敷きになっているので見分けにくいが、五、六十人ちかい。

背丈から大人と分るだけで、男女の区別さえつかなかった。

本堂の奥には天を衝くように真っ直ぐに伸びた竹林があり、その間の狭い石段を上っていくと墓地があった。

墓地には女や子供の死体が散乱し、厚く積もった雪が血で染まっていた。

石造りの大きな墓が暴かれ、土台の下の空洞がぽっかり口を開けていた。

いずれも二畳ばかりの広さがあり、その中で息絶えている母親や乳呑み児もいた。

政重は墓地に足を踏み入れるなり、息を呑んで立ち尽くした。衝撃が胸を貫き、頭の中が真っ白になった。

「この国の者たちは、食糧や銭を寺や墓地に隠す。だから襲われるのだ」

蔵人の声は政重の耳には届かなかった。

耳がつんと詰まったようで、ごうごうと耳鳴りがした。

頭の中で早鐘が鳴り、恐怖におびえて泣き叫ぶ子供たちの声が渦を巻いた。

政重は敦盛を投げ捨て、耳を押さえてうずくまった。

記憶の底に押し込めていた恐怖や哀しみが堰を切ってあふれ出し、これまでの自分を一挙に押し流していくようだった。

加賀、金沢御坊――。

織田信長の軍勢に追い詰められた一向一揆は、金沢御坊にたてこもって最後の抵抗をこころみた。

数日の戦の後に刀折れ矢尽き、全滅も間近となると、寺にこもっていた門徒たちは妻や子を次々と殺(あや)めた。

織田軍の将兵に凌辱(りょうじょく)されるよりは、己の手で極楽浄土へ送ってやろうとしたのである。

だが政重の父正信は、脱出してあくまで戦うと言った。

だから一緒に御坊を逃れようと誘ったが、加州(かしゅう)一揆の有力者の娘だった母は頑として応じなかった。

自分にはこの方々と運命をともにする責任がある。どうかこの子を連れて落ちのびてくれと、幼い政重を正信の胸に押しつけた。

正信はためらった。お前を置いていくわけにはいかないとかきくどいている間に、御坊には火が放たれ、敵は門前にまで迫っていた。

何百梃もの鉄砲の音、地をゆるがすような軍勢のどよめき、女や子供たちの断末魔(だんまつま)の叫び……。

と、母は突然懐剣を抜き放ち、己の胸に突き立てた。

自ら命を絶って、正信と政重を行かせようとしたのだった——。

「おい、長五郎」

異変に気付いた蔵人が肩をゆすった。

政重ははっと我に返り、あたりを見回した。

衝撃のあまり、自分がどこにいるのかさえ分らなくなっていた。

「どうした。これしきのことで取り乱すお前でもあるまい」

「蔵人、私はこれから日本に戻る」

政重は敦盛をつかんで立ち上がった。

「何だと」

「この戦は駄目だ。何としてもやめさせねばならぬ」

「まあ待て。近々加藤どのから恩賞が下される。二人に黄金十枚ずつだそうだ。それを貰ってからでも遅くはあるまい」

「そんなものはいらぬ。一刻も早く日本に帰り、利家公にこの惨状を伝えねばならぬ」

「それでは加藤どのの顔をつぶすことになる。それに利家公に進言したところで、太閤殿下をお諫めしようとはなされまい。今や殿下は石田治部の言いなりだからな」

「ならば殿下をお諫めすればよい」

「いかにお前でも、そんなことが出来るはずがあるまい。御前に近付く前に無礼討ち

「それでも構わぬ。親父どのが生きておられたなら、同じことをなされるはずだ」

事が成るかどうかは問題ではない。体の震えがおさまらず、何かをせずにはいられなかった。

「竹蔵には釜山鎮城にいると伝えてくれ。小者ながら見所のある奴だ。城に残るというのなら、おぬしの家臣にしてもらいたい」

政重は返事も待たずに大黒に飛び乗り、雪の道を南に向かって駆け出した。

釜山鎮城は釜山港の波打ち際に築かれた山城だった。

東側の本城は高さ百二十メートルばかりの尾根を切り開き、本丸、二の丸、三の丸を配してある。

西側の支城は高さ三十六メートルの小高い山に本丸だけを築き、三重の犬走りを巡らして防備を固めていた。

本城と支城の間に海が深く湾入し、船を繋留するための船だまりがあった。

釜山港は朝鮮と日本をつなぐ拠点で、日本軍の生命線といっても過言ではない。

そこで出征軍の総大将格である宇喜多秀家が、一万余の軍勢をひきいて守備についていた。

本城の登城口で秀家に対面を申し入れると、支城に出かけているという。

折悪しく満潮にあたり、支城の周囲は海と化しているので、船でしか渡れなかった。

政重は心急くまま海に乗り入れようとしたが、この寒さにさすがの大黒も二の足を踏んでいる。

やむなく登城口の馬場に預け、小舟で渡ることにした。

船着場には、明石掃部が裃姿で待っていた。

百九十センチもの巨体を真っ直ぐに伸ばし、冷たい風に吹きさらされながら立ち尽くしている。

握り飯を作る時でさえ背筋を伸ばすほどの、律儀この上ない男だった。

「本丸御殿からお姿が見えましたゆえ、お出迎えに参上いたしました」

掃部が政重の手を取り、軽々と陸へ引き上げた。

「備前中納言どのにお願いがあって推参いたしました」

「あいにく来客中でござる。それがしの部屋でお待ち下され」

水軍をひきいる藤堂高虎と九鬼嘉隆が来て、今後の対応策について話し合っているという。

蔚山城で明軍を撃退したものの、日本軍の苦境は変わらなかった。

蔚山城に加藤清正、西生浦城に浅野幸長、泗川（サチヨン）城に島津義弘、順天（スンチヨン）城に小西行長らを配し、海岸線の橋頭堡（きょうとうほ）をかろうじて確保している有様である。

冬には玄界灘が荒れるので、本国からの物資や兵員の補給も容易ではなかった。

「蔚山城でのお働きは、救援に赴（おもむ）いた者たちからうかがいました。祝着（しゅうちゃく）に存じまする」

掃部は大いに誉めたたえたが、政重はさして嬉しくもなかった。

あまりの衝撃に、武辺者（ぶへんしゃ）としての生き方にまで自信が持てなくなっていた。

「掃部どの、日本に渡る船の手配をしていただけませんか」

いきなり斬りつけるように頼んだ。

「何ゆえ急に？」

「日本に戻って、この戦をやめさせたいのです。こちらの状況を利家公に報告すれば、太閤殿下を諌めて下さるかもしれません」

政重は見てきたばかりの惨状を語り、協力してくれるように頼んだ。

「当家の船はひと月先でなければ動きませぬ。しかし、他家の船の都合がつくかもしれませぬゆえ、船番所の者にたずねて参りましょう」

掃部の帰りを待つ間、政重は眼下に広がる海をながめていた。

風もなく波もおだやかである。だが政重の胸のざわめきは静まらなかった。

「政重どの、お待たせいたした」

掃部が秀家と連れ立って戻ってきた。

「聞きました。帰国なされるそうですね」

高虎らと険しい交渉をつづけていたのか、秀家もいつになく疲れた顔をしていた。

「ご多忙のさなかに推参いたし、申しわけございませぬ。されど」

「茶でもいかがです。掃部の握り飯は絶品ですが、点前(てまえ)もなかなかのものですよ」

政重の心が波立っていることを察したらしく、秀家は離れの茶室に誘った。

板張りの簡素(かんそ)な茶室には、すでに火が入れられ湯がわいていた。

客人をもてなすために火を欠かさないのだろう。

ほどよく温められた茶室は、冷えきった体には何よりの馳走(ちそう)だった。

掃部の点前も見事だった。ひとつひとつの所作が律儀で歯切れがいい。巨体の前に茶碗(ちゃわん)を置くと、まるで盃(さかずき)のようで何ともいえない愛敬があった。

政重は静かに息を整えて茶を服した。

心がしんと静まっていく。戦に明け暮れた戦国武将たちが、茶の湯を愛した気持が初めて分った気がした。

「それで、船の手配は済んだのか」

秀家が掃部にたずねた。

「天気が変わらなければ、九鬼水軍の船が明日出港するそうでござる。船代を払えば乗せてもらえると存じまするが、少々不都合がございまして」

「何でしょうか」

政重は茶碗をことりと床に置いた。

「船には朝鮮人の捕虜を積み込んでおりまする。出兵の費用をまかなうために、人買い商人(あきんど)に頼まれて輸送を請け負っているのでござる」

「大黒も乗れるでしょうか」

「銭さえ出せば、何とかなりましょう」

「それではお願いします」

何しろ急な頼みである。明日出港できるのなら文句は言えなかった。

「私にも何か話があったようですね」

秀家が茶碗を差し出して二杯目を所望した。

青ざめていた頬(ほお)にようやく血の気がさしていた。

「中納言さまは先日、この国の民を服させる方法を見つけるか兵を引く以外に、現状を打開する方法はないとおおせになりました。今はどのようにお考えでしょうか」

「政重どのと同じです」

「兵を引くべきだと」

「さよう。しかし冬の間は海を渡ることもままならぬゆえ、とりあえず蔚山城と順天城を放棄し、戦線を縮小することに決しました」

このことを伏見に報告した書状には、秀家ほか十二名の大名が署名しているという。秀吉や三成の許可を得ずにこうした措置を取ったことに、出陣諸将の思いが如実に表われていた。

「ならば私が石田治部どのに会って、この地の状況をつぶさに話して参ります。添状をしたためていただけないでしょうか」

「しかし、それは」

秀家がためらった。

政重は前田利家の密偵としてこの国に来たのだから、添状などを書けば秀家までがこの企てに荷担しているとみなされるからだ。

秀吉や三成の不興を買えば、秀家といえども無事には済まないのである。

「万一不慮のことあらば、私が責任を取ります。兵を引くべきとお考えなら、何とぞご決断いただきたい」

身を乗り出した政重の鼻先に、掃部がすっと柄杓を突き出した。

茶室中に届きそうな長い腕だった。

「お気持は分るが、これは貴殿一人が腹を切って済むような話ではござらぬ。控えられよ」

「いや、構わぬ」

秀家が柄杓の先をそっと押さえた。

「政重どのの話を聞けば、治部どののお考えが変わるかもしれぬ。添状をしたためるゆえ、私の頼みも聞いていただきたい」

伏見に戻ったなら豪姫に会い、元気でいると伝えてほしいという。

政重は二の足を踏んだが、今さら断わるわけにはいかなかった。

二

翌日は晴天だった。風もおだやかで海はべた凪ぎである。

雪におおわれた釜山鎮城本丸の天守閣が、青空を背に美しく輝いていた。

政重は大黒とともに九鬼水軍の船に乗り、出港を待っていた。

大黒の蹄が痛まないようにぶ厚い馬わらじをはかせ、厳重な柵を作って体を固定していた。

竹蔵はまだ現われない。道中手間取っているのか、それとも蔵人のもとに残るつもりなのかもしれなかった。

出港まではあと四半刻と迫っていた。

甲板では水夫たちが巨大な帆柱を立てようと、あわただしく働いている。

大きな荷物を抱えた商人や、傷をおって本国に送り返される武士たちも乗り込んでいたが、日本に連れていかれるという朝鮮人の姿はどこにもなかった。

確かに掃部はそう言ったはずである。いぶかしく思って側にいた商人にたずねてみると、

「あやつどんな下ですたい。ばさらか詰め込まれとりましたばい」

博多から来たという男が声をひそめて耳打ちした。

政重は船底に下りてみた。

六メートルばかりの船の両側には櫓棚がもうけてあり、櫓を突き出すための口が開けられている。

そこから射し込むかすかな光に照らされた船底に、百人ばかりの男女がぎっしりと

詰め込まれていた。

普通は船の安定を保つために砂利を詰める場所に、数珠（じゅず）つなぎにした人間を押し込めている。

中には十歳ばかりの子供二人を連れた母親もいた。

高貴な家の主婦らしく、髪を美しく結い上げ、二人の子供の肩をひしと抱き寄せている。

その懸命な姿に心を打たれていると、三十がらみの母親も政重に気付いて真っ直ぐに見返してきた。

（これがあなたたちのやり方ですか。それでも人間といえますか）

強い光を放つ瞳が、そう問いかけてくる。

政重は胸を衝かれ、無言のまま甲板にもどった。

やがて合図の銅鑼（どら）が打ち鳴らされ、船が静かに桟橋を離れた。

四十人ばかりの水夫たちが、掛け声にあわせて櫓をこいでいる。

その声がうなりをおびて甲板にも聞こえてきた。

左に大きく曲がって船首を港の口に向けた時、大黒がぴくりと耳を立ててふり返った。

竹蔵が息を切らして桟橋に駆け込んできたのである。

「大将、待っとくんなはれ」

腕をふり回して叫ぶなり、小袖も袴も脱ぎ捨てて海に飛び込み、船にたどりつこうと懸命に泳ぎ始めた。

だが手足をばたつかせるだけの不器用な泳ぎ方で、なかなか前に進まなかった。

政重は帆を巻き上げる綱をはずし、手早く丸めてほうり投げた。

綱は空中でするすると伸びていき、竹蔵の前にぽとりと落ちた。

必死でしがみついた竹蔵を、魚でも釣り上げるように甲板まで引き上げた。

「大将、置いてけぼりなんて殺生や」

竹蔵は震えながら文句を言うと、大黒の横腹にぴたりと体を寄せた。

冬毛におおわれた体は、冷えきった体を温めるには最適なのである。

「蔵人に伝えてくれと頼んでおいた」

「それがころりと忘れとったいうて、夜になって教えてくれはったんです。それで夜通し走り通して来ましたんや」

「それは気丈なことだ。泳ぎはいまひとつのようだが」

「俺、泳げません。夢中で飛び込んだだけや」

そう言うなり、大黒の足元にくずおれた。体が温まると、疲れと安堵が一度に出たのである。

釜山から対馬まではわずか六十キロばかりである。

船は二刻ばかりで対馬の厳原港に入った。

ここで一夜停泊し、翌日の午後には名護屋城下の港に入った。

昨年八月に出航して以来、半年ぶりの帰国である。

尾根の上には名護屋城の五層の天守閣があたりを睥睨するようにそびえていたが、朝鮮での戦をつぶさに見てきた政重には、もはや秀吉の愚劣さと虚勢の証としか思えなかった。

船は岸から百メートルほど離れた所に停泊した。

博多方面から来た商人たちや負傷した武士たちは、こぎ寄せる艀船に乗って上陸する。

連れて来られた捕虜たちも半数ちかくがここで降ろされるらしく、船底から甲板に引き出されて下船の順番を待っていた。

二十代、三十代の男女と、十歳前後の子供が多い。この年頃の子供は働き手にもなるし、日本語を覚えて暮らしになじむのも早いので、高価で売れるのだ。

中にはイスパニアやポルトガルの商人に買い取られ、インドやヨーロッパに連れて行かれる者たちもいるという。

何ともやりきれない思いでながめていると、船尾の方からけたたましい叫び声が上がった。

「哀号(アイゴー)、哀号(アイゴー)」

かの国の言葉で泣き叫びながら、捕虜の女が九鬼家の武士に何かを訴えていた。髪を結い上げたあの母親である。一人の息子をひしと抱き締め、腰の綱を引かれても背中を叩(たた)かれても放そうとはしなかった。

「ええい、しぶとい奴じゃ。勝手を申さば、ただではおかぬぞ」

初老の武士が手にした杖で牛馬のごとく打ちすえた。

「お待ち下され」

政重はたまらなくなって杖先に立ちはだかった。

「これは何ごとですか」

「こやつを降ろそうとしたところ、この子供も一緒に降ろせと言って聞かぬのでござる」

母親と息子一人がここで買われることになり、もう一人は別の場所に連れて行かれることになったらしい。それゆえ、三人一緒に降ろしてくれと哀願していたのだった。

「見たところ三人は親子、兄弟のようだ。一緒に降ろしてやることは出来ませんか」

「無理でござる」

相手はあからさまに顔をしかめた。

「どうしてですか」

「この者たちにはすでに買い手がついておる。我らは頼まれて運んでいるばかりで、口をさしはさむことは出来ぬのでござる」

「異なことをうけたまわるものじゃ。人買い商人の手先になっているようでは、九鬼嘉隆どのも末でござるな」

政重はわざと甲板中に響きわたる声で高言した。

主君を侮辱されては、家臣として黙ってはいられない。たちまち五、六人の武士が抜刀してまわりを取り巻いた。

「それがしは九鬼家船頭（ふながしら）、田丸伝九郎（たまるでんくろう）と申す。いかに宇喜多どのから預かった客人とはいえ、ただ今のお言葉は聞き捨てならぬ。いかなる仔細（しさい）あっての雑言（ぞうごん）か、お聞かせいただきたい」

黒羅紗（らしゃ）の陣羽織を着た小柄な男が進み出た。

背は低いが筋骨たくましい。抜き討ちの技でも使うのか、抜刀もせずに腕をだらりと垂らしていた。

「この御仁の話では、九鬼家では商人に頼まれてこの者たちを運んでいるばかりで、自由に扱うこともままならぬという。それゆえかく申したのでござる」

「輸送の請け負いは、どこの家中でもやっていることじゃ。雑言をあびせられる筋合いはない」

「これはしたり。太閤殿下のご下命に背いても構わぬとおおせられるなら、備前中納言どのの恩義を受けた者としては見過ごすわけにはいかぬ」

政重はいきなり二尺三寸の業物をすっぱ抜いた。

途端に田丸という船頭は凍りついたように動けなくなった。

理は政重にある。

いかにどこの家中でもやっていることとはいえ、人買い商人に頼まれて捕虜を輸送することは、老若男女皆殺しにせよという秀吉の命令に違反している。

それを責められたために政重を斬ったとあらば、事が公になった場合には申し開きが出来ない。九鬼嘉隆は即座に所領を召し上げられ、軽くて蟄居、重ければ切腹ということになりかねなかった。

それを防ぐには人知れず政重を成敗するしかなかったが、今の抜刀術と隙のない構えを見れば、容易ならざる相手であることは瞭然である。

しかも港の中で騒ぎになれば、即座に船改めの役人が駆けつける。

田丸も千石船を預かるほどの男だけに、即座にそれだけの思慮をめぐらし、配下の者たちに刀を引くように命じた。

母親と二人の息子は一緒に下船することを許され、感謝の手を合わせながら艀船に乗り移っていったが、政重の心は晴れなかった。

伏見に着いたのは、三月五日のことだった。

今日の暦では四月の中旬にあたる。宇治川ぞいの桜は満開で、多くの花見客でにぎわっていた。

いずれもきらびやかな衣装をまとい、豪勢な席を作って酒宴に興じている。伏見城下は相変わらずの戦争景気に沸き立っているようだった。

政重は以前逗留した「藤波」に宿を取った。

船宿の主人が以前は浅井家に仕えていたという気骨のある男で、何かと便宜を図ってくれるからである。

「こんな立派な宿に泊ったら、支払いが出来んのとちがいますか」

竹蔵は唐破風(からはふ)の重厚な店構えに圧倒されていた。

「心配するな。その時にはお前に店で働いてもらう」

「水汲みでも薪割りでもしますけど、そんなもんではとても追いつきませんわ」

竹蔵は弱年ながら世慣れていて、旅の間の支払いをすべて取り仕切っている。銭の勘定にうとい政重には、これだけでも弟子にした甲斐(かい)があると思えるほどだった。

長旅の垢(あか)にまみれた衣服を着替え、伏見城西の丸にある前田利家の屋敷を訪ねた。

事前に連絡もしていなかったが、利家はすぐに現われた。

「長五郎、よう戻った」

まるで我子を迎えるように喜色を浮かべ、手を取らんばかりにして対面所へ案内した。

「蔚山城での働きは、こちらにも聞こえておる。清正とくつわを並べて、明軍の囲みを突き破ったそうではないか」

「引出物にいただいた敦盛のお陰でございます」

「太閤殿下もいたくお喜びでの。是非会いたいとおおせられておる」

「何ゆえ私のことを?」

「秀家どのの手柄じゃ。わしの使者として馬を届けたついでに、宇喜多家寄人として蔚山城の救援に駆けつけたとご報告なされておる。それに殿下は、そちが利政の指南役をしておったことも覚えておられてな。わしも大いに面目をほどこしたわ」

「それはかたじけなきことですが、かの国での戦況は惨憺たるものでございます」

戦況の不利と、出征軍の残虐行為を、政重はあます所なく語った。

兵糧弾薬を自前で補給しなければならないことへの諸大名の不満は増大し、このままでは使い殺しにされるのではないかという不安が広がっている。

それゆえ誰もが被害を少なくしようと保身に走り、軍議を開いて作戦を決めても行動の足並がそろわない。

将兵の戦意もいちじるしく低下し、脱走したり朝鮮側に投降する者が相次いでいるが、戦功があったように見せかけるために女子供の鼻まで削いで伏見城に送っている。

欠乏する軍資金を調達しようと、かの地の者たちを手当たり次第に捕えて人買い商人に売り渡すので、軍勢の後には商人どもがぞろぞろとついて歩く有様である。

「これではとてもかの地を領国とすることなど出来ますまい。戦が長引くほど国は疲弊し、豊臣家に対する怨嗟の声は広まることとなりましょう」

「うむ。まさかそこまでとは……」

利家が苦渋に満ちた表情をした。

出征軍からは偽の戦勝報告がなされ、豊臣家ではそれを何倍にもふくらませて城中城下に布告する。それゆえ誰もが花見のような戦勝気分に浮かれていたのである。

「明軍はどうじゃ。手強いか」

「意に染まぬ長征とあって、あの者たちの士気も高くありません。鉄砲の威力も日本の方が優れていますので、さして恐れることはありますまい。問題は朝鮮国の民百姓を身方(みかた)につけることが出来ないことと、馬を渡せないことでございます」

「この戦、負けるか」

斬りつけるような問いである。口調の重さに、豊臣家大老としての苦悩がにじんでいた。

「すでに根腐れした大木のような状況です。敵にそれを見抜かれる前に、和議を結んで兵を引くべきと存じます」

「ところが豊臣家にもいろいろと事情がある。なかなか簡単にはゆかぬ」

「利家公が先頭に立たれるなら、多くの大名たちも従いましょう。何とぞ、ご決断を」

政重は膝を詰めて迫ったが、利家はあいまいな言葉を並べて明言をさけた。

うかつには動けない、余程大きな理由があるにちがいなかった。

三

翌日、政重は伏見城治部少丸に石田三成を訪ねた。

宇喜多秀家の添状を差し出して対面を求めたが、三成は来客中なので追って沙汰するという。

門前払いに等しい扱いだが、手がすき次第宿所に連絡するというので、「藤波」に投宿していることを告げて引き下がった。

ところが二日たっても三日たっても、三成からの呼び出しはなかった。

仕事に忙殺されているのか、政重に会うつもりがないのか分らない。

心は焦るが、もう一度押しかけていくのも不躾なので、城の天守閣をながめながらじっと待つ他はなかった。

その間に、竹蔵が妙な噂を聞き込んできた。

蒲生家の転封をめぐって秀吉と利家が対立し、前田家の威信は地に堕ちているというのである。

蒲生氏郷の嫡男秀行は会津九十二万石を領していたが、この年の一月十日に突然宇都宮十二万石に転封となり、上杉景勝が百二十万石の高禄をもって会津に入封することになった。

この国替えに利家は反対していたが、秀吉は一顧だにしなかったという。

政重は噂の真偽を確かめてくるように竹蔵に命じたが、厳重な箝口令がしかれていて、それ以上のことは分らなかった。

宿の主人にも訊ねてみたが、何も聞いていなかった。

「向こうでの戦があかんようになってから、城下にも隠し目付が仰山うろつくようになりました。太閤殿下の悪口を言う者は片っ端から引っ捕えるんで、みんな用心して口を閉ざしているんですわ」

今は秀吉に取り入った奴ばかりが栄える世の中だと、主人は苦々しげに吐き捨てた。

政重はふと、朝鮮から送られてきた鼻を見物した日のことを思い出した。

台の上に山積みされた鼻の中には、一目で女子供の鼻と分るものがあった。

ところが見物していた者たちは誰も気付かなかったのである。

側にいた商人の胸倉をつかみ上げてそのことを責めると、

「何言うてはるんや。雑兵小者と書いてあるやおまへんか。太閤殿下が嘘つかはるとでも言うんやったら、あんたコレもんでっせ」

でっぷりと肥った五十がらみの商人は、手で首を斬る仕草をしたものだ。

あれは女子供の鼻だと気付かなかったのではない。気付いていながら、身を守るために気付かないふりをしていたのだ。

この町の華やかな繁栄の陰から、果物が腐りかけたようなすえた臭いが立ち昇ってくるのは、誰もがそうした偽りを生きているせいだった。

（江戸に帰りたい）

政重は痛切に思った。

この町に比べれば、江戸はだだっ広いだけの貧乏臭い田舎町である。土埃(つちぼこり)の舞わぬ日と喧嘩(けんか)の絶える日はないほどのがさつさだが、あの町には希望がある。明るい活気と働く者は報われるという信頼感に満ちている。

そんな町を築いた徳川家康や本多正信らの力量に、政重は初めて思い至ったのだった。

四日目は雨になった。

糸を引くような雨がこやみなく降りつづき、連子窓(れんじまど)のつづく通りを薄墨色に閉ざしている。

花見の客も絶えて、蓑笠(みのかさ)つけた馬借(ばしゃく)や車借(しゃしゃく)が忙しげに行き交うばかりだった。

雨に降り込められると、人はかえって動きたくなるものらしい。政重は着流しに番傘という出立ちで表に出た。

当てのないまま待っているよりは、もう一度治部少丸を訪ねてみようと思った。

ところが三成は留守だった。

国替えにそなえて帰国する上杉景勝や直江兼続を送って、近江の坂本まで同行したという。

「太閤殿下のご下命により、急なご出立とあいなりました。ご用の向きは、それがしがうけたまわりましょう」

留守役の老人がそう言ったが、話して埒が明くとは思えなかった。

やむなく雨の中を船宿へ向かっていると、細い路地から女が傘もささずに飛び出してきた。

右手に懐剣を握りしめたまま、後ろをふり向きふり向き走ってくる。

御殿女中のような身なりだが、髷と襟元が乱れているところを見ると、男に不埒なことをされかかったらしい。

追手があるなら助けてやろうと声をかけようとして、政重はあわてて番傘の庇を下げた。

何と絹江ではないか。

政重を兄の仇と付けねらう気丈な女が、取り乱した切ない顔をして雨の中を走ってくる。

天道流薙刀術の師範だけあって足取りには少しの乱れもないが、着物の裾を泥水に汚しながら走る姿には、尾羽打ち枯らした哀れさが漂っていた。

(あの勝気な人が、どうして)

それを確かめようと路地に足を踏み入れてみた。

店先に派手なのれんを掛けた、男女の密会に使われる間口の狭い茶店が並んでいる。いずれも玄関の戸をぴたりと閉ざしているので、絹江がどこから出てきたのか分らなかった。

藤波に戻ると来客があった。

「の、の、能登の、ま、前田さまが」

竹蔵が玄関先まで飛び出して目を白黒させた。

どうやら利政らしい。能登二十一万石の大名が訪ねて来ようとは思ってもいないので、どうしていいか分らないまま帰りを待ちわびていたのである。

「長五郎どの、お帰りなさい」

利政が立ち上がってにこやかに迎えた。

「どうやら、待たせたようだな」

「半年もお帰りを待っていたのですから、どうということはありませんよ」

「能登にもどっていたと聞いたが」

「今朝伏見に着きました。父上から長五郎どのが来ておられると聞いて、何もかもすっぽかして駆けつけました」

利政は得意気に舌を出した。

政重と会うと、九年前に稽古(けいこ)をつけてもらっていた頃の気分にもどるのである。

「ご活躍の噂は聞きました。向こうでの戦はどうでしたか」

「愚劣だ」

ただ一言、そう答えた。

その口調の厳しさに、利政は横面を打たれたように口を閉ざした。

「ただし、宇喜多どのと会うことが出来た。お豪どのに会うことがあれば、息災で過ごしておられると伝えてくれ」

政重は渡りに舟と伝言の役を押し付けた。

青年の頃に抱いた豪姫へのあこがれは、今も消えぬ炎となって胸の中で燃えつづけている。

そのことを口にしたことは一度もないが、秀家と親交を結んだからにはなおさら近付くことはできなかった。

「有難い。その知らせを聞けば、姉上もきっと元気になられましょう」

「ご病気なのか？」

「昨年暮れからご病気がちで、大坂屋敷で臥せっておられます。そうだ。明日にでも私と一緒に見舞ってくれませんか」

「いや、そうはいかぬ。それより蒲生家の国替えをめぐって、いろいろと難しいことがあるようではないか」

政重はそれとなく話題を変えた。

「ええ、父上もそのことを気にかけておられるのですが……」

途端に利政の歯切れが悪くなった。

何かを知っているはずなのに、利家と同じようにうやむやに言葉を濁す。根が正直な若者だけに、無理をしていることは一目で分った。

「外聞をはばかることなら話さずともよい」

「長五郎どのを信用していないわけではありません。話せないのは、私たちがこの件に深くかかわっているからなのです」

「どういうことだ」

「私の妻は蒲生氏郷どのの娘です。秀行どのの妹になります」

うかつなことに政重はそんなことも知らなかった。

「それに父上は、奥羽の大名衆の取り次ぎ役を長年務めてまいられました。今度の国替えについても、本来なら父上に真っ先に知らせがあるべきですが、今に至っても何の沙汰もないのでございます」

利政も利家も当事者だけに、批判がましいことを口にすればどんな誤解を受けるか分らない。利家が和議の進言をためらっていたのは、こうした問題を抱えていたからだった。

「太閤殿下は、何ゆえ国替えを強行なされたのだ」

「おそらく徳川どのに備えてのことでございましょう」

氏郷が会津九十二万石を領していた頃は、奥羽の諸大名を押さえ、家康に睨みをきかすほどの力があった。ところが秀行は家康の娘を娶り、徳川寄りの姿勢を強めている。

万一家康が伊達政宗と結び、蒲生を取り込んだなら、東国一円に及ぶ強大な勢力となる。

　上杉景勝と直江兼続に百二十万石もの所領を与えて会津と米沢に配したのは、こうした動きを分断するためにちがいない。

　それが諸大名の一致した見方だった。

「そうか。石田治部どのがわざわざ二人を近江まで送っていかれたのはそのためか」

「そのことを、何ゆえ」

「ついさっき、治部少丸の屋敷を訪ねたのだ」

　秀家の添状を頼りに三成に会おうとしたが、二度とも留守だったことを打ち明けた。

「それなら会う機会があります」

　三月十五日に東伏見の醍醐（だいご）寺で秀吉主催の花見がある。自分も茶屋の警固番として参加するので、同行してはどうか。

　利政は少年の頃のいたずら顔にもどって誘いかけた。


　数日後のたそがれ時――。

「大将、来ました。来よりましたで」

　竹蔵が息せき切って駆け込んできた。

絹江のことが気にかかり、いつぞや見かけた路地を見張らせていたのである。

「それにしても、見事なもんでんなあ。一目でこの人やと分りました」

懐から似顔絵を取り出し、いたく感心している。絹江を知らない竹蔵のために、政重が即興で描いたものだった。

「武の基本は、相手を正しく見切ることだ。日々その鍛練を積んでいれば、紙に写し取ることなど造作もない」

「そないに言われたかて、どないすればいいか分らへん」

「同じ見るにも観と見の二つがある。観とは心の目、見とは両の眼のことだ。観を鍛え見を離れれば、物事の本質が見えてくる」

「そうでっか。そんなら俺も、これから絵を描いてみたろ」

政重は竹蔵を連れて件の路地を訪ねた。

道の片側にずらりと並んだ茶屋には、すでに明りが灯っている。まるで男女のひめごとが始まる合図のようだった。

「どの店だ」

「中ほどの、赤いのれんのかかった店です。この人が一人で入っていきました」

「分った。お前は藤波にもどっておれ」

夕月という名の店である。

玄関を入ると右側に帳場があり、白粉を厚くぬった老婆が座っていた。

「番所の者だ。先ほどこの女が訪ねて来たであろう」

政重はいきなり似顔絵を突きつけた。

その剣幕に気を呑まれ、老婆は目を白黒させるばかりである。

「役目柄跡を尾けておる。この店に迷惑はかけぬゆえ、隣の部屋に案内いたせ」

素早く銀の小粒を握らせると、老婆が相好をくずして奥の部屋に案内した。

安っぽい脂粉の匂いに耐えながら狭い廊下を歩いていくと、

「こちらでございます」

絹江が入った部屋を目で教え、隣の部屋のふすまを開けた。

政重は息をひそめて耳をすました。

部屋の間はふすまで仕切られているばかりなので、隣の声は筒抜けだった。

確かに絹江の声がする。談判の最中らしく、意地の強そうな甲高い声で何やら言いつのっていた。

「くどいな。何度も言わすな」

相手を小馬鹿にしたような男の声がした。

「わしにはそんなつもりはない。十両ばかりの金を積まれたくらいで、危ない橋を渡る馬鹿がいるか」

「それなら五十両でどうですか。百両積めば力を貸していただけますか」

「たとえ千両でも御免こうむる。ただし、お前が操(みさお)をささげるというのなら考えぬでもない」

「ご無体な。あなたはそれでも武士ですか」

「武士だからこそ命が惜しい。人に命がけの勝負を迫っておきながら、己の身は汚さぬというのは虫が良過ぎるではないか。お前もそのことに気付いて、もう一度ここに来たのではないのかね」

「ちがいます。わたくしは増淵(ますぶち)さまが、お考えを変えられたのだと思ったのです」

「あいにく俺はこんな男だ。帯を解かぬのなら、とっとと帰れ。ぐずぐずしていると、この間のようなことになるぞ」

しばらくの沈黙がつづいた。

絹江は息を詰めて相手を睨んでいるのだろう。

男は悠然と酒を飲んでいるらしく、盃を置く音が何度か聞こえた。

絹江はいったい何を頼んでいるのだろう。

それが知りたくてじっと耳を傾けたが、話は途切れたままだった。

やがて絹江が立ち上がり、部屋を出て行く気配がした。

「待て。忘れ物だ」

金の包みを投げたらしく、小判がすれ合う鈍い音がした。

「今夜はここに泊る。気が変わったらいつでも戻って来るがよい」

絹江はすり足で歩く足音を残して立ち去った。

相手が誰かも、どんないきさつかも分らない。だが絹江の頼りない身の上につけ込み、体を差し出せと迫る了見が許せなかった。

場合によってはこらしめてやろうと、腹立ちまぎれに隣の部屋に踏み込むと、三十がらみの武士が一人で酒を飲んでいた。

月代を美しく剃り上げ、羽織袴をきちんと着込んでいる。

話の様子では無頼の徒かと思ったが、余程身分が高いようである。

槍刀の腕も並々ならぬことは、隙のない物腰を見ただけで分った。

「ご無礼つかまつる。それがし倉橋長五郎政重という者でござる」

丁重に名乗ると、相手はぎょっとしたように細い目を吊り上げた。

それでもすぐに平静さを取りもどし、落ち着き払って酒をすすった。

「その御仁が、何用かな」

政重は絹江とのいきさつを語り、ふすま越しに不快な話を聞いたので黙っていられなくなったのだと告げた。

「ほう。これはしたり」

男は膝を打ち、唇を閉ざしたまま喉を震わせてひとしきり笑った。

「それがしは増淵十郎太。岡部庄八とは義兄弟の盃を交わした仲でござる」

「すると、貴殿も」

「秀忠公の近習でござる。ご下命によって向島の屋敷に詰めていたところ、絹江どのから無理な相談を持ちかけられましてな。お聞き及びのような次第となったわけでござる」

「よろしければ、その頼みとやらをお聞かせ願えまいか」

「仇討の助太刀でござるよ」

十郎太が再び唇を閉ざしたまま笑った。

陰にこもった、不愉快な笑い方だった。

「貴殿がおもどりになったことを、いち早く嗅ぎつけたようでしてな。兄の仇を討てとけしかけるのでござる」

「それで、あのようなことを」

「庄八が存命の頃には嫁にくれと申し入れたこともありましたが、当の絹江どのが歯牙にもかけられぬ。その意趣返しがしたかったばかりで、応じてもらえるとは端から思っており申さぬ」

十郎太が苦い酒を飲もうとした時、入口のふすまが手荒く開けられた。

絹江が引きつった顔をして立ち尽くしていた。

操を捧げてでも助太刀を頼もうと思い直して来たようだが、思いがけなく二人の話を立ち聞きしたのだろう。

薄闇の中でもそれと分るほどに青ざめ、目ばかりを大きく見開いていた。

四

慶長三年（一五九八）三月十五日――。

豊臣秀吉は愛児秀頼や北政所、淀殿などを引きつれて醍醐の花見を行なった。

この日のために醍醐寺に三宝院を新築し、境内ばかりか上醍醐へ向かう参道の両側に近江や山城などから桜の名木七百本を取り寄せて植えていた。

醍醐寺は古くから桜の名所として知られ、秀吉は慶長二年の三月にも徳川家康らとともに花見を楽しんだが、今度は身近に仕える女たちのために、大々的な花見を催すことにしたのである。

〈いさ此春は北政所に醍醐の花を見せしめ、環堵の室を出やらぬ女共にも、いみしき春に合せ、胸の霞をはらし、一栄一楽に世を忘れさせん〉

秀吉はそう意図していたと小瀬甫庵の『太閤記』には記されている。

供をした侍女衆は、何と千三百人。

しかも衣装替えのために各々小袖三枚、帯三筋を持参させ、縦筋や横筋の入った烏帽子や金銀摺箔をほどこした伊達な衣装で仮装させるという念の入れようである。

だが、この日の花見は十一年前の北野の大茶会のように庶民に開放されたものではなかった。

伏見城から醍醐寺までの通路の両側に柵をめぐらし、数万の兵がずらりと並んで警固に当たった。

下醍醐から上醍醐にいたる六キロ四方の山々には二十三ヵ所の警固番所をおき、陣幕を打ちまわして不審者の侵入に備えた。しかも見物を許されたのは女たちだけで、男は十二キロ四方の内には立ち入ることを許さない。

この異常な警戒ぶりに、朝鮮出兵の失敗によって窮地(きゅうち)に追い詰められた秀吉の姿が如実に表われていた。

醍醐寺から上醍醐に至る参道には、花見のための八つの茶屋が並んでいた。

一番を受け持ったのは益田少将忠元(ますだしょうしょうただもと)。二番は新庄駿河守直頼(しんじょうするがのかみなおより)、三番は小川土佐守祐忠(おがわとさのかみすけただ)。

そして女人堂横の急坂を登ったところにあるのが、増田右衛門尉長盛(ましたえもんのじょうながもり)の四番茶屋だった。

一番から三番までは酒や茶をふるまうためのものだが、四番では軽い食事と風呂の馳走をすることになっている。それだけに建物も御殿造りの大きなものだった。

政重は利政とともに四番茶屋の木戸の警固に当たっていた。

参道に面して幅二メートルほどの冠木門(かぶきもん)をもうけ、内側には形ばかりの番所を建ててある。

警固とはいえ身に寸鉄をおびることも許されていないので、六尺棒を持って仁王像のように突っ立っているばかりだった。

参道の両側には五メートルおきに桜の巨木が並んでいた。

昨年移植したばかりなのに、どの木も満開の花をつけている。薄桃色の花が頭上をおおい、そよ風に吹かれて花びらが舞い落ちている。

参道は花びらに隙間なく埋まり、桜の坂と化していた。

やがて百人ばかりの侍女を先触れにして、豊臣秀吉がやってきた。

六歳になった秀頼の手を引き、石田三成に支えられるようにしながら急な坂を登ってきた。

道服を着込み、金の摺箔をした羽織をかけている。後ろに供の侍が従い、緋色の大きな傘をさしかけていた。

秀吉はやせ細った小柄な体を前かがみにして、つまずくことを恐れるようにそろりそろりと歩いている。

はげ上がった頭にねずみの尻尾のような髷を結い、とがったあごにはすぐにそれと分る付けひげを垂らしていた。

内臓でも患っているのか、しわだらけの顔は黒ずみ、唇はかさかさに乾いていた。黄ばんだ目だけが不気味なほどの光を放ち、生と権力への執着を訴えていた。

（これが……）

天下人と呼ばれた一代の英傑かと、政重は我が目を疑った。

老醜と呼ぶほかはない無残な姿である。死の直前まで矍鑠とし、参禅するような姿勢のままみまかった養父の長右衛門とは雲泥の差があった。

片膝を立てて伏している利政に気付くと、秀吉はかすれた声で労をねぎらった。

「おお、能登侍従（じじゅう）。役目大儀じゃ」

「ご尊顔を拝したてまつり、恐悦至極（きょうえつしごく）に存じまする。こちらに控えおりまするが、先の蔚山城の戦で功名を上げし、倉橋長五郎政重でございます」

利政が紹介したが、秀吉は面（おもて）を上げよとも言わなかった。

朝鮮での戦のことなど思い出したくもないのか、無視したまま増田長盛らが待つ庭先へと向かった。

つづいて北政所が、小出播磨守（こいではりまのかみ）、田中兵部大輔（たなかひょうぶのたいふ）を従えて通り過ぎた。

二番目が秀頼の生母淀殿、三番目が松の丸殿、四番目が三の丸殿、五番目が利家の娘加賀殿だった。

三の丸殿は蒲生氏郷の娘で、利政の義姉に当たる。加賀殿は実の姉である。

利政が木戸口の警固番を買って出たのは、この機会に二人に会いたかったからにちがいなかった。

やがて御殿から琴の音が聞こえてきた。

予定通り酒宴がもよおされているらしい。

ていた。

秀吉は軽い食事をとった後に湯を使い、半刻ばかりで次の茶屋へ向かうことになっていた。

参道には千人以上もの侍女衆がずらりと並び、秀吉が出てくるのを待っている。

いずれも縦筋、横筋の烏帽子をかぶり、白拍子のように華やかに着飾っていた。

琴の音が消えた頃、石田三成がふらりとやって来た。手には朱色のふくべをぶら下げていた。

「能登侍従どの、殿下からのお流れでござる」

利政に盃を渡し、ふくべの酒をついだ。

「これはかたじけのうござる」

利政はうやうやしく押しいただいて飲み干した。

「倉橋どのと申されたな。備前中納言どのから、功名のほどは聞き及んでおり申す。先般は二度もお訪ねいただきながら、都合がつかずにご無礼をいたしました」

おそろしく丁重な挨拶をして、政重にも酒を勧めた。

天下に聞こえた出頭人だというのに、偉ぶったところは少しもない。秀でた額はいかにも聡明そうで、澄みきった目が潔白な人柄を表わしている。

体は小柄だが、武術の心得があることは節くれ立った指を見ればすぐに分った。

「かたじけのうござる」

政重は利政の作法にならって盃を干した。

「近いうちにそれがしの屋敷に参られよ。朝鮮での戦について、いろいろと話を聞かせていただきたい」

「あれは負け戦です」

秀吉に聞こえたなら首が飛びそうなことを、政重はためらいもせずに言ってのけた。ところが三成は顔色ひとつ変えず、

「それゆえ話を伺いたい。どうすればうまく矛を収められるか、知恵を貸していただきたいのでござる」

政重の肩にそっと手を置いて立ち去った。


予定より少し遅れて、秀吉は四番茶屋を出て行った。

目印の大きな傘が五百メートルほど先にある五番茶屋に入るのを見届けると、見送りに出た増田長盛らが安堵の色を浮かべて御殿へ引き上げた。

二列に並んだ侍女衆が、前の参道をゆっくりとした足取りで登っていく。

「これから内輪の酒宴があるそうです。私は先に行きますから、侍女衆が通り過ぎた

なら木戸を閉めて御殿に来て下さい」

緊張に疲れきったのか、利政が断わりを言って奥に下がった。

政重はただ一人木戸口に立ち尽くしていた。

侍女たちは蟻(あり)の行列のように女人堂の横の坂を登ってくる。これではいつまでかかるか分らないほどだった。

脂粉の匂いに辟易(へきえき)して遠くの景色をながめていると、
チリッ。

うなじに焼けるような痛みが走り、目の前を通り過ぎた女が右側から体ごとぶつかってきた。

絹江である。

仮装して侍女の中にまぎれ込んだ絹江が、広口の袖で懐剣を隠し、政重の脇腹めがけて飛び込んできた。

六尺棒を持った右手では至近距離からの突きはかわせない。

政重は反射的に体を沈め、二の腕を脇腹に引きつけて力を込めた。

しなやかな筋肉が盛り上がり、固くなって鎧(よろい)と化した。

切っ先はその肉を貫き、肩口の骨に当たって止まった。

絹江は二の太刀をふるうために下がろうとしたが、政重は左の腕で帯をつかんでしっかりと引き寄せた。

身を守るためではない。騒ぎが大きくなれば、利政や増田長盛にまで迷惑が及ぶ。

とっさにそう判断してのことだった。

「いかがなされた。ご気分でもすぐれませぬか」

倒れかかった女を介抱するようなふりをして、絹江を木戸の内側に連れ込んだ。

ここも安全ではなかった。

禁を破って懐剣を持ち込んだこと。晴れの日を血で汚したこと。

そのことだけでも打ち首をまぬがれない大罪なのだ。

木戸の側にはにわか作りの番所がある。

絹江をその中に押し込み、抱き合うようにして倒れ込んだ。

その拍子に激痛が走った。

突き立てられたままの懐剣の切っ先が、肩口の肉を貫いて外に飛び出したのである。

政重は自由になった左手で絹江の右手を押さえ、懐剣を奪い取った。

番所は二畳ほどの広さしかなく、戸板を閉め切ると中は薄暗い。二人は折り重なったまま、息を殺してにらみ合った。

絹江は目を見開き、顔を引きつらせて抗(あらが)おうとする。

政重の肩からしたたる血が、色白の頰にひと筋流れ落ちた。

絹江はきめ細かな白磁のような肌をしている。そこに流れる色鮮やかな血を見ると、政重の腹の底から狂暴な怒りとやる瀬ない哀しみが突き上げてきた。

絹江は政重の目をじっとのぞき込んだ。そのまなざしは妖(あや)しげで、狂気じみた光さえ宿っていた。

「どうした。何がおかしい」

政重は絹江が笑っているような気がした。

「あなたこそ、どうかなされましたか」

「すべてが空しいのだ」

そんな言葉でしか、今の気持を表わせなかった。

「良かった。あなたもご自分が弱いことに気付かれたのですね」

絹江は痛々しい笑みを浮かべ、肩から流れ出る血をすくい取って政重の顔に塗りつけた。

政重はその手をはねのけ、絹江を抱きすくめた。

唇をおし開き、熱い舌をさし入れた。

絹江は一瞬身をすくめたが、やがて体の力を抜き、政重の背中に腕を回して舌先をからめてきた。

いつの間にか小袖の裾がめくれて、ふくよかな太股があらわになっている。

政重は心急くままに絹江の足を抱え上げ、ためらいなく貫いた。

絹江が苦痛に息を詰めた声を上げ、背中に回した手に力を込めた。

きつく閉じたまぶたから涙があふれ、こめかみを伝って流れ落ちた。

花冷えの夕暮れ時――。

秀吉は一日の行楽を終えて醍醐寺三宝院へと引き上げた。

四番茶屋の前には増田長盛や前田利政が出て見送ったが、政重の姿はなかった。

ぴたりと閉ざされた番所の戸には、墨跡も鮮やかに次の歌が貼り出されている。

　この里に旅寝しぬべしさくらばな

　　散りのまがひに家路忘れて

『古今和歌集』におさめられた歌である。

桜の花びらに埋れて帰り道が分らなくなったという歌意は、この日の参道の情景を詠んだかのようである。

しかも筆跡の見事さが際立っているので、余程大事な趣向だろうと誰も手を触れようとはしなかった。

歌好きの秀吉もこの書に目をとめ、

「まことに去り難い風情じゃ。生涯の思い出よな」

そう言って誉め上げたので、増田長盛はおおいに面目をほどこしたという。

第五章　命ふたつなき身なりせば

一

伏見城は地震に泣いた城だった。

天正十九年（一五九一）に関白職と聚楽第（じゅらくだい）を秀次にゆずった秀吉は、翌文禄元年（一五九二）から伏見城の工事にかかった。

一万石につき二百人の人夫を出すように全国の大名に命じ、二十五万人が大石や木材の運搬、堀の掘削（くっさく）作業などに当たった。

城は三年で完成し、文禄三年八月に入城するが、慶長元年（一五九六）閏（うるう）七月十三日夜半の大地震によって全壊した。

天災は為政者に徳なき故に起こる。

そうした風評が広がることを恐れた秀吉はすぐさま再築を命じ、翌年五月には金箔瓦ぶきの五層の天守閣を中心とした新城が完成した。

城には本丸、西の丸、松の丸、名護屋丸、治部少丸などの曲輪があり、船入や学問所、茶亭などもそなえていた。

治部少丸とは石田治部少輔三成の屋敷があったことからつけられたものだ。

当時の三成の重用のほどがうかがえる命名である。

城下の桜も新緑に包まれ始めた三月下旬――。

倉橋長五郎政重は治部少丸に三成を訪ねた。

多聞櫓を四方にめぐらした馬出しを通り、二層の表門を抜けると、二重に虎口がしつらえてある。城のからめ手から攻め寄せる敵に備えた厳重な造りで、建物の配置や構えも理にかなっている。

これだけでも三成の武将としての才覚が見て取れるが、驚いたことに屋敷のまわりにまで築地塀をめぐらし、びっしりと鉛瓦を張りつけていた。

しかも塀には上下に鉄砲狭間を空け、二段になって銃撃する構えを取っている。

鉛瓦は大筒を撃ちかけても崩れないほど頑丈で、籠城戦が長引いた時には鋳つぶして鉄砲玉にすることが出来る。

万一敵に攻められたなら、この曲輪を死守して一歩も引かぬという凛然たる気迫が伝わってくる造りだった。

それはそれで見事と言うべきだろうが、政重にはどうもなじめなかった。

大将たる者がこんなに肩肘張っていては、配下の将兵はたまらない。

戦が始まる前から気疲れしてしまうし、いざという時に防塁に頼って怖気づく。

戦場で重い鎧が自分の動きを縛るのと同じことだ。

三成とてそんなことは百も承知のはずである。それでもこんな厳重な構えをとっているのは、何か特別な理由があるとしか思えなかった。

三成は対面所で待っていた。

十畳ばかりの何の飾り気もない部屋である。

庭先に植えられた躑躅の花だけが、この質素な屋敷に彩りをそえていた。

「こちらから招いておきながら、長々とお待たせして申しわけござらぬ」

三成が丁重にわびた。

醍醐の花見からすでに半月がたっている。その間三成は所用に追われ、わずかの時間を空けることさえ出来なかった。

「ご多忙とは存じております。お気遣いは無用でござる」

「醍醐の花見はいかがでしたか」

「盛大な趣向と存じましたが、朝鮮で辛酸をなめている将兵のことを思えば、心から楽しむことはできませんでした」

それなのに花の下で絹江と抜きさしならぬ関係になったことに、政重はかすかな後ろ暗さを覚えていた。

「朝鮮での苦戦がつづいているからこそ、太閤殿下はあのような催しをなされたのです」

「豊臣家の威勢を示すためですか」

「そうです。こうした噂はまたたく間に諸国に広がりますから」

「そんな噂を聞いても、今では誰も喜ばないでしょう」

「目付の太田飛騨守から知らせがありました。蔚山城の戦では、敵の囲みを突破して援軍との連絡をつけられたそうですね」

三成がそつなく話題を変えた。

「あれは私一人の力ではありません。加藤清正どのや配下の将兵たちの決死の思いが功を奏したのです」

「花見の折に負け戦と言われたが、蔚山城でのように劣勢を挽回する手立てはないものでしょうか」

「これ以上犠牲を大きくしないうちに兵を引くのが、もっとも賢明な策だと思います」

「負け戦のまま兵を引いては殿下の威信に関わります。それに朝鮮半島の一部くらいは確保しなければ、出征した大名たちに恩賞も与えられませんから」

三成は意外なほど率直に内情を打ち明けたが、秀吉に逆らってまで和平の道をさぐるつもりはないようである。

政重は三成にさえ会えば何かの手がかりを得られるのではないかと期待していただけに、裏切られたような失望を覚えた。

「大名たちは恩賞など望んではいません。泥沼のような戦をやめて、国許に戻りたがっているのです」

「殿下は出征軍を東国勢と入れ替えようと考えておられます。徳川家や伊達家は無傷のまま軍勢を温存していますから、これを投入すれば状況は変わるはずです」

「治部どのは、かの地での戦がどれほど悲惨なものかご存知ですか」

政重は言うべきことは言わねばならぬと肚をくくった。

「大名たちは兵糧、弾薬の補給も受けられないまま、異国の地で孤立しています。食糧を奪うために村を襲い、寺に討ち入って墓まで暴き立てています。戦費をかせぐために人買い商人の手先となり、人狩りに血道を上げている有様です。大義のない戦をこれ以上つづけたなら、豊臣家の威信が地に堕ちるばかりか、両国の将来にぬぐい難い禍根を残すことになりましょう」

「そのことは分っています。戦目付から逐一報告が届いていますから」

三成は腕組みをして黙り込み、鋭い目をしたまま考えを巡らした。

「下々では治部どのの権勢は絶大だと噂しています。分っておられるのなら、身命を賭して諫言するのが貴殿の務めではないのですか」

「世間の噂など当てにはならないものですよ」

三成がふっと笑みをもらした。

乱杭歯がのぞき、途方にくれた若者のような表情になった。

「これまで何度かお諫めしたことはあります。しかし殿下は何かに取り憑かれたように戦に勝てとおおせられるばかりです。ご自身の体面に関わるという思いもあるのでしょうが、負け戦のまま兵を退いたなら出征した者たちが反乱を起こすのではないかと恐れておられるのです」

「そんな馬鹿な。それでは出征した将兵の立つ瀬がないではありませんか」

「それゆえ殿下の面目を保ったまま兵を引く方策を講じなければなりません。その方法がひとつだけあります」

「何でしょうか」

「朝廷から和睦の勅命を出していただくことです。どうすればそれが可能か、各方面にさぐりを入れてみますので、何かの時には力を貸していただきたい」

「戦をやめさせるためなら、どんなことでもするつもりですが……」

朝廷とのつながりなど何ひとつない。役に立てることがあるとは思えなかった。

「貴殿は前田利家どのと親しいと聞きました。また本多佐渡守どののご子息ですから、どこかに伝があるかもしれません」

三成は何か当てでもあるのか、力を貸してくれと強く念を押した。

治部少丸からは城下を一望することが出来た。

大名たちの屋敷と豊臣家出入りの商人の店、宇治川ぞいの船宿が真新しい甍を並べている。

空は青く、日射しは強い。夏を思わせる陽の光に照らされながら、宇治川がゆったりと流れていた。

今しも過書船が船着場を離れたところである。

三十人ばかりの客を乗せた船が、川の流れに乗って大坂へと下っていく。

海の向こうの修羅場を忘れさせるのどかな景色だった。

藤波では絹江が待ち受けていた。

「お帰りなされませ」

手早く羽織を脱がせ、甲斐甲斐しく腰の大小を刀架におさめた。

醍醐の花見の翌朝——。

二人は番所を抜け出して薄明けの境内に出た。

裏手の山門を出て伏見に向かおうとしたが、ふり返ると絹江がいない。

山門の内側にとどまり、柱の陰に隠れるようにして政重を見送っている。

寺の内は無縁の地である。世俗の掟の及ばない場所だけに、男と女になって愛し合うことも出来たが、一歩外に出れば二人は仇同士である。

そのことを百も承知しているだけに、涙を呑んで境内に留まったのだ。

絹江のはかなげな姿に打たれた政重は、踵を返して歩み寄った。

絹江はおびえたように二、三歩後ずさったが、下がりながらも政重の目を真っ直ぐに見つめていた。

政重の胸がいとおしさにきりきりと痛んだ。男と女にはこんなに切ない朝がある。初めての経験に心ゆさぶられ、この先どうしていいか分らなくなった。

「当てなき道だが、ついて来るか」

万感の思いを込めて手を差しのべた。

絹江はふっと息をついて何かをふり切ると、政重の胸に倒れ込むように体を預けた――。

以来、藤波の二階の部屋で暮らしている。危うくも満ちたりた二人だけの世界を築いていた。

「今日はどちらにお出かけになったのですか」

絹江がお茶を運んで来た。

「城の構えなどを見てきた」

茶に添えられた干菓子をつまんだ。

品のいい甘さが口の中に広がり、抹茶のほろ苦さを引き立てる。

「いかがですか。このお菓子」

「うむ。うまい」

「麦の粉と葛粉（くずこ）を練り合わせた、らくがんというものだそうでございます。江戸とちがって伏見には珍らしい物がたくさんありますね」

一人で買い物に出てみたが、店の軒先に並べられた品々をながめているうちに時のたつのを忘れたという。

「都で作られたものだそうですが、手鞠のようにまん丸い大根があったり、お化けのように大きな人参がありました。いちいちこれは何ですかとたずねるものですから、商人があきれ顔をしていましたっけ」

二人で暮らすようになってから、絹江は急に饒舌になった。

今の幸せにひたりきることで、迫り来る別れの予感をふり払おうとするかのようだった。

「長五郎さまは都へ上られたことがありますか」

「うむ」

「どんな所でしょうね。立派な寺や美しい庭がたくさんあるのでしょう」

「寺も景色も素晴らしい。おのずと心が鎮まってくる所だ」

「今度お暇が出来たなら連れて行って下さいましね。そうそう。珍らしいといえば、このようなものを購めてまいりました」

絹江が化粧台に置いたかんざしを取り上げた。

ている。

朱色の珊瑚（さんご）で作った丸い玉と銀の飾りがついている。

それをしばし宙にかざしてから、鏡に向かって髪にさした。

なかなか気に入った位置におさまらないのか、高く結い上げた髷（まげ）に何度もさし直している。

着物の袖（そで）が肘まで落ちて、何ともなまめいた風情だった。

政重はふいに背中から抱きすくめたくなった。

幼い頃の記憶がよみがえって以来、胸の中に大きな空虚を抱えていたが、絹江とこうして暮らしているうちに少しずつ落ち着いていた。

二人でいればこんな安らぎもある。これまで身内の温もりを知らずに生きてきただけに、こんな幸せがあることを教えてくれた絹江が愛おしくてならなかった。

「どうです。似合いますか」

絹江がふり返って不安げにたずねた。

たっぷりの黒髪と色白の肌に、朱色がよく映えている。

かんざしひとつで、顔立ちがぐっと引き締ったようだった。

「ああ、よく似合う」

装う女心というものはどこか妖（あや）しい。

その妖しさに心を動かされかけた時、裏庭から馬のいななきが聞こえてきた。

壁でも蹴っているのか、けたたましい音と地鳴りがする。

「何ごとだ」

裏庭に飛び出してみると、馬屋で大黒が暴れていた。

苛立ちに吊り上がった目をして、後足で板壁を蹴ったり体をぶつけたりしていた。

「分りまへん。急に暴れ出しましたんや」

竹蔵はおろおろするばかりである。こんなことは初めてなので、どうしていいか分らないらしい。

「馬屋の戸梁をはずせ」

「そやかてこんな勢いで飛び出したら、船宿にまで迷惑かけまっせ」

「外に出たがっているのだ。遠乗りにでも出れば気持が鎮まる」

「鞍も手綱もつけてへんのに」

「いいから、出してやれ」

竹蔵が恐る恐る戸梁をはずすと、大黒が高くいなないて棹立ちになり、政重めがけて突っかかって来た。

政重は体を横に開いてかわし、大黒の背にひらりと飛び乗った。

腹にまわした両足だけで馬体をあやつり、砂煙を上げて表へ駆け出していく。

竹蔵が呆然とするような、さっそうたる騎乗ぶりだった。

二

京の都は色鮮やかな新緑に包まれていた。

眼の下には八坂の五重の塔や六波羅蜜寺の大屋根がそびえ、鴨川が青い空を映しながら流れている。

絹江を都見物に連れて来た政重は、真っ先に清水寺の舞台に案内したのだった。

「あれが五条の大橋で、その先に見える大きな屋根が本願寺。帝がお住まいの御所は、あの朱色の柱を使った真新しい建物だ」

一つ一つ指をさして説明する。

絹江は舞台の手すりにつかまり、いちいちうなずきながら耳を傾けていた。

舞台からは都の様子が一望できる。

秀吉が再建した寺も多く、白木が匂うような真新しい建物が新緑の中にそびえていた。

「ずいぶん家が建ち並んでいますね。まるで箱庭みたい」

「都は案外狭い。東西一里ばかりしかない所だ」

「いったい、どれくらいの人が住んでいるのでしょうね」

「八万人と聞いたが、もっと多いかもしれぬ」

「本能寺(ほんのうじ)があったのはどのあたりですか」

「四条大路の南側。あの大きな楠(くす)があるあたりだ」

本能寺で織田信長が明智光秀(あけちみつひで)に討たれたのは十六年前、絹江がまだ三つの頃である。

それ以後秀吉がたくみな政略でのし上がり、織田家を押さえて天下人(てんかびと)の座についたのだった。

「十年か二十年後には、江戸もこのような町になりましょうか」

「江戸にはこんな雅(みやび)は似合わぬ。だが大殿(おおとの)が天下人となられたなら、都より何倍も大きな町になるかもしれぬ」

「そんな時が参りますか」

「分らぬ」

秀吉の死後に天下がどう動くかは誰にも分らない。

だが徳川家康や本多正信は、その時を見据えて着々と手を打っているはずだった。

清水寺から八坂神社へと案内した。

市女笠をかぶり枲の垂絹をした絹江を大黒に乗せ、政重はくつわを取って歩いた。

二人の平穏がいつまでつづくかは分らない。だからこそ今日一日を存分に楽しんでもらいたかった。

神社に参詣した後に御所に向かったが、警備が厳重で近付くこともできなかった。

御所はもともと庶民に開放された場所で、戦乱や火災の時には避難場所として利用されていた。

ところが秀吉が関白となり、朝廷の権威を後ろ楯として政治を行なうようになってからは、立ち入りは一切禁止された。

しかも都の周囲に土居を巡らし、敵の攻撃に備えている。

まるで帝を誰かに奪われることを恐れるような警戒ぶりだった。

伏見へ帰る途中、藤森神社に立ち寄った。

スサノオの命や神功皇后をまつる古社で、広大な境内には楠や松が生い茂っている。

表門から拝殿まではかなりの距離があったが、絹江はどうしても参拝すると言って聞かなかった。

「大黒は境内には入れぬ。ここで待っているゆえ、行って来い」

「長五郎さまも一緒でなければ駄目です」

「私はもういい。方々の神仏に参拝してきたではないか」

「最後にここだけ。お願いします」

手を合わせるようにして頼むのに負けて、大黒を松の枝につないで拝殿に向かった。

夕暮れまでには間があるが、あたりに人はまばらである。馬泥棒の心配もあったが、今日一日は絹江のためと思い定めていた。

二人は肩を並べて神妙に手を合わせた。

政重は絹江の幸せを祈った。

彼女のお陰でこんなに安らかな気持になった。だが平常心を取り戻してみると、いつまでも幸せにひたっているわけにはいかないという思いが日に日に強くなっていく。やがては別れの日が来るという予感があるだけに、絹江の幸せを祈らずにはいられなかった。

絹江にも多くの迷いがあるのだろう。手を合わせ頭（こうべ）をたれて長々と祈っている。そのひたむきな姿がいとおしくもあり、哀れでもあった。

突然、静まりかえった境内の空気を震わせて大黒がいなないた。

いつぞや馬屋で暴れた時のような切迫した声である。

（すわや、馬盗人か）

急いで参道をとって返したが、大黒の姿はどこにもなかった。

つないでいた松の枝をへし折っているので、盗まれたのではない。

自分の意思でどこかへ向かったのだ。

足跡は境内の森へとつづいている。政重は跡を追って足を踏み入れた。

見上げるほどの高さにそびえる松林を抜けると、草の生い茂る野原が広がっていた。

その真ん中に大黒が立ち尽くしている。

「大黒、どうした」

声をかけようとしてためらった。

いつもと様子がちがっている。野草でも食べに来たのかと思ったが、敵に勝負を挑む時のようにたてがみを逆立てていた。

理由はすぐに分った。五十メートルほど離れた木立ちの中に、真っ白な馬がいた。

水でも飲んでいるのか、頭を下げたままじっと動かない。

（ご神馬か）

そう思わせるほどの神々（こうごう）しい美しさである。

だが神社で飼っている馬が鞍もつけずにこんな所にいるはずがない。

とすれば野生馬か脱走馬が、森の奥深くに棲(す)みついたのかもしれなかった。

今は春の盛り。馬にとっても悩ましい発情の時期である。

大黒は鋭い嗅覚(きゅうかく)でこの馬の匂いをとらえ、枝をへし折って駆けつけたのだ。

ここは武士の情である。政重は離れた所から成り行きを見守ることにした。

大黒は低い灌木(かんぼく)の茂みを抜けて白馬の前に躍り出た。

小さな池のほとりで水を飲んでいた相手は、さして驚く風でもなく池の反対側に回って身をかわした。

大黒が右側から近付こうとすると左へ、左から迫ると右へ逃れて接近を許さない。

嫌がっているのではなく、大黒を焦らして気持を確かめているらしい。

妖艶(ようえん)な白馬の手練手管に、若い大黒は哀れなほどに焦れている。すでに一物は隆々とそそり立ち、歩くたびにぴたぴたと腹を打つ。

大黒はフッフッと鼻息を荒らげたり、たてがみをゆすったりして威勢のいい所を見せつけていたが、ふいにひと声高くいなないて棹立ちになった。

己の一物を誇示したのかと思いきや、そのままざんぶと池に飛び込み、一直線に白馬に迫っていく。

腹がつくほどの深さしかない池だが、この情熱には相手も圧倒されたらしく、おとなしく大黒の横に体を並べてしとやかにうなだれた。

大黒は遠慮がちに相手の顔に頬ずりしたり体をすり寄せたりしていたが、次第に大胆になってたてがみをなめたり首筋を噛んだりし始めた。

甘噛みという。交尾前の濃厚な愛撫である。

くつわをつけたままでは思うようにいかないようだが、相手には充分に通じたようで、純白の体が上気して桜色に染まっていく。

そこだけかすかに灰色がかった尻尾を持ち上げると、縦に大きく割れた一本の線があらわになった。

そのひだが高ぶりに小刻みに震え、粘りけのある透明な体液がとろりと流れ出している。

大黒は漆黒の体をひるがえすと、棹立ちになって後ろから組みついた。

前足で相手の体を押さえ、腰を激しく振って挿入をとげようとする。

だが初めてのせいかなかなか的が定まらず、猛り立つ一物は右へ左へと空振りをくり返し、何度目かにようやく納まった。

たいがいの馬は三突きか四突きで果てるものである。

五百キロちかい体重でのしかかるのだから、そうしなければ牝馬がたまったものではない。

だが大黒は初めてとも思えぬ巧みさで、浅く深く自在の突きをくり出している。

白馬もよくそれに応え、前足を踏ん張って耐えていた。

白と黒とが一体となった、荒々しいまでの自然の営みだった。

背後で息を吞む気配がして、絹江が政重の腕をつかんだ。

「人はどうして、いくつものしがらみに縛られるのでしょうね」

消え入りそうにか細い声でつぶやいた。頰がうっすらと上気し、黒い瞳がうるんでいる。

「縛られてなどいない。自分で選び取っているのだ」

政重は軽々と抱き上げ、緑なす茂みの中へ連れ込んだ。

「あなたは強過ぎるから、人の心が分らないのです」

絹江がすねたように政重の胸を叩いた。

「強くはない。それはお前がよく知っているではないか」

絹江を柔らかい草の上に横たえ、軽く唇を合わせた。

絹江がいつにない激しさで舌をからめてくる。

裾を割って手を伸ばすと、すでに熱くうるおっていた。

数日後、思いがけない来客があった。

政重の実父本多佐渡守正信が深編笠をかぶり、藤波の玄関先に立っていた。

「話をしたいが、暇はあるか」

編笠の庇(ひさし)を持ち上げ、いきなり用件を切り出した。

久々に我子に会ったというのに、相変わらず無愛想きわまりない。

政重もうなずいたばかりで二階の部屋に案内した。

「十日前に殿に従って上洛した。今は向島の城にいる」

「ここは、どうして？」

「増淵十郎太から聞いた。お前たちのことは城でも噂になっておる」

絹江が仇討の助太刀を頼んだ相手が増淵十郎太である。お前たちと言うからには、
絹江がここにいることも知っているのだろう。

その言葉を聞きつけたように、

「粗茶でございますが」

絹江が抹茶と麦らくがんを運んできた。

「岡部庄八の妹、絹江でございます。ご高名は前々からうけたまわっておりました」

勝気な昔にもどったように悪びれることなく名乗りを上げた。

「わしもそなたのことは聞いておる」

「それでは、ゆるりとお過ごし下されますように」

絹江が隙のない挨拶をして引き下がった。

「惜しいな。茶のたて方は見事だが」

正信はゆっくりと茶を飲み干し、茶碗の縁を指でぬぐった。

「仇同士では、こうした暮らしを続けるわけにもいくまい」

「続かぬと限ったものでもありませぬ」

政重は憮然として答えた。

絹江の一途さに触れた後だけに、不幸にするわけにはいかないという思いが強い。

正信がそれを甘いと一笑に付すことは分っているので、いっそう迷っているところを見せたくなかった。

「岡部家は『吾妻鏡』に名を記されたほどの名家じゃ。絹江どのの家は取り潰されたとはいえ、本家や他の分家がお前たちのことを見過ごすはずがあるまい」

「ならば戦うまでです」

「お前の器は、それだけのものか」

正信が哀れむような目を向けた。

「それではいけませんか」

「倉橋家に養子に出したとはいえ、お前はわしの子じゃ。時期が来たなら、本多家にもどってもらわねばならぬ」

「正純どのがおられるではありませんか」

「むろん、あやつもおるが」

正信は歯切れの悪いことを言って渋く笑った。正純とは昔から馬が合わないのである。

「朝鮮での戦はどうじゃ。苦労も多かったことであろうな」

「さしたることはございませぬ。ただ、義のない戦をするのは胸にこたえます」

「何ゆえ義がないと見た」

「罪もない人々から食糧を奪い、手柄の証とするために女子供の鼻まで削ぎ取っております」

「それでは出征した将兵の士気も、さぞふるわぬことであろうな」

諸大名の秀吉への不満がどれほど高じているか、正信は鋭い目をしてさぐろうとしている。

政重にはどうにもなじめないやり方だった。

「私はこのような戦はやめるべきだと思いますが、佐渡守どのはどうお考えですか」

「わしもやめるべきだと思うが、太閤殿下にはもはや十四万もの大軍を呼び戻すことはできまい」

秀吉の恐れを正信は掌（たなごころ）を指すように見抜いている。その上で徳川家康を天下人にする方策を考えていた。

「太閤殿下への信頼が揺らげば、豊臣家は早晩崩壊する。石田治部はそれを防ごうとして憎まれ役を買って出たようだが、このほころびをいつまでもおおい隠せるはずがあるまい」

「治部どのは、それで……」

三成が伏見城の屋敷をあれほど厳重に構えているのも、出陣した大名たちに手厳しく当たるのも、自分が憎まれ役となって秀吉の威信を守るためなのだ。

だが、秀吉が生きている間はそれが通用したとしても、秀吉が他界したなら怒りの矛先がいっせいに三成に向けられることになる。

それが豊臣家の分裂を早める結果につながりかねなかった。

「しかし、これは異国との戦争です。無益な戦いのために、両国の民が筆舌に尽くし難い苦しみを強いられています。今はこれを救うことが先決で、自家の利益は二の次とするべきではありませんか」

「この佐渡守も見くびられたものだな」

「………」

「わしが徳川家の利益ばかりを考えていると思うか」

「考えておられるからこそ、豊臣家の凋落を望んでおられるのではないのですか」

「ちがうな。今の豊臣家のやり方では、戦を終らせることもこの国に平安をもたらすこともできぬ。それゆえ徳川家の天下を築き、新しい政治を行なわなければならぬのだ」

「何ゆえ平安をもたらすことができないのですか」

「秀吉公は関白となられ、帝の権威を後ろ楯とした政治を行なわれた。惣無事令も刀狩りも、勅命によって行なう形をとられた。これで国内の統一を果たすことはできたものの、各大名には帝の権威を私しているという不満が根強く残った。秀吉公が朝鮮出兵を行なわれたのは、その不満をそらすためなのだ。これでは豊臣家の天下がつづく限り戦は終らぬ」

「では、どんな政治なら終りますか」

「源頼朝公のように幕府を開いて武家政権を作ることだ。それは我らの殿にしか出来ぬ」

正信は確信を持って断言した。

「わしは殿のもとを出奔し、一向一揆に身を投じて二十年間戦いつづけた。その果てに、この国を浄土と化すには殿と力を合わせて天下を取るしかないと思った。それゆえ帰参したのだ。決して我身のことや徳川家のことばかりを考えているのではない」

政重の脳裡に、母が自害した光景がまざまざとよみがえった。

だが、もはや醍醐の花見の時のような衝撃はない。これも絹江と暮らしたお陰だった。

「母上がご自害なされたのは、十八年前のことでしょうか」

「うむ、そうだが」

「一向一揆から離れられたのも、金沢御坊でのことがあったからなのですね」

「どうして、そのことを」

「朝鮮での惨状を見て、遠い記憶がよみがえりました。私を倉橋家に預けられたのは、母上のことを忘れたかったからではありませんか」

「そうではない。金沢御坊が落ちた後、わしには身を寄せる場所がなくなった。徳川家に帰参しようかとも思ったが、戻ったことが織田信長公に知れては、殿にどんな迷惑が及ぶやも知れぬ。そこで旧知の長右衛門に預かってもらったのじゃ」

後年、正信はこの年に政重が誕生したと徳川家に届け出た。一向一揆との関わりを断ち切っておいた方が、政重のためになると考えてのことだ。

今日残された史料の多くに、政重が天正八年（一五八〇）に生まれたと記されているのはこのためだと思われる。

「だが考えてみれば、正純の母親にそちを預けることもできたのだ。そうしなかったのは、そちの母を忘れたくなかったからかもしれぬ。わしもそちの甘さを笑えぬな」

正信は麦らくがんを懐紙に包み、懐に入れて立ち上がった。

「近々太閤殿下と秀頼公が参内（さんだい）なされる。秀頼公を従二位権大納言（じゅにいごんのだいなごん）に叙し、関白就任への道筋をつけるためだ。これに同行して殿も上洛なされることとなった」

「いつ頃でしょうか？」

「まだ決まってはおらぬが、謀（はかりごと）は密なるを要す。石田治部にそう伝えておけ」

正信は三成が勅命和睦の工作を進めていることも、政重が治部少丸を訪ねたこともつかんでいる。

それを明かしたのは好意からか、それとも別に思惑があるのか、政重は判断をつけかねていた。

三

桜雪(おうせつ)と名付けた白馬と体を並べて、大黒は満ち足りた表情で馬屋におさまっていた。

二頭の間には柵の仕切りがあるが、互いの存在を感じていられるだけで充分らしい。

時折ちらりと横目でながめたり、柵越しに首を差しのべて相手の匂いをかいだりしている。

「ほんまに仲睦まじいもんでんなあ。一人きりなのは俺だけや」

竹蔵がぼやきながら飼葉(かいば)をあつらえた。

藤森神社に参拝した日――。

交尾を終えた二頭はいずこへともなく姿を消した。

政重と絹江が茂みの陰に隠れている間に、足音もたてずに立ち去ったのである。

きっと大黒が誘ったにちがいない。馬泥棒につかまる心配もあったが、しばらくほうっておくことにした。初めて愛する相手に巡り合ったのだから、自由に歩き回りたい気持も分るからだ。

言ってくれればくつわも鞍もはずしてやったのにと思ったほどである。

それから五日後に、大黒は桜雪を連れてふらりともどって来た。

男の自信と誇りを確立したような精悍な面構えをして、馬具は一切つけていなかった。

「おい、鞍はどないしたんや」

竹蔵が問い詰めても、知るかと言いたげな顔ですましている。

自分ではずせるわけはないのだから、考えられることはただひとつ。桜雪が刃物をくわえ、馬具のひもを切り落としたのだ。なかなか賢い姉さん馬だった。

桜雪とは絹江がつけた名である。

深山の桜が、時ならぬ雪におおわれることがある。

上気して薄紅色をおびた馬体が、その色合いによく似ているという。

この命名が縁となったのか、絹江と桜雪はすっかりうち解けた仲となり、時々遠乗りに出かけるほどだった。

竹蔵が一人きりなのは俺だけやとぼやくのはそのためである。

「お前はこの木刀を友とせよ。日に千回、踏み込みながら振り下ろすのだ」

政重は船宿から櫂をもらい受け、百八十センチほどの長さに削ってやった。

握り柄のところだけは木刀らしいが、その先は丸太棒のような代物である。

「こんなん無理や。腕が折れてしまいますがな」

竹蔵は二、三度素振りをしただけで音を上げた。

「どれ。貸してみろ」

木刀を受け取り、竹蔵めがけて左手一本で振り下ろした。

空気を切り裂くうなりを発した凄まじい速さだが、額と紙一重のところで木刀はぴたりと止まっている。

竹蔵は恐怖に目を見開き、腰を抜かしてその場に座り込んだ。

「戦場では、刀は片手で使う。両手に武器を持ち、馬上で自在に使いこなせなければ、とても一人前の武辺者にはなれぬ」

政重はもう一度木刀を振って手本を示した。

「刀は両手で使うもんとばかり思とりましたが、確かに馬上では片手で使いまんな」

竹蔵は木刀を受け取り、恐る恐る片手で振ってみた。

「長五郎さま。これから出かけてまいります」

絹江が餌を食べ終えたばかりの桜雪に鞍をつけ始めた。

若衆のように髷を結い、小袖に裁着袴という出立ちである。

女の形では不埒な輩に襲われるおそれがあるので、遠乗りに出る時にはこんな格好をしているのだが、政重にはかえって危ないように思われた。

色白のりりしい顔立ちは、女の姿をしている時より美しい。衆道好みなら刀にかけても組み敷きたくなるような若衆ぶりだった。

「今日はどこへ行く」

「桜雪にも馴れましたので、宇治まで足を延ばしてみようと存じます」

陣笠をかぶり、手綱さばきも鮮やかに飛び出していった。

近頃では遠くへ出かけることが多い。

それが神仏に願を掛けるためだということに政重は気付いていた。

絹江も迷っているのだろう。願いが仇討の成就なのか今の暮らしがつづくことなのか分らないが、時折、切羽詰った表情をして考え込んでいることがあった。

昼過ぎから雨になった。

こやみなく降る大粒の雨に、街道ぞいの町が封じ込められている。

新緑の野山も雨のすだれにおおわれて白く煙っていた。

これでは絹江も往生しているだろうと案じていると、使いの者が文を持参した。

石田三成からのもので、迎えの駕籠を差し向けるのでご足労願いたいとある。

駕籠は商家のものだが、政重は迷うことなく乗り込んだ。書の鍛練を積んだ目には、本人の筆かどうかすぐに分ったからである。

とある茶屋の離れで、三成は待っていた。

「城中では人の目もござるゆえ、このような所に来ていただきました」

ここは信頼できる者の店なので、誰かに嗅ぎつけられることはないという。よほど秘密を要するらしく、供の者さえ連れていなかった。

「このような時期ですから、誰と誰が会ったというだけで世間は耳目をそばだてます。まして私は多くの者たちから憎まれているようですから」

「先日、気になる話を聞きました」

正信からとは明かさずに、治部少丸を訪ねたことが徳川方に筒抜けになっていることを話した。

「そうですか。先んずれば人を制すといいますから、嗅ぎ回っている者がいるのかもしれません」

「ご用件は和睦のことについてでしょうか」

「四月十五日に太閤殿下が上洛されることになりました」

秀頼の叙位のためで、和睦の勅命を出していただくのはこの時しかないという。

「公卿の中には、戦を終らせるべきだとお考えの方も多いと聞きます。その方々の意見をまとめて奏上すれば、帝を動かすことも可能です。そのまとめ役が務まるのは、近衛信尹公のほかにはおられません」

「…………」

「そこで貴殿に信尹公に会っていただき、戦の惨状を直に伝えていただきたいのです」

途方もない話だった。相手は五摂家筆頭近衛家の当主で、公家随一の器量人と評判の男である。一介の牢人の身で会ってもらえるはずがなかった。

「会う手立てならあります」

三成は政重の困惑を素早く察して話をつづけた。

「信尹公と八条宮智仁親王は親しい間柄です。宮さまにお口添えいただければ、信尹公もお断わりにはならないはずです」

「治部どのが頼まれるのですか」

「残念ながらそのような伝はありません。しかし、倉橋どのならできるはずです」

話はますます分らなくなっていく。

「醍醐の花見の時に、貴殿は能登侍従どのと共に茶屋の警固を務めておられましたね」

「ええ」

「豪姫さまとも親しかったと、侍従どのからうかがいました」

「親しいわけではありません。若い頃に何度か会ったばかりです」

豪姫の名を聞くと、政重の胸がずきりと疼く。絹江に対する思いとはまったく違う種類の感情だった。

「智仁親王は殿下の猶子となっておられましたので、豪姫さまとは義理の姉弟にあたられます。一時はご結婚の話もあったほどで、今でも親交をつづけておられます。豪姫さまにお願いすれば、信尹公への口添えをしていただけるはずです」

「それを私に……」

「このことが外に漏れたなら殿下の逆鱗に触れ、すべてが台無しになります。誰も表立って動くことはできません」

だから牢人者の政重に白羽の矢を立てたのだ。

おそらく三成は政重を屋敷に招いた時から、こうした考えを持っていたのだろう。

「たとえ首尾よく近衛公に会えたとしても、説得できる自信などありません」

「戦の惨状を伝えていただくだけでいいのです。貴殿の話をお聞きになれば、信尹公はかならず心を動かされるはずです」

「どうしてですか」

「お二人の気性がよく似ているからです。そのことは書を拝見しただけで分ります」

信尹は三藐院流の祖となったほどの大家で、気性の真っ直ぐな豪快な書を身上としている。花見の時に政重が番所の戸にかかげた歌を見て、信尹の書体とよく似ていると思ったという。

「どうしてあれが私の書だと」

「能登侍従どのに教えていただきました。豊臣家のために、いや、戦で苦しむ多くの者たちのために、何とぞお引き受けいただきたい」

三成はそこまで調べて周到に手を打ったのだ。丁重な物腰の裏に、こうした策略家の一面を隠し持った男だった。


政重は迷っていた。

朝鮮での戦を終らせるためにはどんなことでもするつもりで帰国したが、豪姫に会う踏んぎりはなかなかつけられなかった。

若い日に豪姫に寄せた切ない思いは、今でも血を噴きそうなほど生々しく胸にいきづいている。それを意識せずにはいられないだけに、このまま会えば豪姫を汚すことになると思い込んでいた。

だが、頭の中には救いを求める子供たちの泣き声が執拗にこびりついている。

政重は去就に迷い、解決の手がかりを求めてひらすら木刀を振った。

竹蔵が恐れをなした丸太棒のような代物を千回二千回と振りつづけたが、迷いの霧はいっこうに晴れなかった。

ある夜、政重は頭の割れるような思いをしながら、次々と襲ってくる悪夢にうなされていた――。

静かな家の中に、突然得体の知れない男たちが踏み込んできた。

表の戸を蹴破り、手に白刃をきらめかせながら襲いかかる。

父や祖父は棒を取って家族を守ろうとしたが、戦なれした男たちにまたたく間に斬り殺された。

「米はどこだ。食糧を出せ」

男たちは母と祖母を責め立てた。

固く口を閉ざす二人の衣服を引きはがし、裸にむいて代わる代わる犯している。

その揚句に背中をひと突きして虫けらのように刺し殺す。

幼い少女は、柱に縛られたまま泣き叫ぶばかりだった。

薄暗い船底に、捕虜となった者たちが押し込められていた。

働き盛りの者や十歳前後の子供たちが、腰を縄で縛られたまま体を寄せ合っている。食べ物も満足に与えられないためにやせ細り、排便に立つことも許されないので船底には異様な臭気がただよっている。

数日の航海の後に港に着くと、強欲な面をした商人が母と兄を連れて行こうとした。

「これは私の子です。一緒に連れて行って下さい」

母がひしと抱き締めて訴えるが、商人は母の背中を杖で打ちすえ、手を引き離す。

捕虜の少年は、母から離れまいと必死にしがみつく。

と、急に銃声が鳴り響き、数万の軍勢が攻めかかるどよめきが聞こえた。

あたりに煙がたちこめ、火は間近に迫っている。

刀折れ矢尽きた門徒たちは、妻や子を次々と殺めていく。

女や子供の断末魔の叫びの中で、母だけが毅然と立ち尽くしていた。

「私にはこの方々と運命をともにする責任があります。どうかこの子を連れて落ちのびて下さい」

そう言うなり、自分の胸に懐剣を突き立てた。

哀しいほどの静寂の中で、母の体がゆっくりとくずおれていく――。

はっと目を覚ますと、額に布が当てられていた。にじみ出る汗を、絹江がふき取っている。

その手を払いのけるようにして、政重は体を起こした。

絶望と哀しみの生々しい感触が、全身にへばりついていた。

「ひどくうなされておられましたが、気がかりでもあるのでございますか」

絹江が水を運んできた。表情にかげりがさし、どこか淋しげだった。

「いや。戦の夢を見ただけだ」

「初めて長五郎さまの泣き顔を見ました。よほど辛いことがあったのですね」

「少し風に当たってくる」

政重は逃げるように外に出た。

まだ明けそめたばかりで、庭は薄青い闇に包まれている。

大黒も桜雪も、馬屋の中で幸せな眠りについていた。

(こんな時、親父どのならどうなされるだろう)

養父倉橋長右衛門は常に最前線に出て赫々たる戦功を上げながら、五百石以上の加増は身に余ると拒絶しつづけた気骨の人である。

その教えに照らしてみれば、どうするべきなのか。心を無にして己と向きあったが、答えは容易には得られなかった。

秀吉の上洛が三日後に迫った日の早朝、石田三成からの文が届いた。

「未の刻に醍醐寺三宝院にご足労いただきたい」

見覚えのある筆でそう記されていた。

醍醐寺の表門まで行くと、壮年の僧侶が足早に歩み寄ってきた。

「倉橋さまでございますね。ご案内申し上げます」

三成に意を含められているのか、先に立って三宝院の裏門から中に入った。

「ただ今、奥の仏間でご祈願中でございます。しばらくここでお待ち下されませ」

そう告げて人目をはばかるように立ち去っていく。

案内されたのは花見のために新築したばかりの御殿で、正面には秀吉が贅を尽くして造らせた庭が広がっていた。

心の字をかたどった池には、三段に作った石の滝から滔々と水が流れ落ちている。

中央に島を築いて石橋を渡し、池のまわりにも大小さまざまな石を配してあった。

池の中心となる場所には、高さ百五十センチばかりの長方形の石が立てられ、両側にはそれに従うように二つの石がうずくまっている。

釈迦三尊を現わしたもので、真ん中は有名な藤戸石だった。

織田信長は洛中の細川屋敷にあったこの石をきらびやかに飾り立て、笛、太鼓ではやしながら二条御所まで引かせたという。

その石を釈迦の姿に見立てて池の中心に配したところに、秀吉の信長に対する思いが如実に表われていた。

政重は庭を堪能しながら待っていたが、何だか妙だと思った。

いかに苦境に立たされているとはいえ、あの三成がこれほど長々と祈願するはずがない。

こんな予感は十中八、九当たるのが常で、戦場でなら反射的に異変に備えた行動をとる。

だから今日まで生き永らえてきたのだが、静まり返った寺の中では勝手がちがっていた。

やがて上段の間のふすまが開き、さっきの僧に手を取られるようにして女性が入ってきた。

緑なす豊かな髪を白い元結いで結び、菖蒲を描いた鈍色の小袖をまとっている。

小首をわずかにかしげて会釈したのは、なんと豪姫だった。

額の秀でた利発そうな顔立ちは昔のままだが、三人の子の母親となったせいかかなり太っている。

優雅な身のこなしには匂うような気品があり、備前五十二万石の奥を取り仕切っている者らしい風格がただよっていた。

「治部どのから話はうかがいました」

政重がいつまでたっても動かぬことに業を煮やした三成が、策を弄（ろう）して引き合わせたのだ。

「八条宮さまにこの文をお持ちいただけば、お取り計らい下さるでしょう。出征した将兵の家族も、一日も早い帰国を願っています。どうかご尽力下さいませ」

豪姫は用件だけ伝えて素気（そっけ）なく席を立った。

昔語りをする暇（いとま）もないあわただしさである。

残された政重は書状の上書きをながめながら、近頃病気がちだと聞いたがもう治ったのだろうかと考えていた。

四

絹江は桜雪の手入れに余念がなかった。

庭の真ん中に引き出し、藁（わら）を束ねたたわしでていねいに体をこすっている。足を一本一本抱え上げて蹄の裏まで汚れを落とし、長いたてがみに髪油をつけて美しく編み上げていた。

このところ毎日のように手入れをするので、桜雪の体は雪山のように輝いているが、絹江の方は日に日に沈みがちになっていた。

思い詰めた目をしてうつむくことが多くなり、話しかけても前のような溌剌とした答えは返ってこない。

桜雪の世話をするのも気持をまぎらわすためらしく、たわしで体をこすりながら小声で何かを話しかけていた。

明るい春の日射しが楓の葉を突き抜けて降りそそぎ、桜雪と絹江の肌を薄緑色に染めている。

側では竹蔵が汗だくになって素振りをくり返していた。

最初は木刀の重さに負けて切っ先が下がりがちだったが、近頃ではかなり様になっていた。

「区切りがついたら、ちょっと来てくれ」

政重は二階の窓から竹蔵を呼び、絹江のことをたずねた。

「近頃沈み込んでいるようだが、心当たりはないか」

「そういえば五日ばかり前に、知り合いらしい若侍が訪ねて来よりました。元気がのうならはったんは、それからや」

「どこからの使いだ」

「旅装束をして草鞋をすり減らしておりましたさかい、遠方からとちがいますやろか」

政重にならって絵筆を取るようになったせいか、竹蔵の観察眼もなかなか鋭くなりつつある。

遠方からといえば、江戸の岡部家からかもしれなかった。

都に向かう日の朝、絹江は久しぶりに甲斐甲斐しく政重の世話をした。

剃刀でひげを当たり、月代を剃り上げ、爪まで器用に切りそろえた。

「人に会う時には、身だしなみが大切ですから」

近衛信尹に会うとは一言も話していないが、何事かを察したらしい。どこで手に入れたのか裃と袴まで用意していた。

しかも裃には本多家の立葵の紋まで付けてあった。

「僭越ではございますが、この方が相手に重んじられると存じましたので」

「何かあったのか？」

「どうしてですか」

「近頃ふさぎ込んでいたようだが」

使いが来たことには触れなかった。それを言えば、絹江を抜き差しならないところに追い詰める気がした。

「もう一度都を案内していただきたいと思っているばかりでございます。ご無事のお帰りを、お待ち申し上げます」

快活に言って袴の腰板をぽんと叩いた。

八条宮智仁親王の屋敷は今出川通りぞいにあった。

智仁は幼い頃に秀吉の猶子となり、関白職をつぐことが約束されていたが、秀吉と淀殿との間に鶴松が生まれたためにこの縁組は破棄された。

このことを後ろめたく思ったのか、秀吉は天正十九年（一五九一）に智仁に親王宣下が行なわれるように取り計らい、洛北に屋敷を造営して献上した。

秀吉の養女となっていた豪姫とは、義理ながら姉弟に当たる。

年は豪姫の方が五つ上だが、二人はよほど仲が良かったらしく、後年智仁の子智忠親王と豪姫の姪富子（前田利常の娘）との縁談を取りまとめているほどだ。

豪姫が言った通り、書状の効果は覿面だった。

八条宮は豪姫の文を一読するなり、家司に命じて政重を近衛邸に案内させた。

ここでもすぐに対面所に通され、半刻もしないうちに近衛信尹が現われた。

五摂家筆頭近衛家の当主で、一代の傑物と評された前久の嫡男である。

政重より九つ上の三十四歳。烏帽子に水干という雅やかな出立ちだが、向かい合ってみると武士にも劣らぬ激しい気迫が伝わってきた。

「倉橋政重、槍の名手らしいな」

芯の太い涼やかな声である。

「いささか、覚えまする」

「書もようすると聞いた。手並のほど、見てみたいもんや」

「武家の技にあらねば、ご容赦下されませ」

「豪姫が宮さまに宛てた文を拝見した。そちのことが濃やかに記してあったが、こうして対面してみるとただならぬ胸の内がよう分る」

信尹が斜に構えて際どいことを言った。

なぜ二人を揶揄するのか、政重には分らない。万一豪姫に迷惑が及ぶようなら、この男を刺殺して腹を切るほかはなかった。

「ほう、身共を斬るか」

信尹は政重の心の動きを正確に読み取っていた。

「時と場合によりまする」

「ええ覚悟や。それくらいの肚がないと、大事を語るには足らんな」

信尹が声をはずませて軽やかに笑った。

政重を試そうとしてわざと際どいことを言ったらしい。

「聞こうか。願いの筋とやらを」

「朝鮮での戦のことでございます」

政重は戦の惨状をつぶさに語り、今度秀吉が上洛した時に和睦の勅命を発して戦を終らせてほしいと頼んだ。

「それは誰(たれ)の差し金や」

信尹がにわかに焦(きな)くさい表情になった。

一介の牢人にしては頼み事が大き過ぎるのだからこれは当然である。

「前田大納言か。それとも徳川内府か」

「それがし一人の考えにございます」

「何のためや」

「戦に苦しむ多くの者たちのため、なかんずく親を殺され家を奪われた子供たちのためでございます」

「そのためとあらば、何を賭ける」

「牢人者にございますれば、一身一命のほかに差し出すものはございませぬ」

「ならばその命、身共にくれるか」

「事なりし暁には、いかようにも」

政重の言葉に偽りはない。無益な戦を終らせるためなら、この命を差し出しても悔いはなかった。

「豪姫が信頼するに足る武人と記しとったが、どうやら本当らしいな」

信尹は侍女に酒を運ばせ、政重に盃をすすめた。

「まあ、飲みなはれ。固めの盃や」

「では、お引き受けいただけますか」

「身共も以前、似たようなことをしたことがある」

文禄元年（一五九二）二月、秀吉が朝鮮出兵を決めた時、朝廷では誰一人反対する者がいなかった。

古来わが国の外交権は朝廷にあるとされてきたのだから、無謀な出兵をやめさせることも可能だったはずである。

ところが帝や公卿たちは、秀吉の逆鱗に触れることを恐れて一言も異を唱えなかった。

その上、後陽成天皇以下うちそろって秀吉の出兵を見送るという愚を犯したのである。

このことに憤激した信尹は、秀吉に同行して朝鮮まで渡ると言った。

出兵に賛同してのことではない。

次期関白と目されていた信尹が同行すれば、出兵を許した朝廷の責任は誰の目にも明らかになる。

それが嫌なら出兵を中止させよと求めた捨て身の行動だったが、これに応じて声を上げる者はなく、結局は後陽成天皇の勅勘をこうむって薩摩の坊津に流罪になった。

許されて帰洛したのは、二年前の九月のことだという。

「坊津は昔から栄えた港町で、琉球やルソンとの交易も盛んや。南蛮船もたびたび来航して、珍らしい文物を運んでくる。都にいては見えへん世界に触れることが出来たんやから、決して無益な四年間だとは思わんが」

信尹が苦々しげに盃を干した。

その動きひとつにも、洗練された美しさがある。政重が初めて出会う類の男だった。

「帰洛以来無官の身をかこっておる。勅命の件は宮さまや公卿に働きかけてみるが、かなり難しい仕事となるやろ」

「それがしに出来ることがあれば、何なりとお申し付け下されませ」

「残念ながら何もない。そちが武家の技を活かしたいんやったら、勅命などより手っ取り早い方法がひとつだけあるけどな」

　秀吉を殺すことだ。信尹はにこりともせずにそう言った。


　四月十五日は雲が低くたれ込めた陰鬱な日和だった。

　豊臣秀吉は前田利家、徳川家康ら二万余騎を従えて上洛の途についた。

　きらびやかな行列を一目見ようと、伏見から都へつづく街道の両側には数知れぬほどの群衆が集まっていた。

　政重もその中にいた。

　秀吉の上洛ぶりを見届けたいという思いもある。だがそれ以上に、徳川軍の雄姿を見たかった。

　遠くからなりとも、家康の姿を拝することができるかもしれない。御先手組の誰彼は供奉しているだろうか。そんなことを考えると心急いて、駆けつけずにはいられなかった。

やがて先触れの者が太鼓を打ち鳴らして通り過ぎ、やや遅れて騎馬武者たちが現われた。

両側に松並木がつづく細い道を、二列になって進んでくる。

先頭は日の丸の馬標(うまじるし)をかかげた前田利家勢五千騎。利家は梅鉢の紋を描いた黒塗りの駕籠に乗り、前後に利長と利政がだく足で馬を進めていた。

つづいて豊臣家の馬廻衆(うままわり)一万余騎。

黄色い大母衣(ほろ)を背負った黄母衣衆一千騎を先頭に、蹄の音も軽やかに通り過ぎてゆく。

秀吉は秀頼とともに牛車に乗っていた。

親王や摂関家しか用いることを許されない檳榔庇(びろうひさし)の車を用い、烏帽子、水干姿の十数人が轅(ながえ)を押さえて従っている。

秀吉は近衛前久の猶子となって関白となり、帝から豊臣姓をたまわって摂関家と肩を並べたのだから、檳榔庇の車を用いても何ら不都合はない。

だが華やかに飾り立てた牛車が騎馬武者に囲まれて進む光景は、どこかいびつでなじめなかった。

殿軍(しんがり)は徳川家康が五千騎をひきいて務めていた。

先陣きって進むのは、御先手組五百余騎。政重のかつての同僚たちである。

心をひとつにして戦場に飛び出し、互いに助け合って切所（せっしょ）を切り抜けてきた仲間たちだけに、兜（かぶと）の前立てや鎧の色目を見ただけで誰だか分る。

その者たちがいかにも堂々と誇らしげに馬を進めるのを見ると、政重の胸に熱いものがこみ上げてきた。

徳川家を致仕（ちし）したことを後悔などしていない。だが、あの行軍の中に自分がいないことがとてつもなく淋しかった。

家康は紺色の駕籠を用いていた。

駕籠の前では先導役の本多正信と正純が並んで馬を進めている。

正信は政重に気づいて小さくうなずいたが、正純はわざと気付かぬふりをして通り過ぎた。

駕籠が目の前にさしかかった時、物見の窓がすっと開いた。

家康が大きな顔をこちらに向けて、にこやかに笑いかけている。久しぶりだなと言わんばかりだが、目は笑っていなかった。

わずか一瞬の間だが、政重はぐさりと胸を貫かれたような衝撃を受けた。

あの笑いはいったい何なのか。懐しさや親しみゆえではあるまい。こんな所で何をしているのだという蔑みの笑いではなかったか……。

そんな考えで頭がいっぱいだったせいか、うなじに走る殺気に気付くのが一瞬遅れた。

はっと身を沈めてふり返ると、六メートルほど後ろの松の陰に絹江が立っていた。

市女笠を目深にかぶり、左手で緋色の包みを抱えている。

包みの中には砲身の短い馬上筒を入れ、狙いをぴたりと定めていた。

群衆の中とはいえ、さっき火縄を落とせば政重を仕留めることが出来たはずである。

だが絹江は狙いをつけたまま、唇をかみしめて涙を流すばかりだった。

家康の面前で仇を討ったなら、岡部家を再興できる。そう考えて今日の日を選んだものの、政重への想いゆえに引き金を引けなかったのだ。

政重は両手をだらりと下げて大きく胸を開けた。

(撃ちたいなら撃て。お前に討たれるなら悔いはない)

そう語りかけながら、案山子のように棒立ちになった。

絹江は身を固くして政重を見つめていたが、ぎこちなく会釈をして踵を返して立ち去った。

政重が藤波に戻ったのは、それから一刻ほどたってからだった。

ていた。

「大将、えらい遅いお帰りでんな」

竹蔵は諸肌脱ぎになって木刀を振っていた。律儀に言い付けを守っている甲斐あって、腕や肩口に武辺者らしい筋肉がつき始めていた。

「絹江は」

「遠乗りに出る言うて出かけはりました。そうや。これを渡してほしいと頼まれとったんや」

汗まみれの手で書き付けを渡した。

　命ふたつなき身なりせば

いざ行かめ

女らしい柔らかな筆でそう記されているが、無筆の竹蔵は別れの文だとは気付かなかったらしい。両手に木刀を持ち、自在に使いこなす工夫に余念がなかった。

政重は文を懐に入れ、馬屋に歩み寄った。

大黒も異変に気付いているのか、淋しげにうなだれている。

桜雪がいなくなったがらんとした馬屋は、政重の心に空いた洞のようだった。

「男同士、遠乗りにでも出るか」

大黒を引き出して鞍をつけた。

落胆は隠せない。だが今やるべきは、家康や昔の仲間たちに胸を張って会える生き方を見つけることだった。

第六章　友よ忘るることなかれ

一

夏の盛りだった。

灼熱(しゃくねつ)の太陽が頭上から照りつけ、大川(おおかわ)（淀川）を往来する船が水面(みなも)にくっきりと影を落としている。

満天の青空を映した川は、金色のさざなみを水面に描きながら海へとそそいでいた。

川岸にほど近いあたりには、客を乗せた屋形船や荷を満載した船が縦長の列を作ってずらりと並んでいる。大坂城下への入口である八軒屋の船着場も近いので、接岸の順番を待っているのだ。

いずれも三十石船と呼ばれる大型の船で、舳先には白地に黒く桐の紋を染めた旗をかかげていた。

過書船という。

天下統一をなしとげた豊臣秀吉は、伏見と大坂を結ぶ交通網を整備するために、過書と呼ばれる免許状を持った船以外の通行を禁じた。

つまり過書船とは秀吉の庇護を受けた船のことで、桐紋の旗を舳先にかかげるのはそのことを誇示するためだった。

川の中ほどでは、涼みに出た客を乗せた船が流れに浮かんでいる。

釣りをする者たちもいて、時折うろこを銀色にきらめかせて小魚が上がる。

朝鮮での戦などどこ吹く風といったのどかな景色をながめながら、倉橋長五郎政重は八軒屋の船着場に着いた。

旅人や商人でごった返す通りを抜け、京橋を渡って備前島の宇喜多屋敷の門を叩いた。

先日近衛信尹と会った時、朝鮮との和議の勅命を出すように公卿たちに働きかけるためには、出征軍の総大将である秀家の報告書が必要だと言われた。

そこで宇喜多家家老の長船紀伊守と連絡を取り、秀家に報告書を送ってくれるように頼んである。その書状が今日釜山から着くはずだった。

備前島の屋敷に着くと、長船紀伊守が応対に出た。

「たびたびご足労いただき恐縮でござるが、書状がまだ届いておりませんでな」

面目なさそうに詫び言をのべた。

秀吉から羽柴の姓をたまわったほどの剛の者で、大坂屋敷の留守役に任じられている。だが七十歳ちかい高齢の上に、家中の内紛の対応に追われているので、近頃はすっかり気弱になっていた。

「よもや国許の者たちに洩れるはずはあるまいが……、まことに面目なき次第でござる」

「ご家中の対立は、それほど険しくなっているのですか」

「何しろ頑迷固陋な輩ばかりでしてな。上意と言っても伏さぬのでござる」

紀伊守が額に汗を浮かべ、真っ白になったびんのあたりに手を当てた。

宇喜多家では三月ほど前から内紛に悩まされていた。

豊臣家からの命令を最優先する紀伊守の方針に、岡越後守を中心とする国許の重臣たちが反発を強めていたからである。

原因は太閤検地にあった。

秀吉は年貢の徴収を均一にするという名目で日本全土に検地の竿を入れたが、真の狙いは朝鮮出兵の費用と兵力を確保することにあった。

三百六十坪の田畠を一反としていた従来の慣例を改め、三百坪を一反として各大名家の石高を引き上げたことが、年貢と軍役の負担を強化しようという秀吉の目的を如実に物語っている。

この検地に抗して奥州や九州で反乱が相次いだことはよく知られているが、秀家の領国でも不満や反発は根強かった。

だが豊臣家の養子となっている秀家には、秀吉の方針に異を唱えることはできない。家臣や領民に負担を強いることが分っていながら、忠実に検地を実行する他はなかった。

その結果、石高は従来より十万石も引き上げられたという。

出兵にあたっては百石につき三人の動員令を出すのが常だから、三千人もの負担増である。

秀家は何とか実質的な石高を増やそうと瀬戸内海の干拓事業に着手したが、朝鮮での戦が長引くにつれて領民の負担は増大し、ついに国許の家臣たちまでが造反するほどの深刻な事態に立ち至っていたのである。

そうした対立が、秀家の報告書を取り寄せる際の思わぬ障害となった。

政重の依頼を受けた長船紀伊守は、さっそく釜山鎮城に使いを出そうとしたが、国許派に属する水軍の者たちが小豆島や児島湾で監視の目を光らせているので、宇喜多家の船では瀬戸内海を航行することさえ危うくなっていた。

そこで往路は小早川家の軍船に使者を乗り込ませ、復路は小西家の船を借りて戻って来るという体たらくで、帰国が大幅に遅れていたのである。

「ところで倉橋どの、お聞き及びでござろうか」

長々と待たせることが気の毒になったのか、紀伊守が八軒屋の船着場で起こった事件について語った。


二日前の昼下がりのことだ――。

大川の上流から一艘の船が現われ、猛烈な勢いで川を下ってきた。

下りだというのに八梃の艪で力任せに漕いでいるのだから、凄まじいばかりの速さである。

桐紋の旗をかかげていないので過書船ではない。

だが海からさかのぼってきた船なら、これほど上流まで迂回するはずがなかった。

（けったいな奴っちゃで）

接岸待ちの船頭たちは、誰もがそう思ったという。

この得体の知れない船は順番待ちの列の横を通り過ぎると、船着場の百メートルばかり上流で列に割り込もうとした。船と船とのわずかの隙間に舳先を突っ込み、強引に入ろうとしたのである。

むろん違法である。

傍若無人もはなはだしいが、船の男たちもそんなことは百も承知しているらしく、全員武装していた。そのうちの数人は鉄砲の用意までしているという物々しさである。

しかも口上があった。

舳先に立った船頭らしい男が、戦場嗄れした大声を張り上げたのである。

「われらは豊臣家の命を受けて赤国への荷を運ぶ者である。緊急にご城下に立ち寄る用が生じたゆえ、先をおゆずりいただきたい」

軍需物資を運ぶ船なら過書を持たないのもうなずけるし、割り込みにも目をつぶらざるを得ないだろうが、船頭は軍用船だという証拠を何ひとつ示そうとはしなかった。

「それやったら送り状を見せたらんかい」

割り込まれそうになった屋形船の船頭が、諸肌脱ぎになって喰ってかかった。

「内密の品ゆえ明らかにはできぬ。四の五のぬかすとただではおかぬぞ」

「このど阿呆。脅しと鉄砲玉が怖くて大川の船頭がつとまると思とんのか」

威勢よく啖呵を切ったが、相手はただの脅しではなかった。

船縁に鉄砲の筒先を並べ、乗客にぴたりと狙いを定めたのである。

「つまらぬ意地を張るな。多くの客が巻き添えになるぞ」

これには勇み肌の船頭も手も足も出なかった。

相手の口上が本当かどうかは分らない。万一本当なら邪魔立てしては罪に問われるし、嘘だとしても喧嘩になって客を死なせたなら過書を取り上げられるおそれがある。

そんな弱みを、軍用船と名乗った船頭は的確についたのだった――。

「これで話が収まるかと思いきや、その夜にもうひと騒動もち上がりましてな」

「ほう。どのような」

政重もいつの間にか話に吊り込まれていた。

「軍用船と名乗った船頭が泊っている船宿に、過書船の船頭が手下を連れて討ち入ったのでござる。ところが相手はいずこへともなく姿を消し、船宿はもぬけの殻だったそうじゃ。討ち入った者たちは悔しまぎれに船宿の主人を簀巻きにし、大川に投げ込んでいったそうな」

「そうかもしれませぬな。近頃は船頭も気が荒くなって困っ

「そんなことがよく起こるのですか」

「そういえば十日ほど前にももめ事がありましたな。近頃は船頭も気が荒くなって困ったものでござる」

紀伊守はただの喧嘩沙汰としか思っていないようだが、政重は焦くさい臭いを嗅ぎ取っていた。

過書船の船頭が討ち入ったのは、相手の口上が嘘だと分ったからにちがいない。本当だったとしたら討ち入る必要はないし、討ち入りそのものが豊臣家に対する反逆と見なされるからである。

では、何ゆえ嘘だと分ったのか？

考えられることはただひとつ。船奉行所に事の顚末を報告し、調査を求めたのだ。

その結果嘘だと分ったのに奉行所が動かなかったか、あるいは奉行所で嘘だと知っていながら取り合わなかったのだろう。

そのことに腹を立てて自分で討ち入ったものの、すでに相手は奉行所からの通報によって姿を消していた。

船頭たちが船宿の主人を簀巻きにしたのは、逃げた相手への怒りが治まらなかったからではなく、主人が奉行所と結託して不正の手助けをしていたからだろう。

誰もがこの戦の間にどうやって甘い汁を吸おうかと、虎視眈々とねらっているご時勢である。大義のない戦が招いた精神の荒廃が、今や豊臣家のお膝許まで蔓延しているのかもしれなかった。

紀伊守の命をおびた中村刑部が戻ったのは、夕方近くになってからだった。使者から書状を受け取るために、安治川河口の船着場まで出向いていたのである。

刑部は三十歳をわずかに過ぎたばかりの気鋭の侍である。前田家から豪姫が輿入れした時、利家が近習の中から選りすぐって供に付けた優れ者だが、武人肌ではなかった。

何事もそつなくこなす官吏といった感じである。

「刑部、遅かったではないか」

紀伊守はそう言ったが責める口調ではない。何事も頼りきったような響きがあった。

「屋敷内の話が筒抜けになっているのか、船着場にも見張りの者がおりました。しかも小西家の船に目を付けている様子なので、物売りに身を替えて船に乗り込んで参りました」

「して、首尾は」

「こちらでございます」

刑部はいささか得意気に油紙に包んだ書状を懐から取り出した。家中がこんな有様では、豪姫もさぞ案じているだろう。その苦衷(くちゅう)を察し、政重の胸がチクリと痛んだ。

都大路は相変わらず喧噪(けんそう)に満ちていた。

荷を満載した車や馬があわただしく行き交っている。片田舎から上洛したらしい武士の一団や神社仏閣に参詣(さんけい)に来た者たちが、物めずらし気にあたりを見回しながら歩いていた。

砂ぼこりを上げて早馬が駆け抜け、供揃(ともぞろ)えも華やかに殿上人(てんじょうびと)の牛車が通り過ぎていく。

だが絹江と春に来た時のようなさわやかさはなかった。

真夏の太陽に照らされた道は白っぽく乾き、風が吹くたびにほこりが舞い上がる。

路地にたむろする食い詰めた者たちが物陰で用を足すので、胸が悪くなるような糞(ふん)尿(にょう)の臭いがたちこめていた。

かすかに死臭も混じっているのは、行き倒れた者たちが道端や草むらに放置されているからだが、所司代の役人たちは手を打とうともしなかった。

朝鮮出兵の負担による農村の疲弊は、諸物価の高騰という形で都を直撃していた。米の値段がじりじりと上がり、それにつれて野菜や味噌、醬油も高くなった。

その形勢を見た米問屋が買い占めや売り惜しみに走ったために、もはや庶民には手が出せないほど高価なものとなっている。

だが彼らから多額の運上金を得ている豊臣家では、買い占めを取り締ろうともしないのだった。

「まったく愚かな話やないか」

釣殿の手すりにもたれかかって、近衛信尹がやる瀬ない息を吐いた。

床の下には池の水が流れているので、洛中よりいくらか過ごしやすい。

政重を迎えた信尹は、ここに連れ出して酒をふるまったのだった。

「こんな有様になったんは、大義も見通しもない戦を始めたせいやろう。それを強行した豊太閤が、出兵の費用にあてるために商人から運上金をせしめ、米の買い占めを見て見ぬふりをしておる。これでは下々の民は立つ瀬がないやないか」

信尹は体を張って朝鮮出兵を止めようとした男である。それだけに豊臣家の無為無策が腹立たしいようだった。

「お求めの、これを」

政重は秀家の書状を差し出した。

朝鮮の現状を報告し、早期の和議と撤兵を求めたものだ。

こんな書状を記したことが知れたなら、秀家とて無事には済まない。だが和平のためには我身を危険にさらすこともいとわなかったのである。

「備前中納言もようやっとる。これくらい骨のある者があと二、三人おったなら、豊太閤も晩節を汚さずに済んだかもしれんな」

「これで和議の勅命が下されましょうか」

「いいや。せっかく持参してもらったが、役に立たぬかもしれぬ」

「…………」

「豊太閤がもういかんのや。太閤がおらんようになっては勅命を出す意味がのうなる。公卿どもが秀家の書状が必要だと言い張ったのも、これを待っとったんやな」

和議の勅命が出されたなら、朝鮮出兵に同意した天皇や公卿たちの責任が問われることになる。

それを避けるために、何だかんだと理由をつけて引き延ばしていたのだ。

「ご容体(ようだい)は、それほどに」

「明日をも知れぬほどの病だという。あるいはもう死んどるかも知れんが、石田治部らが外に洩れるのを必死で食い止めとるそうや」

近衛家の情報網は、医師や僧侶、修験者や神主などあらゆるところに及んでいる。秀吉を猶子にして関白の座につく道を開いたのも信尹の父前久だけに、伏見城中の様子は逐一伝わっているのだった。

（なるほど、それで）

過書船の制を無視する輩が現われたのだ。

おそらく何者かが秀吉死後の混乱を見据え、武器、弾薬を大坂城下に運び込んでいるのだろう。だが過書船を使っては積荷が調べられるので、荒っぽい連中をやとって手っ取り早く運ばせているにちがいない。

しかもこうした輩に船奉行所までが加担しているとなると、すでに水面下では何らかの策謀が動き始めているのかもしれなかった。

「そやけど豊太閤が危ないからこそ、和議を急がねばならんのや。何度そう言うても、公卿どもは聞く耳持たんけどな」

「何とぞ、この書状を活かして下されませ」

「精一杯の努力はする。そやけど難しいことになるやろな」

近衛邸を下がると、政重はその足で伏見城の治部少丸へ向かった。

石田三成に直に会って状況をたずねるためである。

対面所で四半刻ばかり待つと、三成が急ぎ足で現われた。

「やあ、お待たせしました」

努めて快活に振舞おうとするが、心労は隠せない。

途方に暮れたような泣き笑いの表情には、三成の苦しい胸の内が痛々しいほど表われていた。

二

大黒を乗せた艀船は、沖に浮かぶ安宅船に向かってゆっくりと進んでいった。

政重と竹蔵が左右について、いつぞやのように暴れはせぬかと気遣っていたが、大黒はすっかり船にも慣れたらしく平然とあたりを見回している。

うだるような蒸し暑さなので、海に出ると別天地のように心地いい。

ちょうど満潮にかかる頃でうねりが強くなっていたが、風もなく海はおだやかだった。

政重はふと肥前名護屋城で絹江に襲われた時のことを思い出した。女とは思えぬほどの射撃の腕は、政重を倒すために短期間で習得したのだという。伏見の船宿できまり悪そうに打ち明けた絹江の顔を思い出すと、政重は複雑な感慨にとらわれた。

心動かされるままにひと月近くも共に暮らしたことも、絹江が仇討を果たして家の再興を成し遂げる道を選んだことも、今となってみればあれで良かったと思っている。だが一抹の淋しさが残るのは、絹江との暮らしが満ち足りていたからにちがいなかった。

大黒はおとなしい。

艀船から安宅船に滑車で吊り上げられる時も、主人に抱え上げられる猫のようにじっとしていたが、騒ぎは船に乗り込んでから起こった。

船は大坂の商人たちが仕立てたもので、行きは大名家からの依頼によって兵糧や弾薬、将兵を運び、帰りは朝鮮半島で略奪した品々や捕虜となった人々を買いつけてくる。

大名たちは輸送費を節約しようとして少しでも多くの将兵を乗り込ませるので、甲板には屈強の将兵たちが寿司詰めにされていた。

そんな中に大黒が乗り込んでいくのだから、文句が出ない方がどうかしている。

大黒が甲板に下り立ったとたんに、十人ばかりがまわりを取り巻いた。

「おいおい、こっちは身動きもならねえってのに、船の中で馬を乗り回そうって豪気な奴がいるようだぜ」

「糞小便をたれ流されちゃ、臭くてやりきれねえな」

大刀を肩にかつぎ、にやにやしながら竹蔵に詰め寄った。

「ぜ、銭はちゃんと払っとる。文句を言われる筋合いはあらへん」

竹蔵が気丈に立ち向かったが、声も体も震えていた。

幼い頃に父や母が武士たちに殺された光景が、心の奥底にへばりついている。それを克服しようと武芸に打ち込んでいるものの、恐怖心ばかりはふり払うことができないのだった。

武士は殺しの玄人である。竹蔵がひるんだと見るとすかさず付け込んできた。

「兄ちゃんよ。銭さえ払えばわしらに迷惑かけてもいいってのか。主人は何様か知らねえが、ひと言断わりを入れるのが筋ってもんじゃねえのかよ」

諸肌脱ぎになった長身の男が、おおいかぶさるように詰め寄った。

竹蔵は完全におよび腰になっている。

政重が助け船を出す時期を計っていると、ひと足先に大黒が動いた。

ひょいと首を下げて相手の袴の腰をくわえ、船の外にほうり投げたのである。

男は高々と宙に舞い、派手な水しぶきを上げて海に落ちた。

武士たちはあっけに取られ、さっと後ろに下がった。

抜刀して斬り付けるには二メートル以上の間合いが必要である。大黒に斬り付けようとしていることは明らかだった。

桜雪が去って以来、大黒は怒りっぽくなっている。来るなら来いとばかりに殺気立った目でにらみつけた。

「静まれ。騒いではならぬ」

陣笠をかぶった武士が仲裁に入った。

誰かが階下にいた組頭に急を知らせたのである。

「この馬は釜山の備前中納言さまに献上されるものじゃ。傷を負わせた者は即刻打ち首に処するぞ」

そう言われても武士たちは納得できないらしく、刀の柄から手を離そうとはしなかった。

「仲間を助けなくていいのかね。あの男金鎚のようだが」

政重が船縁に立ってつぶやいた。

眼下では海にほうり投げられた男が浮いては沈み、沈んでは必死に水をかきながら、声を限りに救いを求めていた。

(溺れかけているのは治部どのも、そして豊臣家も同じだ)

仲間たちから投げられた救助の縄にしがみつく男をながめながら、政重はそう思った。

治部少丸の屋敷を訪ねた日——。

三成は政重を引きずるようにして茶室に招じ入れた。

「この暑さでは、さぞ喉が渇いておられるでしょうから」

そう言って手早く茶を点てたが、茶室に案内したのは話が洩れないようにするためだということは明らかだった。

「よくないそうですね」

「それを、誰に?」

「秀家どのの書状を届けた時に、近衛公からうかがいました」

「そうですか。あのお方ならご存知のはずだ」

三成は安堵の表情をして、ぬるめの茶を差し出した。

秀吉危篤を隠しおおせなければ、豊臣家の存続が危うくなる。

三成が神経質になるのも無理はなかった。

「勅命を下していただくのは難しいようです。事が公になる前に、出征軍を撤退させる手立てはありますか」

「殿下のお命はあと十日、いや五日もありますまい」

三成は自分の茶を点てながらしばらく黙り込んだが、やがて涙が頬を伝って天目茶碗にしたたり落ちた。

茶筅を持つ手を止め、腹の底から突き上げてくる哀しみに懸命に耐えている。

その無防備な姿から、秀吉を思う真心がひしひしと伝わってきた。

（治部どの……）

豪姫との対面を仕組まれて以来、政重は三成を油断のならない策略家だと見なしてきた。

だがそれは豊臣家を守ろうとするあまりのことで、私心あってのことではなかったのだ。

三成の打ちしおれた姿を見ていると、そのことがよく分かった。

「お恥かしい。無様なところをお目にかけ申した」

顔を上げた三成は、すでにいつもの気丈さを取り戻していた。

「このことが公になる前に出征軍を撤退させなければ、大混乱になることは避けられませぬ。かといって早急に撤退させれば、明軍は異変をかぎつけて追撃してくるでしょう。どうすれば無事に事を運べるのか、奉行衆一同頭を悩ませています」

「太閤殿下の命と偽って、和議の交渉を始めたらいかがですか」

「そのことはすでに小西行長どのに命じてあります」

事もなげに言うのだから、三成の肚のすえ方は尋常ではなかった。

「和議の交渉の間は戦を中止するという約定を結び、ひそかに兵を引き上げるしか方法はありますまい。ですがそれでも問題は数多く残ります」

戦線をどう縮小し、どの大名をどのような名目で帰国させるのか。明軍が追撃してきた場合の備えや、引き上げのための船の手配はどうするかなど、難問は山積みである。

しかも秀吉の異変は敵にも身方にも露ほども気取られてはならないのだから、まさに薄氷をふむような仕事だった。

「中でも難しいのは、陣夫として徴用されている百姓や職人たちを引き上げさせることです。混乱が起こってからでは、大名たちはあの者たちを置き去りにして、軍勢だけを引き上げるでしょう。かといって朝鮮半島南岸での築城はつづいているのですから、引き上げさせるにはよほど巧妙な口実を構えなければなりません」

「軍勢より先に、陣夫を引き上げさせるつもりですか」

「向こうにどれほどの陣夫や人足がいるか、政重どのもご存知でしょう」

十四万と言われる出征軍のうち、半数近くは築城工事や陣屋造りのために狩り出された領民である。彼らがどれほど悲惨な目に遭っているかは、政重も蔚山(ウルサン)城でつぶさに見聞きしていた。

「我々の力が及ばず、この戦を引き起こしてしまいました。それゆえすべての者たちを無事に帰国させる責任があります。陣夫たちを置き去りにして軍勢だけが引き上げることになっては、豊臣家の汚名を末代まで残すことになりましょう」

それゆえ釜山に渡り、宇喜多秀家と図って策を講じてもらいたい。

三成は深々と頭を下げて頼み込んだのだった。

船が釜山港に近づくにつれて、蓬萊山(ボンネサン)の姿がはっきりと見えてきた。

港の南に浮かぶ高さ四百メートル近いこの山は、この地の人々に仙人が住む伝説の山とあがめられている。

　その山を左手に見ながら、船は港の奥深くへと入っていった。

　正面に見える小高い山には釜山鎮城が、海をへだてた東側の小島に支城が築かれている。

　船はその間にある船着場に接岸した。

「倉橋どの、お迎えに参上いたしました」

　驚いたことに明石掃部が船着場まで小舟をこぎ寄せてきた。

　百九十センチもある大男だけに、一人乗っているだけで小舟が船縁まで沈み込んでいた。

「掃部どの、何ゆえ」

「見張りの者が馬を乗せた船が来ると申しますので、もしやと思って遠眼鏡でのぞいてみたのでござる。殿も支城におられますゆえ、お迎えに参上いたしました」

　政重は大黒の世話を竹蔵に頼み、一人で小舟に乗り込んだ。

「貴殿は必らずこの地に戻られると思っていました」

「どうしてですか」

「戦をやめさせたいというお心に偽りはないと見たからです。貴殿のようなお方こそ、ひと粒の麦と呼ぶにふさわしい」

秀家は支城の本丸で待っていた。

白小袖一枚になって扇を使いながら、何かの書類をのぞき込んでいた。

「ご無礼をいたします。先日は急なお願いにもかかわらず、即座に書状をお送りいただき、かたじけのうございました」

政重は敷居の外で丁重な挨拶をした。

「どうぞ。そんな所にいないでこちらに入って下さい」

秀家が手招きをした。

政重が急に帰国する折には険しいやり取りもあったが、少しも根に持ってはいない。大きな澄んだ瞳は、相変わらず明るく輝いていた。

「それで、どうしました。あの書状が少しは役に立ちましたか」

「残念ながら朝議は遅々として進まず、和議の勅命を出していただくことは無理のようでございます」

「そうだろうな。公卿という輩は、我身を守ることしか頭にないようだから」

「それに……、いつまでも待つわけにもいかなくなったのでございます」

秀家にとって秀吉は実の父も同然である。それを知っているだけに、秀吉の容体の悪化を伝えるのは気が重かった。

「何か、常ならぬことでも」

「石田治部どのの使いで参りました。これが預かった書状です」

船旅は水が大敵である。それを案じた三成は、書状を油紙で二重三重に包んでいた。しかも立て文の口を蠟で厳重に封じる用心深さだった。

政重の態度と書状の物々しさから、ただごとではないと察したのだろう。秀家はにわかに表情を厳しくし、立て文に笄を差し入れて封を切った。

書状には秀吉の命が旦夕に迫っていることと、早急に全軍を撤退させる方策を講じるべきことが記されている。

読み進むうちに秀家の顔から血の気が引き、目にはうっすらと涙がにじんだ。

「殿下のご容体は、それほどに……」

うめくようにつぶやいた。

政重は養父長右衛門を失った日の辛さを思い出し、秀家の気持が静まるのをじっと待った。

掃部は秀家の様子を見ただけで異変を察したらしく、痛ましい表情をして身を縮めていた。

「それで、方策とは何です」

長い沈黙の後に、秀家はそうたずねた。

いつまでも悲しみに沈んではいられないと、気丈に気持を切り替えたのである。

「治部どのは、どうすればいいとお考えですか」

「混乱なく撤退しなければ、陣夫として連れて来られた者たちが置き去りにされるおそれがあります。治部どのはそのことを案じ、本隊よりも先に帰国させる策を講じてもらいたいとおおせられました」

「掃部、あれを」

そう言われただけで、掃部はすぐに別室から一冊の書き付けを持ってきた。

各大名家から提出された出陣将兵の内訳である。

「陣夫の総勢はおよそ七万。今はこの時より二割近く減っているとして、五万六千というところでしょうか」

秀家は素早く目を通して当たりをつけた。

減っているのは戦死か逃亡、あるいは負傷して帰国した者たちである。

「その者たちを乗せる船はありますか」

「とうてい足りません。たとえあったとしても、今度の出陣は各大名家の手前持ちなので、陣夫を帰国させよと命じることはできないのです」

いかに総大将とはいえ、大名家の陣立てには口をはさめない。たとえ出来たとしても、そんなことをすれば大名たちは不審を抱き、本国に急使をつかわして何があったかを探らせるだろう。

「何か口実を構えて、陣夫たちを釜山に集めることは出来ませんか」

「そうですね。新たに山城を築くとか、武器弾薬を保管する庫（くら）を築くとか……」

秀家は考えあぐねて黙り込んだ。

政重も手詰りになって天井をにらみ、窓の外に目を移した。

船着場には多くの船が肩を寄せあうように舫（もや）っていた。

秀家も吊られたように船着場をながめていたが、

「そうだ。船だ」

ふいに膝を打って声を上げた。

「船を造るという名目で陣夫たちを集め、その船に乗せて帰国させれば一石二鳥だ。日本から兵糧や武器を運ぶためのものだと言えば、大名たちも納得するでしょうから」

「なるほど。港の近くに集めれば、人が近づくのも防げますね」

政重は秀家の力量に目をみはった。

悲しみに打ちひしがれている時にこうした才覚を働かせるとは、並の武将にできることではないのである。

「しかし、今から木の伐(き)り出しをしていたのではとても間に合わない」

「津々浦々から小舟を集めたらどうです。それを二艘つなぎ合わせて帆柱と舵(かじ)をつければ、今の時期なら海を渡れるはずです」

釜山から対馬まではわずか六十キロしか離れていない。

対馬に着きさえすれば、本国まで送り届ける手はずは石田三成が整えるはずだった。

「一ヵ所に集めるのは無理がある。釜山と泗川(サチヨン)、西生浦(ソセンポ)に分ければ、人足たちの移動も少なくて済むし、敵の襲撃も避けられる」

事は一刻を争うほどさし迫っている。早急に動員計画を練り上げ、陣夫たちを安全な場所に移さなければならなかった。

三

秀家の動きは早かった。

各大名家の陣屋に出向き、兵糧や武器弾薬を輸送するための船を造るので配下の陣夫や人足を派遣してほしいと説いて回った。

兵糧や弾薬、造船費用もすべて豊臣家が支給するという話に、大名たちは一も二もなく飛びついた。

彼らの貯えはすでに底をつき、領国は荒れ果てている。陣夫を出すくらいで済むならと、さっそく指定された港に送り届けると請け負った。

後で必らずバレる嘘である。その時に大名たちから囂々たる非難をあびることを覚悟の上で、秀家は誠心誠意の嘘をつき通したのだった。

政重は竹蔵とともに西生浦にいた。

造船作業は城にほど近い鎮下の港で行なわれる。陣夫たちがそこまで無事にたどりつくよう各方面との連絡に当たり、作業の進行を監督するのが政重の役目だった。

蔚山城や西生浦城など海沿いの城にいる者たちの移動はまだ安全である。だが慶尚南道の奥地に展開している黒田長政や毛利秀元らの城から陣夫を送るのは至難の業だった。

各地の山々に朝鮮軍がひそみ、無勢と見ると狼煙を上げて数ヵ所から襲いかかってくるので、物資の輸送もままならないほどである。

丸腰の陣夫たちを無事に送り届けるためには、厳重な備えと入念な偵察が必要だった。

政重は大黒を駆り、各大名との連絡や沿道の偵察に忙しく走り回っていた。

大黒に追いつけるほどの馬は他になく、政重の名を知らぬ大名はいないのだから、これほどの適任者はまたとなかった。

ところが、不愉快なことがひとつだけあった。

陣夫たちの列にまぎれて、人買い商人たちが買い取った捕虜を港まで移動させたことだ。

商人たちは朝鮮軍や民衆から目の敵にされているので、奥地から移動するには大きな危険にさらされる。そんな彼らにとって陣夫の移動は渡りに舟だった。

大名たちも戦費をかせぐために人身売買を黙認しているのだから、政重には商人たちの悪業を禁じることは出来ない。

憤懣（ふんまん）が苛立（いらだ）ちに変わった頃、事件が起こった。

鎮下港にほど近い南山川（ナムサン）の渡し場で、人足たちが渡し船に乗ろうとしていた時のことだ。

三十人ばかりの捕虜を引き連れた人買い商人が、列の先頭に割り込もうとした。

一行のまわりには具足（ぐそく）姿の二十人ばかりがいかめしい顔で警固に当たっていた。

一文字三星の袖標をつけた毛利家の足軽である。

商人は渡し場の役人に袖の下を差し出し、先に渡してくれるように頼み込んだ。

どうやら船の出港の刻限が迫っているらしい。

だが、渡し場の役人はすべて宇喜多家の家臣なので、袖の下を受け取るような不心得者は一人もいなかった。

両者が押し問答をくり返しているうちに、二人の捕虜が縄目をといて逃げ出した。
十二、三歳の男女である。兄妹なのか恋人同士なのか、手に手を取って駆けていく。
だが毛利家の兵は素早く弓を構え、少年の太股を正確に射抜いた。

つんのめって倒れ伏す少年を助け起こそうと、少女が駆け戻ってくる。

その時には五人の足軽が残忍な薄笑いを浮かべてまわりを取り囲んでいた。

(いかん)

政重が動くより早く、近くにいた竹蔵が駆け出していた。

「待て。待たんかい」

二人を庇って足軽たちの前に立ちはだかった。

「まだ子供や。手荒なことをしたらあかん」

「うるさい。餓鬼は引っ込んどれ」

「餓鬼はどっちじゃ。銭に目がくらんだお前らやないか」

「大口を叩きおって。邪魔立てするなら容赦はせぬ」

戦で気が荒んだ二人が、抜き打ちに斬りつけた。

だが竹蔵の動きは数段速い。

二人が上段にふりかぶる間に刀を抜き、ふり下ろそうとした時には一人の手首をすっ飛ばし、返す刀で別の一人の二の腕を斬り落としていた。

籠手の防備を物ともせぬ凄まじい太刀さばきである。

残る三人はぎょっとして後ずさり、大声で仲間を呼んだ。

助太刀に駆けつけようとする足軽たちの前に、うなりをあげて槍が飛んだ。

柄に螺鈿細工をほどこした大身の敦盛が、地に深々と突き立って行手をはばんだ。

「見ただろう。先に刀を抜いたのはあんたらの仲間だ。こんな子供を相手に大勢でかかるつもりなら、こっちも黙っちゃいられないね」

足軽たちにとって幸いだったのは、一人が政重の顔を見知っていたことだ。

血気にはやって斬りかかっていたなら、全員そろって三途の川を渡るところだった。

竹蔵は初めて人を斬った衝撃に、ふ抜けのようになって立ち尽くしていた。

「いい太刀行きだ。今の呼吸を忘れるな」

ぽんと肩を叩くとへなへなとくずおれ、急に大声を上げて泣き始めた。

「勝った。俺は侍に勝ったんや。お父お母、仇は取ったったで」

泣きながら転げ回り、埃まみれになって雄叫びを上げた。

男はこうして強くなっていく。明日からの竹蔵の成長ぶりが、政重には目に見えるようだった。


造船作業は昼夜兼行で進められた。

鎮下港に集まった一万五千人の百姓や職人たちが、二交替制で働きづめに働いた。

慶尚南道沿岸の村々から徴用した漁船や、南山川の流域から集めた川舟を、太い材木で二つにつなぎ合わせて双胴船を造る。

その真ん中に帆柱を立てて舵を取りつけ、両舷には五梃ずつ艪を取りつけるのである。

材料となる木材は船を徴用する時に運ばせ、大工や左官たちが帆柱や舵の形に作り上げていった。

かつて蒙古のフビライが日本を攻めた時、数万の軍勢を渡海させるためにこの地の人々に船を造るように命じた。

ところが蒙古軍の過酷な収奪と残虐な殺戮に反感を抱いていた人々は、目立たない所で手抜きをした。

そのために蒙古軍の船は台風に直撃されてひとたまりもなく沈んだと伝えられているが、これほど大量の船が造られるのはその時以来のことだった。

港の四キロ四方には宇喜多軍が陣を張り巡らし、柵を立てて人の出入りを取り締った。

明や朝鮮の密偵がまぎれ込むのを防ぐ目的もあったが、真の狙いは脱出用の船を造っていることを大名たちに悟られないようにすることだった。

百姓や職人たちにも柵の外に出ることを禁じていたが、夏のさなかなので野宿ができる。

潮風にあたってかえって心地よいほどだった。

百艘の双胴船が完成し、順風を待って出港していったのは八月十八日。

奇しくも豊臣秀吉が伏見城で没した日である。

誰かに見られては事が露見するおそれがあるので、夜明けを待たずに船を出し、ひたすら真南に向かうように命じた。

鎮下から対馬までは八十数キロ。潮の速い難所もあるが、力を合わせて艪を漕ぎつづける以外に祖国へ帰る方法はないのである。

港にはすべての者たちが出て仲間を見送った。

何とか無事に祖国にたどりつき、船を返してくれと祈りながら、暗い海をいつまでもながめていた。

「あかん。雨になりそうでんな」

竹蔵が空を見上げてつぶやいた。

何やら雲行きがあやしい。嵐が近付いているのか、大粒の雨がまばらに降り出し、不気味な風が海から吹きつけてきた。

「東からの風だ。潮にさからって南に向かうにはちょうどいい」

何度か行き来するうちに、政重にも海のことが少しは分るようになっていた。

昼過ぎになると雨と風はさらに激しくなり、海は次第に荒れていった。

人の背丈ほどもある波が、灰色の海から次々と打ち寄せてくる。

昨日ののどかさからは想像もできない豹変ぶりだった。

季節遅れの台風である。初めて海の脅威を目の当たりにして、政重はこの地に布陣している将兵たちの不安や恐れが実感として分った。

対馬と釜山の間はわずか六十キロとはいえ、いったん海が荒れたなら渡ることは不可能である。

朝鮮半島南岸に城を築いてたてこもっている者たちは、まさに背水の陣を強いられているのだ。

こんな状態で秀吉の死を知らされたなら、大名たちは豊臣家の命令など無視し、先を争って領国へ引き上げようとするにちがいなかった。

嵐は三日目におさまった。

空は一転して快晴となり風もぴたりとやんだが、波とうねりが静まるまでにはさらに二日を要した。

第一陣が無事に着いたかどうか確かめる術はない。無事であれば船を返すはずだがと監視を厳重にしていると、七日目の未明に海上にぽつりと火がともった。

知らせを受けて浜に出てみると、かがり火の数がひとつふたつと増えていく。

「船が戻ったらしい。用意のかがり火をたけ」

政重の命令で港の要所にかがり火がともされた。

船を港に導くための誘導灯である。それを合図に沖合の船はいっせいに火を消し、闇の中を港に向かって漕ぎ寄せてきた。

「不思議なこともあるもんや。こんな夜中にどうやって海を渡ってきたんやろ」

竹蔵がしきりに首をかしげた。

「上を見てみろ」

空には満天の星が輝いているが、竹蔵には何のことか分らなかった。

「水夫(かこ)たちは星の位置で方向を知る。昼間の太陽よりずっと分りやすいそうだ」

双胴船は十艘(そう)ずつ綱で結び合わせ、先頭の船だけに漕ぎ手が乗っている。

屈強の水夫たちに引っ張られた残りの船には、舵取(かじと)りが一人ずつ乗っていた。

数珠(じゅず)つなぎになった船が次々と港に入ってくる。

知らせを聞いて駆けつけた者たちが、港に出て接岸作業をこまめに手伝っていた。

船は百十五艘に増えていた。

少しでも多くの仲間を引き上げさせようと、嵐で出港できない間に対馬の港で造り上げたという。

「いかんな」

政重の胸に不吉な予感がよぎった。

「柵の警戒を厳重にしろ。柵を乗り越えて出ようとする者があれば、容赦なく撃て」

宇喜多家の奉行を呼んで命じたが、懸念は翌日に最悪の形となって表われた。

「ただ今、浅野家の手勢が押しかけて港を検分させよと迫っております」

警固番の組頭が血相を変えて駆けつけた。

「人数は？」

「およそ五百でございます」

「分った。すぐ行く」

五百の兵となれば談判などという生やさしいものではない。場合によっては合戦も辞さない強硬な構えだった。

対馬での温情が徒となったのだ。双胴船での引き上げと新たな造船のことが噂となり、各大名が放った密偵の耳に達したにちがいなかった。

ここで騒ぎとなったなら噂は一挙に広がり、すべてが台無しになりかねない。

政重は小袖に裁着袴という軽装で応対に出た。

陣笠、陣羽織といういかめしい姿で詰め寄っているのは、何と戸田蔵人だった。

「長五郎、来ておったか」

すっかり陽焼けした顔から白い歯がこぼれた。

「ああ、ひと月ばかり前に戻って来た」

「それにしても、なぜおぬしが」

「備前中納言どのに、造船の指揮を執るように頼まれたんでね」

「船を造るのは結構だが、主家に無断で陣夫たちを帰国させているという知らせがあった。役目柄港を検分させてもらう」

蔵人は浅野幸長（よしなが）から直々に命令を受けている。再会を喜ぶ友の顔が、一転して険しくなった。

「かまわん。ただし大人数で踏み込まれては作業の邪魔になる。人数は四、五人に限らせてくれ」

「分った。長五郎が案内してくれるのなら、わし一人で充分だ」

二人は柵の門から港へとつづく道を下っていった。

港の周囲に櫓（やぐら）を建てて綱を結い回し、枝葉を残した竹竿を立てて目隠しがしてあった。

「戸田さま、お久しゅうございます」

入口で竹蔵が出迎えた。

「竹か。ずいぶんたくましくなったではないか」

「はい。大将に厳しゅう鍛えてもろとりますさかい」

「侍になるつもりなら、その厳しさに感謝しろ。戦場で後悔しても追いつかんからな」

港には昨日戻ってきたばかりの双胴船がずらりと並び、第二陣の出港を待っている。

作業小屋では新しい船が着々と造られていた。

だが作業小屋やかまどの数に比べて、人足の数が少なすぎる。蔵人はすぐにそのことに気付いた。

「やはり本当だったんだな」

「戦の役にも立たぬ者たちがいては、足手まといになりかねないんでね」

「ならば、大名たちになぜそう言わぬ」

「太閤殿下が薨じられた」

政重が蔵人に体を寄せてささやいた。

「まことか」

「それゆえもうじき撤退が始まる。そんなことを大名たちに言ったら、どうなると思うかね」

「なるほど。そういうことか」

蔵人も百戦錬磨の武辺者だけに、政重の意図をすぐに察した。

「それゆえこんなことをしている。間違っているかね」

「いや。おぬしらしくて結構だ」

「では、どうする」

「答えにくいことを聞くな。わしの立場としては」

「やがて再び大乱となろう。それでも六千石で浅野家に仕えるかね」

「八千二百石だ」

蔵人が憮然（ぶぜん）として訂正した。この半年の間に二千二百石の加増があったらしい。

「そうか。一万石まではもうすぐだな」

「だがやめた。そんな成り行きなら、あんな殿の下でくすぶっていることはないからな」

「当てでもあるのか」

「大殿（おおとの）のもとに戻るのさ。あの采配（さいはい）に従って戦う歓びに比べれば、八千二百石など屁（へ）のようなものだ。それに戦となれば、手柄を立てる機会はいくらでもある」

二人にとって大殿とは、徳川家康のことだ。

機会さえあれば帰参したいと、蔵人は前々から願っていたのである。

「ならば大手を振って戻るためにも、今のうちに名を売っておけ。混乱が始まってからでは手遅れになるやもしれぬ」

「どうすればいい」

「近頃大黒がしきりに北の方を気にしている。いつぞやのように、明の大軍が蔚山城に迫っているのだと思う」

「分った。何やらおぬしが福の神に見えてきおったわ」

蔵人はからからと笑い、甲の厚いがっしりとした手で政重の肩を叩いた。

四

蔵人の動きは鮮やかだった。

浅野幸長に使者を送って港に異状はなかったと報告すると、五百の手勢をそっくり引き連れて加藤清正が守る蔚山城に向かったのである。

明軍来襲のおそれがあるので加勢に行くという。これには幸長も一言の文句も言えなかった。

昨年末に明軍に襲われた時、清正がいち早く駆け付けてくれたお陰で辛くも命拾いした身である。

蔵人だけに任せていては武士の一分（いちぶん）が立たないと、自ら五百騎をひきいて後を追った。

そうした騒ぎの間にも、鎮下の港では双胴船の建造が着々と進み、第二陣、第三陣を送り出していた。

幸い好天がつづき、船は三日で戻ってくる。

最初は引き上げる順番をめぐって血眼になっていた陣夫たちも、上々の首尾に安心したのか互いに譲り合うほどになっていた。

誰もが郷里のことは気にかかる。一刻も早く帰りたいのは山々だが、共に働くうちに仲間意識が生まれたために、相手を思いやって先に帰れと勧めるのだ。

すると勧められた方も、好意をすんなりと受けては男が立たない気持になって辞退しようとする。

「お前の国は旱魃だというではないか。早く帰らねえと村が潰れるぞ」

「お前こそかかあが病気だと案じていたではねえか。早く帰って安心させてやれ」

そんな言い争いがあちこちで起こり、果ては喧嘩を始める始末だった。

九月の中頃になると、明軍来襲の噂が現実のものとなった。

秀吉の死が洩れ伝わったのか、陣夫たちの引き上げを知って異変を嗅ぎ取ったのか、全軍を三方面に分けて総攻撃に出たのである。

真っ先に攻められたのは、やはり蔚山城だった。

先の合戦で攻め落とせなかった恥をすすごうと東路軍三万が猛烈な攻撃をかけたが、

すでに蔚山城の備えは万全になっている。

しかも加藤家の精鋭三千と浅野家の援軍一千が鉄砲の筒先を並べてたてこもっているので、城下まで迫ったもののわずか三日で撃退された。

この合戦での蔵人の働きは、華々しいの一語に尽きた。

明軍の来襲をいち早く読んで加勢に出向いただけで大手柄だが、戦の間は戸田組の牢人部隊をひきいて夜ごとに打って出て、「夜討ちの蔵人」の異名(いみょう)を清正からたまわったほどだった。

戦勝の余韻さめやらぬ頃、政重のもとに宇喜多秀家からの急使が届いた。

至急釜山鎮城に戻れという。

「何事だ」

「明軍の中路軍五万が泗川城へ、西路軍二万が順天(スンチヨン)城へ向かっております。引き上げを中止し、残余の船を釜山にお回し下されませ」

「分った。手配を終え次第出向くと伝えよ」

後のことを細々と指示してから釜山に向かったが、城に着いたのは使者より速かった。

半刻(いちじかん)ばかりの遅れなどやすやすと取り戻すほど、大黒の足は抜きん出ていたのである。

秀家は重臣たちと評定の最中だった。

座の中央に半島南部の絵図を広げ、明軍への対応について話し合っていた。

「これは驚いた。使いの者より早く来ていただくとは思いませんでした」

「至急とのご下命でしたので」

「ちょうどいい。当家の者たちに引き合わせておきましょう」

政重を車座の中に座らせ、重臣たちを紹介した。

宇喜多左京亮、戸川肥後守、花房志摩守ら、先代直家以来の股肱の臣である。

いずれも直家とともに備前一国を切り従えてきた者たちなので、秀家も扱いには気を遣っているらしい。

評定を車座で行なうのは、上下の序列を押しつけまいという配慮からだった。

「倉橋長五郎政重でござる。以後お見知りおきいただきたい」

政重は丁重に頭を下げたが、重臣たちはさぐるような目をして軽く会釈を返しただけだった。

秀家が重用している牢人がどれほどの男か値踏みしている。こんな所にも宇喜多家の内紛が影を落としていた。

「頑固で独立心が強いのが備前のお国柄です。無作法をお許し下さい」

評定を終えて重臣たちを下がらせると、秀家は急にくつろいだ表情になった。

「浪々の身ゆえ慣れております。お気遣いは無用です」

「西生浦では多大なご尽力をいただき、かたじけのうございました。蔚山城で名を馳せた夜討ちの蔵人とは、お知り合いだそうですね」

「同じ師に学んだ仲です」

「一度会ってみたいものだ。機会があればお引き合わせ下さい」

秀家にそう言わしめたのだから、蔵人の目論見はまんまと図に当たったのである。

「残余の船を廻航せよとのお申し付けでしたが」

「そうです。いよいよ正念場を迎えることになりました」

「撤退の命令が下ったのですか」

「あさって伏見から使者が来ます。その時に命令が伝えられるはずです」

石田三成がそう知らせてきたという。いよいよ懸念していた混乱が始まるのだ。

秀家が政重を呼び寄せたのは、その時に備えてのことだった。

十月一日、五大老、五奉行の命によって徳永寿昌、宮木豊盛、山本重成の三名が釜山鎮城をおとずれ、朝鮮王子を人質として和平を結び、全軍帰国するように伝えた。

秀吉の死は厳重に秘してある。

王子を人質にせよという条件を付したのも、一方的な撤退ではないと見せかけるためだが、命令書が秀吉の朱印状ではなく五大老、五奉行の連署状であったことが事の本質を明確に表わしていた。

秀家はさっそく諸大名に使者を発し、城を引き払って釜山に結集するように求めた。混乱をさけるために乗船の順番を厳守するように命じ、違反した者は厳罰に処すると伝えている。

明軍や朝鮮軍が三方から刻々と迫り、将兵ばかりか大名たちまで浮き足立っているので、規律を乱す者は武力によって討伐するという強い姿勢を打ち出したのだった。

この日の夕方、泗川城からの戦勝の報が届いた。

董一元提督がひきいる中路軍五万を、島津義弘軍は圧倒的な火力とたくみな戦術によって撃退したのである。

翌日には劉綖提督がひきいる西路軍が順天城に攻め寄せたが、小西行長の軍勢がやはり撃退している。

三方面での相次ぐ勝利は、日本軍の銃火器の性能と射撃の技術の高さがもたらしたものだ。

この有利を熟知している秀家は、釜山鎮城と支城の間に土塁を築き、港をぐるりと囲む惣構をめぐらして敵を撃退する構えを取っていた。

予想通り、撤退命令を聞いた各大名は先を争って釜山港に殺到した。

十月十五日に加藤清正と浅野幸長が、翌日には黒田長政と毛利秀元が、全軍に戦の備えを命じ、荷車に積めるだけの物資を積んで駆け込んだ。

港には五十艘ばかりの安宅船が帆を連ねて待機している。

将兵を引き上げさせるために、石田三成が豊臣家の総力をあげて諸国から集めたものだ。

諸大名は我先にと船に乗り込もうとしたが、秀家は勝手に惣構の内側に入ることを許さず、すべての軍勢が集まった後に抽選によって乗船の順番を決めることにした。

早い者勝ちにしては、後につづく大名の競争心をあおることになる。ただでさえ浮き足立っている者たちが撤退を焦っては、軍勢の統率など取れるわけがなかった。

大名の中には昂然と異を唱える者もいたが、秀家は頑として応じなかった。

この働きと先に陣夫を帰国させていたことが功を奏し、十一月の初めまでには全軍の三分の二の撤退を無事に終えた。

今日では船の手配をした三成の手腕ばかりが高く評価されているが、秀家が釜山でにらみを利かせていなかったなら、これほど規律を保った引き上げは実現しなかったにちがいない。

しかもこの男のもの凄さは、全軍の撤退を見届けるまでは宇喜多軍を一兵たりとも帰国させなかったことだ。

将兵たちもよく主君の命に従い、大軍来襲の不安と闘いながら踏み留まったのだった。


十一月十五日、泗川にいた島津義弘から急使が届いた。

順天城の小西行長軍が、陳璘提督の水路軍と李舜臣の朝鮮水軍に海路を封鎖され、身動きが取れなくなっているという。

「殿は自ら水軍をひきいて救援に向かわれました。ご当家からも援軍をたまわりたい」

陸路を馬で駆け通し、馬が潰れた後は走って来たという使者は、そう告げるなり疲労のあまりこと切れた。

泗川までは海路二日。順天まではさらに一日かかる。

並の武将なら二の足を踏むところだが、秀家はすぐに出陣の仕度を命じた。

「掃部、軍船はいかほどじゃ」

「安宅船二、関船四、小早船八でございます」

「ならば私が安宅船に乗って指揮を執る。城の在番はそちに任す」

「お待ち下され。それはなりませぬ」

掃部が両手を大きく広げて押し止めた。

「殿は全軍を統べるお方でございます。この城におられなければ、これから引き上げてくる大名の押さえがききませぬ」

「島津惟新どのは、ご老齢の身もいとわず出かけられた。この私が安穏としているわけにはいかぬ」

「それがしが参りまする。恐れながら船戦なら殿より勝手を存じておりますゆえ、この掃部にお任せ下され」

「私も行きますよ」

政重が申し出た。

「ご貴殿が？」

秀家が意外そうにふり返った。

「ええ。行かせて下さい」

「しかし、船戦のご経験など」

「ありません。されど戦にさしたる変わりはありますまい」

「かたじけない。ならば全水軍を出陣させまする。存分にお使い下され」

今の秀家にとって、水軍を欠くことは帰国のための手足をもがれるも同じである。それを惜しげもなく投入するというのだから、その義心たるや尋常一様ではなかった。

出港の仕度はすぐに整った。

安宅船二、関船四、小早船八。

掃部が報告した宇喜多水軍のすべてが、支城の船着場に舳先を並べた。

安宅船は鉄張りの楯を甲板にめぐらして守りを固め、城のような船櫓を建てた大型船である。

関船は安宅船ほど重装備はしていないものの、艪数六十梃立ての大型船で、現代の巡洋艦に相当する。

小早船は艪数四十梃以下の快速船で、さしずめ駆逐艦というところである。

安宅船一に関船二、小早船四というのが宇喜多水軍の基本編成で、この陣型を保ったまま先陣と後陣に分れて出港することになった。

「後陣の指揮は船手奉行に任せ、我らは先陣をつとめることといたしましょう」

掃部が政重を安宅船に案内した。

楯の銃眼ごとに大砲や鉄砲足軽を配しているところは、城も同然である。

船が城であるなら、大将が指揮を執るのは天守閣でなければならない。

船体が重くなるのを承知で城のような櫓を建てているのは、将兵たちの心の拠り所とするためだった。

「掃部どの、頼みをひとつ聞いてくれませんか」

「何でござろうか」

「鎮下の港で造った双胴船を曳航していきたいのです。順天城から引き上げる軍勢や物資を運ぶのにも役に立ちましょう」

「しかし、途中には狭い水路や潮の流れの急なところがござる。引いていくだけでは、岸に乗り上げるおそれがあると存ずるが」

「あれならいかがでしょうか」

政重は楯の戸を開けて下方の港を指した。

十艘ずつ数珠つなぎにした双胴船が五組、整然と並んでいる。

船には一人ずつ舵取りが乗り込んでいた。

陣夫たちの引き上げに尽力した水夫たちが、政重が出陣すると聞いて供を買って出たのである。

「これは頼もしい。ご貴殿がまいた種が、あのような実となったのでござろう」

掃部は水夫たちに向かって律儀に頭を下げてから、関船と小早船に双胴船を曳航するように命じた。

幸い東風である。

陣太鼓を打ち鳴らして出港した船団は、西に向かって順調にすべり出した。

「そうそう。殿からこれを渡すように申しつかっておりました」

掃部が差し出した立て文には、次のように記されていた。

　友よ　忘るることなかれ

　　刎頸の交　東方の星

筆遣いの柔らかいしなやかな書体には、柳のような粘り強さと伸び伸びとした明るさがある。

刎頸の友がいることと祖国へ導く東の星を忘れるなという呼びかけには、無事を祈る熱い思いが込められていた。

「かたじけない。過分のお言葉でござる」

政重は初めてこの男には敵わないと思い、豪姫のためにも秀家の武士ぶりを言祝ぎたいような清々しい気分になっていた。

その頃、順天城は完全に封鎖されていた。

光陽湾（クワンヤンマン）に面したこの城から釜山まで撤退するには、獐島（ジャンド）、松島（ソンド）、猫島（ミヨド）など、瀬戸内海のように多数の島が浮かぶ海域を東へ向かい、露梁（ノリヤン）と南海島（ナムヘド）との間の狭い水路を通り抜けなければならない。

水路を越えて晋州湾（チンジユマン）まで入れば、島津義弘がたてこもる泗川城までは二十キロばかりの距離である。

ところが明国水路軍提督陳璘（ちんりん）と朝鮮水軍の李舜臣は、小西軍の撤退を阻止するために十一月十日にこの水路を封じた。

同時に順天城沖の松島と光陽湾の出口に横たわる猫島に全船団を結集し、陸上の西路軍と呼応して小西勢を兵糧攻めにした。

行長は急を泗川に知らせるために、十余艘の船団を組んで包囲網を突破しようとしたが、十二日に獐島沖の海戦で大敗し、ほうほうの体（てい）で城に逃げ帰る始末だった。

陸路の使者によって窮状を知った島津義弘は、十四日に全水軍をひきいて泗川城から出陣した。

南海島に在陣していた立花宗茂（たちばなむねしげ）、宗義智（そうよしとも）らの水軍と合流し、水路の封鎖網を突破しようとしたのは十六日夜半のことだ。

この動きを察知した敵は、陳璘の水路軍を露梁津（ノリヤンジン）の北側に、李舜臣の水軍を南側に伏せ、日本軍をはさみ討ちにして一気に勝負を決しようとした。

日本軍にとって幸いだったのは、夜半になって強い東風が吹き始めたことだ。追い風を受けて狭い水路を一気に走り抜けたために、向かい風で動きが鈍くなった敵の攻撃をかわすことができた。

だが通り抜けた後には風下に立たされる。

そこを狙って明、朝鮮の水軍が襲いかかり、敵身方（みかた）入り乱れての接近戦となった。

月明りだけを頼りに敵か身方かを識別し、大砲や鉄砲を撃ちかける。鉄砲の威力は日本軍が勝っているが、敵の主力船はすべて亀甲船（きっこうぶね）なのでさして効果を上げることが出来なかった。

待ち伏せに失敗した敵はいったん大島の西側まで引き上げ、夜明けを待って再び攻勢に転じた。

ちょうど満潮にさしかかる頃で、潮は西から東へと流れを速めている。百艘を優に超える敵は、この潮を利して五十艘に満たない日本軍に襲いかかった。

日本軍にとっての脅威は、亀甲船の優秀さや船の多さではない。全船団に一糸乱れぬ動きをさせる名将李舜臣の統率力である。

これさえ潰せば勝機はあると見た島津義弘は、配下の水軍に魚鱗（ぎょりん）の陣形をとらせて敵陣を突破し、李の亀甲船に襲いかかった。

船足の速い小早船で三方を囲み、砲弾、銃弾を雨あられとあびせたが、甲板をおおった鉄張りの甲羅（こうら）にはばまれる。

しかもこれを見た陳璘が救援に駆けつけたために、すんでのところで取り逃した。

日本軍は面舵（おもかじ）取って陳璘の御座船に襲いかかったが、思いも寄らぬ伏兵が現われた。

先に露梁津の封鎖作戦に従事していた慶尚右水使李純信（イスンシン）が、頃合いや良しとばかりに日本軍の脇腹めがけて突っ込んできたのである。

わずか七艘だが、中にひとつ真新しい亀甲船があった。

他の船よりひと回り大きく、甲羅も船側も黒光りする鉄板でおおわれている。

舳先に大砲を取りつけているのは他の船と同じだが、撃ち出す弾がちがった。

松脂（まつやに）をまぶした火薬を固い陶器に詰めた炮烙玉（ほうろくだま）で、命中すると外側の陶器が割れて火薬が船体にこびりつく。

しかも撃ち込む前に火薬に火をつけているので、割れたとたんに炎が上がり、船をおおって燃え広がった。

現代風にいえば焼夷弾(しょういだん)である。この弾に直撃され、日本船は次々と炎上した。

しかも舳先に大砲を取りつけているので、射撃の精度が抜群なのである。

この新兵器に浮き足立つ日本軍に、態勢を立て直した李舜臣の水軍が襲いかかった。

標的は島津義弘の御座船である。

石曼子(シーマンズ)と恐れられた島津軍の大将を血祭りに上げようと、まなじりを決して攻めかかった。

政重らが露梁津に到着したのは、まさにこの時だった。

十数艘の船が炎に包まれ、日本軍は陣形を取る余裕さえ失っている。

それぞれ死に物狂いで戦っているが、数に勝る敵に包囲されて苦戦を強いられていた。

「先陣は弓手(ゆんで)に、後陣は馬手(めて)に回り込め」

遠眼鏡でいち早く戦況を見て取った明石掃部は、南北から敵の包囲網を突き破る戦法を取った。

宇喜多水軍の水夫たちは、かつて瀬戸内海を荒し回った海賊の血を引いている。

操船技術も戦の度胸も一級品で、敵の陣形を縦横に攪乱(かくらん)した。

身方が窮地を脱したのを見てほっと息をついたのもつかの間、敵の砲弾が直撃して炎が噴き上げた。

新兵器が船側に命中したのである。

政重は甲板に飛び出し、楯の戸口から被害の様子を確かめた。

喫水線のすぐ上に火薬がこびりつき、猛烈な勢いで燃え上がっている。

これでは中から消し止めることは不可能だった。

「掃部どの、人数を借り申す」

五艘の双胴船に水夫を分乗させて漕ぎ出そうとした時、身方の小早船が猛烈な速さで近づき、横すべりをして安宅船のすぐ脇に止まった。

あやうく衝突しそうなほどの接近ぶりだが、小早船が押し分けた波が安宅船に打ち寄せ、船側の火を一瞬にして消し止めている。

海賊の血を引く猛者たちだけあって、神業としか思えない見事な操船ぶりだった。

大魚を逃した敵は、小早船に炮烙玉を撃ちかけてきた。

船縁に楯を持たない小早船は次々に弾を撃ち込まれ、甲板はまたたく間に炎に包まれた。

掃部はためらうことなく安宅船の楯を引き倒し、小早船に梯子を渡して将兵や水夫たちを乗り移らせた。

「掃部どの、火薬樽をひとつ下ろしてくれませんか」

政重は双胴船の舳先に立って叫んだ。

安宅船の甲板までは見上げるほどの高さがあった。

「いかがなされる」

「考えがあります。一斗ばかりの樽で結構です」

掃部は火薬樽を縄につり下げ、双胴船まで軽々と下ろした。

政重は縄ごと受け取り、背中にしっかりとくくりつけた。

将兵の収容を終えた安宅船は、全速力で小早船から離れていった。

「敵の亀甲船に体当たりする。船側に舳先をつけて小早船を押せ」

五艘の双胴船を横に並べ、水夫たちに力の限り艪を漕がせた。

小早船が亀甲船に向かってゆっくりと動き始めた。

政重は火薬樽を背負ったまま炎を噴き上げる小早船によじ登り、船尾に立って舵を取った。

船は舳先を亀甲船に向け、速度を上げながら迫っていく。

政重の意図を察した水夫たちは、小早船の船尾に回って押し始めた。

五艘の双胴船を縦に連ね、呼吸を合わせて船を漕ぐ。

その姿は正面からは見えないので、亀甲船の対応は緩慢（かんまん）だった。

炎上している船が近付いてくるとは想像もしていないのか、向きを変えて他の船に狙いを定めたままだった。

ようやく異変に気付いた時には、小早船は至近距離に迫っていた。あわてて向きを変えてすり抜けようとするが間に合わない。

五メートルほどに迫った時、政重は火薬樽を甲板に置いた。

船が亀甲船にぶつかった瞬間、後ろに押し戻されるような衝撃があり、火薬樽が燃えさかる舳先に向かって一直線に転がっていった。

それを見届けて海に飛び込むと、背後で轟音（ごうおん）を上げて火薬が爆発した。

炎は一瞬のうちに亀甲船を包み、やがて物見口や銃眼からいっせいに火が噴き出した。

船内に積み込んでいた炮烙玉に火が移ったのである。

亀甲船の将兵たちは、狭い昇降口から脱出することも出来ないまま、炎に包まれていった。

これを見た敵は、我先にと退却を始めた。

李舜臣は最後まで踏み留まって態勢を立て直そうとしたが、日本軍の銃撃にあって命を散らした。

「戦いまさに急なり。我が死を言うなかれ」

近臣の者にそう命じて息を引き取ったという。

戦には勝ったものの、日本軍の被害は大きかった。

中でも標的にされた島津水軍の損傷は甚大で、大半の船は航海をつづけられる状態ではなかった。

ひとまず南海島に上陸したが、船の修理に適した港も資材もなかった。

「これではとうてい国には戻れぬ。南海の土くれと化す運命と極まったわ」

義弘ほどの歴戦の勇者が万策尽きて肩を落としたが、捨てる神ばかりではなかった。

「惟新どの。当家の船をお使い下され」

掃部が船団の半数を貸し与えると申し出た。

「まことでござるか」

「幸い当家には五十艘の双胴船があります。釜山まで引き上げるのに不自由はありません」

「有難い。この島津惟新、このご恩は生涯忘れぬ。この白髪っ首にかけて、かならずお報い申し上げる」

掃部の大きな手を握りしめ、義弘は人前もはばからず号泣した。

この日の海戦を最後として、前後七年にわたった文禄、慶長の役は終りを告げた。

全軍の撤退を終えたのは、それから十日後のことだった。

第七章　わが道は蒼天(そうてん)にあり

一

空が高かった。

深い海を思わせる紺色がかった青空が、天空をおおっている。

南に見える小笠山は紅葉のまっ盛りで、西に沈みかけた陽に照らされて紅色がひときわ鮮やかだった。

遠州(えんしゅう)掛川――。

山内一豊(やまうちかずとよ)が領する六万石の城下町では、大勢の見物客を集めて武芸大会が開かれていた。

秀吉死して一年余。天下は再び争乱の兆しを見せている。その時に備えて兵力の強化をはかる大名たちは、武芸大会を開いて腕に覚えのある牢人を発掘しようとしていた。

仕官をかけた荒武者たちの勝負は、領民にとって格好の見世物である。人が大勢集まれば城下に落ちる金も多く、興行としての旨味もある。

そのために大名たちは勝者に賞金を出し、競って武芸大会を開くようになっていた。馬場の一角に陣幕が張られ、山内一豊や重臣たちが床几に腰を下ろして検分している。

その正面に建てられた二棟の陣小屋が、対戦者の控え所になっていた。

倉橋長五郎政重と竹蔵は、この小屋で次の出を待っていた。

戦うのは政重ではない。この一年の間にめきめき腕を上げた竹蔵だった。

すでに三度の勝負に勝ち、決勝に駒を進めている。

あと一回勝てば賞金五十両を手にすることができるのだが、竹蔵は弱気の虫にとりつかれていた。

「もう無理や。あいつには勝てへん」

「そんなことがあるか。どんなに強い相手でも、必ず勝機はある。それまで辛抱できるかどうかが勝負の分れ目だ」

「そやかてあいつ、山内家の指南役でっせ。さっきも相手を一撃で倒したやおまへんか」

「戦場で敵を選べると思うか。強かろうが恐ろしかろうが、打ちかかっていくしか生きる道はないのだ」

政重は後ろに回り、竹蔵の額金をしっかりと結び直してやった。

「ここでやめても二十両はもらえるんや。今日はそれで堪忍しとくんなはれ」

「さっきの立ち合いを見て、相手の隙に気付かなかったか」

「気付くも何も、太刀筋さえよう見えまへんでしたがな」

「右八双の構えから打ち込む寸前に、わずかに左肘が下がった。肘が下がったなら必ず上段からの打ち込みが来るから、その前に相手の手元に飛び込んで抜き胴にいけ」

竹蔵には相手の動きについていく速さも、斬撃を見切る力もない。肘が下がった瞬間に一か八かの打ち込みに行くしか勝機はなかった。

「そんなん無理や。左肘が下がる言われたかて分らへん」

「ならば私が手を打ち鳴らす。その音が聞こえたなら、迷わず飛び込め」

「何や知らん。清水の舞台から飛び下りる気分でんな」

竹蔵は不安そうだったが、政重には自信があった。

相手の試合はすでに二度見ている。

いずれも同じ動きをしたので、頭の中に特徴をしっかりと叩き込んでいた。

「倉橋竹蔵どの、山内将監どの。お出なされ」

検分役が名を呼び上げた。

大会に出るにはそれらしい名前が必要なので、政重が倉橋の姓を名乗ることを許したのである。

山内将監は竹蔵よりも頭ひとつ背が高かった。

柳のようなしなやかな体付きをして、九十センチばかりの木刀を使っている。

七十センチを使う竹蔵と向き合うと、大人と子供ほどの差があった。

「始め」

検分役の声がかかり、二人は六メートルばかりの間合いで対峙した。

将監は右八双の構えである。前の試合と同じように上段からの一撃で決めるつもりらしい。

竹蔵はいったん正眼に構え、右八双に移した。

剣尖をやや外に倒し、相手の左胴にぴたりと狙いを定めている。

政重の教え通り、肘が動いた瞬間に内懐に飛び込むつもりなのだ。

合図を送ると聞いて安心したのか、構えにもゆとりがあった。

将監は打ち込む隙を狙いながら、じりじりと間合いを詰めた。

政重はその動きに神経を集中したが、手を打ち鳴らすつもりなど始めからなかった。

今の竹蔵なら、相手の肘の動きをとらえきれるはずである。たとえできなくとも、戦場で人を頼るような性根を叩き直すにはちょうどいい機会だった。

一足一刀の間境を越えた瞬間、将監の左肘がぴくりと動き、剣尖を突き上げるようにして右上段にふりかぶった。

がら空きになった左の胴に、竹蔵が踏み込みよく木刀を叩き込んだ。

将監は竹蔵にもたれかかるように前のめりになり、気を失って膝から崩れ落ちた。

二人はその日のうちに掛川を出て、袋井に向かった。

試合に負けて面目を失った相手が、果たし合いを挑んでくる恐れがある。

それを未然に防ぐための措置だった。

政重が竹蔵とともに武者修行の旅に出たのは、前田利家の死がきっかけだった。

昨年の十一月に朝鮮から引き上げて以来、政重はしばらく無気力状態におちいっていた。

大きな仕事を成し遂げたという思いはあったものの、この先何をすればいいかを見失っていた。

自分の中に金沢御坊で亡ぼされた一向一揆(いっこういっき)の血が流れていることが分ったせいか、武辺者としてだけ生きることに飽き足りなくなっていたが、かといって何をすればいいのか分らず、これといってやりたいこともなかった。

ただ胸の中で煮えきらない思いが生木(なまき)のようにくすぶっていた。

そんな時に前田利家が死んだ。

半年前の閏(うるう)三月三日――。

伏見の「藤波」に利家危篤の報がもたらされたが、折悪しく外出中だったために、凶報に接したのは午後になった。

政重は大黒(おおぐろ)を狂ったように責め立て、大坂城玉造口にある前田邸に飛び込んだが、無情にも利家はすでに息を引き取っていた。

仏壇の前に横たえられた遺体には白い布がかけられ、一族や重臣たちが悲しみに頭(こうべ)を垂れていた。

嫡男(ちゃくなん)利長や利政、奥方のおまつの方、屋敷を接している宇喜多秀家や豪姫の姿もあった。

遺体のまわりには純白の菊の花が置かれ、胸が絞り上げられるような切ない香りがただよっていた。

「半刻ばかり前に、みまかられました」

利政の声は力なく、目はうつろだった。

豪姫が軽く会釈をして、顔にかけた白い布をめくった。

行年六十二。病のせいか顔はやせ細っていたが、眠るように安らかな表情だった。

政重は利家の手を握りしめた。

槍の又左と異名をとった名手の手、政重の頭に強烈な一撃をみまった容赦のない手、そして引出物にこれを取れと敦盛を差し出した懐しい手が、小さくひからびて冷たくなっている。

そのことが無念で涙をこらえることができなかった。

末期の水を取る時、おまつの方が「殿は若い頃から多くの人を殺してきた罪深い身ですから、これをお召し下さい」と言って手ずから縫った経帷子を勧めた。

すると利家は、「わしは多くの敵を討ち取ったが、故なく人を苦しめたことは一度もない。もし鬼どもがわしを地獄に落とそうとするなら、先に死んだ家来たちを従えて鬼どもをこらしめてやる」と楽しげに笑った。

それが最後の言葉になったという。

その夜、利政が通夜の席を抜け出してきた。

「お願いです。当家の家老になって、我々を助けて下さい」

政重の前でいきなり両手をつき、これは父の遺言だとうむを言わせぬ気迫で迫った。

利家は豊臣家や前田家の将来に深刻な危惧を抱いていた。

このままでは両家とも徳川家康に滅ぼされかねないと、死の直前まで憂えていた。

この上は政重を家老として前田家に迎え、徳川家との融和をはかりながら豊臣家を支えるのがもっとも賢明なやり方だと、利長や利政を枕辺に呼んで言い聞かせたという。

「やがて家康どのは当家や宇喜多家に無理難題を持ちかけ、豊臣家を分断しようとなされるでしょう。その時に長五郎どのに交渉に当たっていただければ、家康どのもそれほど勝手を押し通そうとはなされないはずです」

利政は懸命に頼み込んだが、政重は応じなかった。

今のような迷いを抱えたままでは、前田家の家老がつとまるとも、徳川家との和をはかることができるとも思えなかった。

それに利家や利政がこれほど見込んでくれるのは、本多正信や正純の縁者だから徳川家との交渉が無難に運ぶと期待してのことである。

だが政重は父や兄に頭を下げる気はさらさらないのだから、そんな期待をされても迷惑なばかりだった。

翌日、政重は旅に出た。

これからどう生きていくべきか、旅の間にじっくりと考えてみたかったからである。

袋井の宿に着いたのは夕方だった。

試合の緊張に疲れ果てた竹蔵は、食事を終えるなり精も根も尽き果てて横になり、大きな寝息を立て始めた。

木刀で立ち合ったくらいでこんな有様では、武辺者としては失格である。

真剣で立ち合う時の緊張は木刀の比ではないし、戦場に飛び込んだならどんなに疲れていても戦いつづけなければならない。

だが今日ばかりは大目に見ることにした。

湯にでも入ろうかと思っているところに、思わぬ来客があった。

「よう。ずいぶん捜したぞ」

酒瓶を下げた戸田蔵人が、案内も乞わずに現われた。

口のまわりやあごに黒々とひげをたくわえているので、すぐには誰だか分らないほどだった。

「山賊でも踏み込んできたかと思ったよ。よくここが分ったな」

「掛川の武芸大会に倉橋竹蔵という者が出て、賞金をさらっていったと聞いたんでね。お前たちだと思って追いかけて来た。そうしたら宿の馬屋に大黒がつないであったのさ。あれが当のご本人かね」

蔵人は衝立の向こうで横になっている竹蔵をじろりと見やった。

「朝から目いっぱいの勝負がつづいたんで、疲れ果てたようだ」

「ほう。結構なご身分ではないか」

蔵人はいきなり衝立を蹴り倒し、夜具を引きはがして竹蔵を叩き起こした。

「この慮外者が。一日戦ったくらいで寝込むくらいなら、武者修行などやめてしまえ」

そう怒鳴ったが、すでに竹蔵の姿はなかった。

夜具を引きはがされると同時に部屋の隅に逃れ、刀をつかんで迎え撃つ姿勢を取っていた。

「天下の倉橋長五郎と同じ部屋に寝起きするなど十年早いわ。下へ行って大黒の世話でもしてこい」

蔵人は委細かまわず、蹴り出すようにして追い出した。

「竹蔵も腕を上げた。あそこまで厳しくすることはあるまい」

「身のこなしを見れば上達したことは分るが、まだまだ甘い。俺たちが親父どのに鍛えられた時には、こんなものではなかった」

武士として生きたければ常に戦場にあると思えというのが、政重の養父長右衛門の口ぐせだった。

刀や槍の稽古の最中ばかりか、寝ている時や食事の時にも突然打ち込んでくる。

そうした修行を積み重ねて常に神経をとぎすましておくことがいかに大事かを、二人とも戦場に出て骨身にしみて分ったのだった。

一年ぶりの再会である。

蔵人が持参した酒を飲みながら、二人はひとしきり長右衛門の思い出話にひたった。

他にも共通の話題はたくさんあるのに、顔を合わせるとなぜかその話になるのである。

「親父どのは己の命を美しく使い切れと遺言なされたが」

政重は酒瓶を傾けて酌をした。

「どんな生き方をするべきか、答えが見つかったか」

「俺は変わらぬ。動かざること山の如しだ」

蔵人がうまそうに飲み干した。

「万石取りの大名になることか」

「それも大殿(おおとの)のもとでなら言うことはない」

「俺はまだ捜しあぐねている。今までは親父どののように生きたいと願ってきたが、それだけでは足りぬと思うようになった」

「朝鮮だな」

蔵人が叩きつけるように盃(さかずき)を置いた。

「そうだ。一介の武辺者では、戦(いくさ)に苦しむ多くの民(たみ)を救うことはできぬ」

「お前は充分に救ったよ。蔚山(ウルサン)城でも陣夫の引き上げの時も」

「しかし、あの国の民が略奪され殺されるのを止めることができなかった。それはこの国でも同じだ」

多くの民を救うのは武ではなく政(まつりごと)だ。

政重は旅をしながら諸国の政情を見て歩く間に、そう考えるようになっていた。

「なるほど。やはり血は争えぬとみえる」

「………」

「本多佐渡守どのに似ていると思ったのさ。わしとはここのできがちがう」

蔵人が太い指で政重の額を押した。

「からかうのはよせ。私は佐渡守どののような策士にはなれぬ」

「だが才覚はある。わしがひと月もの間お前を捜し回ったのは、ひとえにその才覚を当てにしてのことなのだ」

「何かあったのか」

「親父の事件について、改めて吟味が行なわれることになった。これで無罪が明らかになれば、所領没収と江戸追放の処分が撤回される」

一昨年の正月、蔵人の父帯刀は岡部庄八に斬殺された。口論の末にかっとなった庄八が刀に手をかけたのである。

ところが喧嘩両成敗になることを恐れた庄八は、戸田家の用人だった河鍋八郎を買収して帯刀に役目上の不正があったと訴えさせた。

重職たちはこの訴えを認め、帯刀に非があったとして戸田家の所領を没収し、一族郎党を江戸追放と決した。

庄八は徳川秀忠の乳兄弟であり近習として信任も厚かったので、審理を充分に尽くさないまま罪なしとしたのである。

激怒した蔵人は屋敷にたてこもって抗議の討死をする覚悟を示し、政重も父正信に吟味のやり直しをするように訴えた。

その結果岡部側から大久保忠隣、戸田側から本多正純が出て、河鍋八郎の訊問と岡部庄八からの聞き取りが行なわれたが、ここでも先の決定はくつがえらなかった。

そこで政重は蔵人を討ち果たすふりを装って屋敷から落とし、八郎に事の正否を確かめた上で庄八を斬った。

そのために二人とも流浪の身となったが、朝鮮の役での活躍が世の評判となり、召し抱えたいという大名が相次いで名乗りを上げた。

「かの地での評判を聞いて、徳川家の重職方が我らを呼び戻せという声を上げて下されたのだ」

蔵人が誇らしげに言った。

前々から政重に好意を寄せている本多忠勝や榊原康政らは、政重や蔵人ほどの傑物をみすみす他家に取られては、一千の軍勢を失うに等しいと家康に訴えた。

そこで岡部家、戸田家双方の関係者を伏見に呼び、再吟味が行なわれることになったので、政重にも証人として出席してもらいたいという。

「吟味役は榊原どのが務めて下さるそうだ。先の吟味で親父に不正があったと讒訴した者が、あれは岡部に買収されてしたことだと白状したらしい」

「その男も証人として出席するのか」

政重はそうたずねた。

河鍋八郎と会ったことは、誰にも話してはいない。真相を聞き出した時に、迷惑はかけないと約束したからである。

「出るとも。そいつの身柄を押さえてあるので勝利は疑いないと、榊原どのも太鼓判を押して下された。これで親父の無実も証されよう。わしもお前も晴れて大殿の元へ戻ることができる。願ったり叶ったりじゃないか」

蔵人は意気盛んだったが、政重はそれほど乗り気にはなれなかった。

正信から追い出されるように江戸を出た身である。今さら徳川家に戻ったところで、自分が願うような生き方ができるとは思えなかった。

それに戸田帯刀の無実が証されるのは結構なことだが、先の決定がくつがえれば絹江や異母兄の正純が難しい立場に立たされることになる。

なろうことなら、その渦中に立たされることは避けたかった。

「どうした。何か不都合でもあるのか」

「そうではないが、この件にはあまり関わりたくない。榊原どのが太鼓判を押されたのなら、私が出向く必要はあるまい」

「出てくれなければわしが困る。お前を連れて来ると榊原どのに約束したし、その証人もいまひとつ信用できぬ。前にも嘘の証言をしているのだから、今度だって何を言うか分るまい」

「絹江どのも伏見に来ておられるのか」

「ああ。あの麗人にこんな形で再会したくはなかったが、致し方あるまい」

吟味は十月末に行なわれるという。

あとひと月ばかりしかないので、蔵人は目の色を変えて政重を捜し回っていたのだった。

二

篠（しの）つく雨だった。

秋霖（しゅうりん）というのだろう。梅雨（つゆ）を思わせるしとしとと降りが、すでに三日もつづいていた。

伏見城の天守閣も雨に閉ざされ、初めて見た時のような華やかさを失っている。

すべてが灰色に塗り込められた情景は、秀吉亡き後の豊臣家を象徴しているようだった。

政重と蔵人は大手門をくぐったところで馬を下り、西の丸へつづく石段を登った。

「榊原どのが西の丸御殿でお待ちじゃ。お前を連れて行けば、わしも鼻が高い」

蔵人は嬉しさに小躍りせんばかりである。

もうじき父の冤罪が晴れ、徳川家への帰参がかなうと信じているだけに、秋の長雨さえ心地いいようだった。

西の丸の遠侍で装束を改め、対面所で榊原康政を待った。

かつてこの御殿には家康が住んでいたが、九月二十七日に大坂城西の丸に移ったので、今は重臣たちが交替で留守役をつとめていた。

大坂城への移住は秀吉の遺命にそむくもので、豊臣家の中には反対する者も多かったが、家康はそれを逆手に取る巧妙な策を用いた。

前田利長と浅野長政、大野治長らが家康の暗殺を企てていたと言い立て、長政を甲斐に蟄居、治長を下総に流罪とし、前田家を討伐するために加賀に出陣すると触れたのである。

利家や利政の懸念がわずか半年後に現実のものとなったわけだが、今の豊臣家にこれを阻止できる者はいなかった。

石田三成は武断派七将に追われて佐和山城での蟄居を余儀なくされ、上杉景勝は遠い会津の地にあって領国経営に忙殺されている。

宇喜多秀家はますます激しくなる家中の内紛に苦しんでいた。

家康や正信はすべてを狙った通りに進めていく。その辣腕ぶりを、政重は旅の間も苦々しく見守っていたのである。

康政はほどなく現われた。

対面を余程楽しみにしていたのか、急ぎ足に上段の間に入り、思い直して二人の間近に座った。

「長五郎、久しいの。蔵人も大儀であった」

上背は政重と同じくらいで、ふっくらとしたおだやかな顔立ちをしているが、ひとたび戦場に立つと鬼神のごとき働きをする。

十三歳の初陣以来四十年間、常に家康の帷幕にあり、徳川四天王の一人に数えられた名将だった。

今は上州館林に十万石を与えられていたが、大坂や伏見で不穏な政情がつづくので、万一に備えて二千の手勢をひきいて伏見城に詰めていた。

「父の葬儀の折には弔問の使者をおつかわしいただき、かたじけのうございました」

「長右衛門どのには大恩を受けた身じゃ。葬儀に参じなければ済まぬとは思えど、国許にどうしてもはずせぬ用事があっての。許してもらいたい」

驚いたことに、康政は目にうっすらと涙を浮かべていた。

初陣の頃から、長右衛門にはひとかたならぬ世話になったという。

「あのお方のおかげで、わしはひと角の武辺者になることができた。若い頃には危ういところを救われたこともある。そなたたちと同様に、わしも長右衛門どのの門弟じゃ。のう蔵人」

「ははっ。かたじけのうござる」

日頃は傍若無人の蔵人が、緊張のあまりこちこちに固まっていた。

武辺者として身を立てようと志す者にとって、康政は神のごとき存在なのである。

「長右衛門どのは秘しておられようが」

康政は政重に目を向けた。

「そなたの一字はわしの名を取ったものなのじゃ。小牧・長久手の戦の折、そなたは前髪姿で出陣し、大人顔負けの戦ぶりをみせた。その褒美をつかわそうとすると、長右衛門どのはわしの諱を所望された。そこで陣中での元服式となったのじゃ」

確かに陣中で元服式をした記憶がある。

だがわずか十一歳の時のことで、そうした事情は何ひとつ分らなかった。

「それゆえわしは烏帽子親になる。そなたが岡部を斬って出奔して以来心を痛めておったが、このたびようやく再吟味を行なう段取りとなった」

「お心遣い、痛み入ります」

「それもこれもそなたたちの高名のなせる業じゃ。当家の宝を他家にさらわれてはならぬと、忠勝どのも直政どのも案じておられてな」

赤ん坊の泣き声が、風に乗って聞こえてきた。

家臣の中に家族連れの者がいるのだろう。腹を減らしたのかおしめを濡らしたのか、むずかるような泣き声が奥御殿の方から聞こえてくる。

政重の心をかき乱す、切羽詰った声ではない。母親の愛情にたっぷりと包まれていることを知りながら、なお甘えかかろうとする幸せな泣き声だった。

康政と話しながらも、政重はいつの間にかその声に気を取られていた。

まるまると太った赤ん坊の様子が目に見えるようだった。

「ところで長五郎。そなたは備前中納言どのと昵懇の間柄だそうだな」

「かの地の戦の折に、親しく言葉をかけていただきました」

「宇喜多家内紛の噂は存じておろう。わしは大谷刑部どのと共に、両者の仲介を計ろうとしておる。秀家公のご内意を確かめるために明石掃部どのに会ったが、その席でそなたの話が出た。ひとかたならぬ惚れ込みようで、わしも大いに面目をほどこしたものじゃ」

「恐れ入ります。掃部どのには、いろいろと便宜を図っていただきました」

「秀家公と争っておられる重臣の方々とも小田原の陣以来面識があるゆえ、事を穏便に治められぬかと腐心しておるところじゃ。何かの折には力を貸してくれ」

「そのことと蔵人の詮議とは、何か関係があるのでしょうか」

政重は機嫌を取るような康政の話しぶりが気になった。

いつもはこんな話し方をする男ではないのである。

「何の関係もない。たまたま重なっただけだ」

康政は即座に打ち消したが、政重には腑に落ちない思いが残ったままだった。

八坂神社の西大門前には、多くの茶屋が軒を並べていた。

もともとこの地は京都に都がおかれる前から栄えていたが、貞観年間（八五九～八七七）に藤原基経が祇園精舎にならって祇園社を建てて以来、門前町として栄えるようになった。

参拝客を相手にした旅籠や遊廓ができるのは門前町の常だが、祇園の白拍子は平安時代から天下に名をとどろかすほど抜きん出ていた。

その好例が白河法皇の寵愛を受けた祇園女御である。

応仁の乱以来洛中が戦場と化すと、祇園もたびたび戦火に焼かれ、軍陣の屯する野原と化したが、信長や秀吉による天下統一がなされて以来、急速に復興を遂げていた。中心となったのはやはり旅籠と遊廓だが、面白いのは秀吉が関白になった頃から遊廓と料理屋を兼ねた茶屋が繁盛するようになったことだ。

酒の席で政治向きの根回しをするのは、もともと公家の伝統である。

ところが秀吉が関白となって公家と武家との交流が盛んになると、武家の間にも公家流の根回し政治、今日で言うところの料亭政治が盛んに行なわれるようになった。

その舞台となったのが、ずらりと軒を並べた茶屋だった。

政重は午後になるとこの界隈に出没し、気ままに飲み歩いていた。

この頃の武士たちは夜間の外出はしない。外で酒を飲むのは昼間に限られ、木戸が閉まる前には必らず屋敷に帰る。

いつ戦が始まるか分らないので、夜間に屋敷を空けることは厳禁されていたのである。

その点、主を持たない政重は気楽なものだった。

宿所としている伏見の「藤波」をふらりと出て、好きなだけ酒を飲み、気に入った芸妓がいれば朝まで過ごしていたが、遊びにのめり込んでいるわけではなかった。

茶屋には政情についての最新の情報が集まっている。表には出せない話が交わされることも多い。飲みながら遊びながら、そんな話にそれとなく耳を傾けていた。

きっかけは榊原康政の話に違和感を覚えたことだ。

政重はこうした直感を何より大事にする。

なぜそう感じたのかをつきとめなければ、この先康政に身をゆだねることはできなかった。

十日ばかり遊び歩くうちに、おぼろげながらいくつかのことが分った。

武断派の康政や本多忠勝らが岡部事件の再吟味を求めた背景には、本多正信、正純父子との争いがあること。

康政が宇喜多家内紛の仲介役を買って出たのは、反秀家派の花房助兵衛職之と親交があったからで、康政は職之の子職直を猶子にしていること。

宇喜多家の内紛は、秀家の方針に異を唱える国許派が、秀家の信任厚い中村刑部の引き渡しを力ずくで求めるほど激化していること。

家康から謀叛（むほん）の疑いをかけられた前田利長は、家老の横山大膳（よこやまたいぜん）を大坂につかわして申し開きをしているが、家康はしかるべき人質を出さなければ信用できないと突っぱねていること。

いずれも抜き差しならぬことばかりである。秀吉が作り上げ、利家が身命を賭（と）して守り抜こうとした体制は、二人の死とともに音を立てて崩れ始めていた。

政重が事の真相をようやくつかみかけた頃、本多佐渡守正信がたずねてきた。

夕方藤波に戻ると、部屋に上がり込んで悠然と酒を飲んでいた。

「遅かったな。今日は何か分ったか」

顔を見るなり人を喰ったような物言いをした。

政重の動きなど先刻承知だと言わんばかりである。

「夜道は物騒です。あまりお酔いにならない方が身のためですよ」

「今夜はここに泊めてもらう。倉橋長五郎の側なら高枕で眠れようからな」

正信が勧める盃を、政重は仏頂面（ぶっちょうづら）をして受け取った。

反発を感じながらも、どこか憎みきれない親父である。

それは徳川家の禄を捨ててまでも一向一揆に身を投じた正信の生きざまへの信頼と、

織田信長の軍勢に包囲された金沢御坊から二人で脱出してきた記憶があるからかも知れなかった。

「諸国を放浪しておるようだな」

「ええ、いろいろと」

「わしは二十年間さまよった。外の世界を知るのはよいことじゃ」

「わずか一年ばかりの間に、世の情勢はずいぶん変わりました。荒馬の狂い走りを見る思いがいたします」

「何も変わってはおらぬよ。上に立つ者が豊臣だろうと徳川だろうと、民百姓にとっては同じことじゃ。伏見や大坂で起こっていることなど、たらいの中の嵐に過ぎぬ」

「その嵐を仕掛けておられるのは、大殿や佐渡守どのでございましょう」

「そう思うのなら、祇園などを遊び歩かずにわしの所にたずねに来ればよいではないか」

「教えていただけますか？」

「言えぬことも多いが、話せることもある」

「この先、天下を二分するような戦になりますか」

「殿はその覚悟を定めておられるが、わしは策を用いて徳川の世になせぬかと考えておる。いかに人の誹(そし)りを受けようと、戦をして多くの死人を出すよりはましであろう」

「前田家にあらぬ疑いをかけたり、宇喜多家の内紛をあおっておられるのはそのためですか」

「どう思おうと勝手だが、事がそれほど簡単に進めば誰も苦労はせぬ。人には意地も誇りもあるゆえ、なかなか思い通りにはならぬものじゃ」

緊張をはらんだ父と子の酒宴は一刻(にじかん)ばかりつづいた。

すでに城下の木戸は閉まり、道行く者の足音も絶えていた。

「今度の再吟味で、榊原どのは何を狙っておられるのでしょうか」

政重は最後の盃を干す前に、気にかかっていたことをたずねた。

「正純の追い落としじゃ。先の吟味では正純にも非があった。そのことが明らかになれば、当然責任を取らねばならなくなる。それゆえ正純は、どんな手を使ってでも岡部を勝たせようとするはずじゃ。心しておくことだな」

正信は柄(がら)にもなくやさしいことを言い、夜具にもぐり込むなり軽い寝息をたて始めた。

政重に危険が迫っていると、わざわざ知らせに来たのかも知れなかった。

三

数日後、前田利政が訪ねてきた。

家康に謀叛の疑いをかけられて以来、前田家の者たちは外出もはばかって恭順の意を示している。

だが利政ばかりは家臣たちに梅鉢の家紋を染め抜いた陣羽織を着せ、馬を連ねて堂々と城下をねり歩いていた。

利家は死の直前、自分の死後三年間は大坂を離れるなと利長に命じた。一万六千の兵のうち八千を大坂にとどめて秀頼を守り、利政に残りの八千をさずけて金沢を守らせよと遺言した。

ところが利長はこの命にそむいて八月末には金沢に帰り、謀叛の疑いをかけられるとひたすら家康に恭順の意を示している。

こうした姿勢に憤った利政は、一人昂然(こうぜん)たる姿勢を示して前田家の威信を守ろうとしているのだった。

「長五郎どの、お久しゅうござる」

口にひげをたくわえ、立居振舞いにも大名らしい威厳がそなわっていた。

「今日はご案内したい所があって参上いたしましたが、ご承知いただけましょうか」

「身ひとつでよければ、いずこへなりとも」

「かたじけない。駕籠の用意がござるが、いかがなされまするか」

「せっかくですが、日頃乗り慣れた馬で参ります。仕度を申し付けますので、暫時お待ちいただきたい」

利政が案内したのは祇園の茶屋だった。

馴染の芸妓に政重の話をしたところ、是非会わせてくれとせがまれたという。

八坂神社の横の路地を山の方へ入った所にある、唐破風の門を構えた格式の高そうな店だった。

「このような場所は性に合いませぬが、何かと重宝することもござってな。時々は訪ねておりまする」

二人きりになっても、利政はくだけた態度を取ろうとはしなかった。

政重を兄のように慕っていた少年も、すでに大人になっている。

大人になれば能登二十一万石の太守として接しなければ、家臣や領民に示しがつかない。

父を亡くした今がその時だと、利政は意を決しているようだった。

やがて紅葉襲の打掛けを着た芸妓が入ってきた。ぽっちゃりとした丸い顔をして、大きな髷を結っている。

おだやかそうな黒い瞳が印象的な二十歳ばかりの女だった。

「白菊と申します。能登の生まれというので、懇意にしておりまする」

利政のはにかみようを見れば、どんな間柄かは察しがついた。

「お噂は侍従さまからうかがっております。ようこそお出で下さいました」

白菊が指をついて深々と頭を下げた。

かなでる琴を聞きながら酒を酌み交わしたが、利政は政情についての話はひと言もしなかった。

近頃こっているという鷹狩りについて蘊蓄を傾け、習い始めたばかりだという鼓を拍ち、政重の放浪中の話をしきりに聞きたがった。

「いや楽しい。たまにはこのような日がなくては、生きる甲斐もござらぬ」

よろめく足で立ち上がり、踊るような手ぶりをしながら厠へと向かった。

「ほんまに。たんとお酔いになったようで」

白菊が申しわけなさそうに会釈をした。

「何か頼み事がおありのようだな」

利政の板につかないとぼけぶりを見て、政重はそう察していた。

政治向きのことを頼みたいが、断わられたなら角が立つ。そこで自分が席を立っている間に、白菊にさぐりを入れさせようという魂胆にちがいなかった。

「お話ししてもよろしゅうございましょうか」

「加賀のことか」

「備前のことでございます。宇喜多さまのご家中の騒動がいよいよ収まりがつかなくなり、中納言さまも豪姫さまもご苦労をなされております」

大坂屋敷を預かっていた長船紀伊守が他界した後、秀家は中村刑部を家老格に引き上げて政治を任せた。

ところが国許派の重臣たちが刑部の失政を責め、討ち果たそうと機会をうかがうようになった。

秀家は刑部を守るために備前島の屋敷にかくまい、重臣たちの立ち入りを禁じているが、このままでは戦になりかねないので何とか仲介の労をとってもらいたい。

利政はそう願っているという。

「大谷刑部どのと榊原どのが、間に入って尽力しておられると聞いたが」

「ところがお二方とも急に手を引かれることになったのでございます。そのためにいっそう争いが激しくなったとうかがいました」

「何ゆえ手を引かれたのじゃ」

「大谷さまは前田家との談判のために加賀に参られるそうでございます。榊原さまのことは、うかがっておりませぬ」

自ら仲介を買って出た康政が手を引くからには、よほど大きな事情があるにちがいなかった。

「利政どののご心中は察するにあまりあるが、私が口をさしはさむことではあるまい」

秀家からの要請がなければ、他家の争いに口をはさむことはできない。そんなことをすれば、秀家の体面を汚すことになりかねなかった。

利政が長い中座から戻り、再び酒宴となった。

白菊からの目くばせで事の不首尾をさとったようで、政治向きのことには一言も触れなかった。

心から酔えないまま政重が席を立とうとした時、

「ご遠慮下されませ。この先はお入りになれませぬ」

店の男衆の険しい声と、つかみ合ってもみ合う気配がした。

「倉橋長五郎に至急会いたい。ここに来たことは分っておるのだ」

無遠慮にがなりたてるのは戸田蔵人だった。

「蔵人。何ごとだ」

利政に迷惑が及ばぬ先に、政重は表の廊下に飛び出した。

「長五郎、やはりいたか」

蔵人はうむを言わせず政重を物陰に引きずり込んだ。

「榊原どのが、急に国許に戻られることになった。宇喜多家の争いを仲介なされたことが、大殿のご不興を買ったのだ」

本多正純から話を聞いた家康は、「康政は謝礼が欲しくて他家の争いにまで口を出しているのであろう」と言ったという。

面目を失った康政は、手勢をひきいて上州館林に帰ることにしたのだった。

「再吟味は鳥居元忠どのが引き継がれるそうだが、榊原どのに帰国されてはこの先どうなるか分らぬ」

蔵人が顔色を失うほどにあわてているのはそのためだった。

翌日、蔵人の窮地に追い討ちをかけるような事件が起こった。

榊原家に拘束されていた河鍋八郎が、忽然と姿を消したのである。

八郎は西の丸の御用部屋に寝起きしていた。

重要な証人であり、岡部方からの襲撃も予想されるので、警固と監視をかねた侍四人が身辺にはりつき、御用部屋から外に出ることを禁じていた。

ところが十月二十一日に榊原康政が西の丸を引き払い、かわりに鳥居元忠が入城した時には、八郎の姿はなかった。

榊原家では確かに引き渡したと言い、鳥居家では受け取っていないと言う。

引き継ぎのどさくさにまぎれて逃げ出したのか、誰かに拉致(らち)されたのか、あるいは何者かが鳥居家の家臣になりすまして八郎を受け取り、何喰わぬ顔で城外に連れ出したのか……。

いずれにしても八郎の証言がなくては、前の吟味の決定をくつがえすのは難しい。

蔵人は戸田家の親類縁者をかき集めて、血眼(ちまなこ)になって八郎の行方を追っていた。

政重は引き継ぎに当たった榊原家の家臣から、当日の状況をつぶさに聞いた。

御用部屋で鳥居家の者が来るのを待っていると、午の刻(ごごれいじ)の四半刻(さんじっぷん)ほど前に鳥居家の向井左馬助(むかいさまのすけ)ら四人が来て当番を交代すると言った。

引き継ぎの刻限は午の刻ちょうどだったが、事前に向井左馬助という者が来ると聞いていたので、榊原家の者たちは何の疑いもなく御用部屋を離れた。

ところがこれは偽者だったのである。

本物の向井らが午の刻に引き継ぎに行った時には、御用部屋はもぬけの殻となっていた。

西の丸や両家の内情に精通した者でなければ、こんなに鮮やかな芸当ができるものではない。政重は岡部家とは別の者の仕業ではないかとにらんでいたが、その先の見当はまったくつかなかった。

事件の三日後、政重にあてた一通の立て文が藤波に届いた。

表書きはまぎれもなく絹江の字である。

政重はあわただしく封を開いて目を通した。

河鍋八郎を預かっているので取り引きをしたい。申の刻に藤森神社の境内にて待つので、お一人でのお出でを乞う。

ひどく急いだ字でそう記されていた。

申の刻まではあとわずかしかない。

政重は立て文を文机に置いたまま、大黒に飛び乗って神社へと急いだ。

主従にとっては懐しい場所である。

大黒はここの境内で桜雪と出会い、政重も青空の下で絹江と交わった。

あれは春の盛りだったが、今や草木は秋の色に染まっていた。

あの時大黒が枝をへし折った松が、そのまま残っている。

折れ残った枝につなごうとすると、大黒が鋭い目をして胴震いした。

危険を察知したらしい。

「分っているよ。心配するな」

政重は大黒のたてがみをさらりとなでた。

境内には殺気がみなぎっていた。十五、六人が手ぐすね引いて待ち構える気配が伝わってくる。

政重は鞍につけた敦盛を取った。

絹江の文字の乱れからこのことあるを察し、小袖の下には鎖帷子を着込んでいた。

松林の奥に小さな観音堂があり、まわりが更地になっている。

両開きの扉の前に、たすき掛けをした三十がらみの武士が腰を下ろしていた。

増淵十郎太だった。

夕月という場末の茶屋で、絹江に助太刀してほしければ操をよこせと迫っていた男である。

秀忠の近習で、岡部庄八とは義兄弟の盃を交わした仲だった。

「ご足労をいただき、かたじけない」

十郎太がゆっくりと立ち上がった。

「ついに助太刀を承知しましたか」

「義を見て為ざるは勇なきなりと申すでな」

十郎太が唇を閉ざしたまま喉を震わせて笑った。相変わらず陰にこもった感じの男である。

「絹江どのは」

「向こうで八郎を見張っておる。会いたければ、それがしを倒して行かれるがよい」

「取り引きをしたいと書かれていたが」

「さよう。貴殿が勝てば八郎を連れて行くことができる。負ければ首を失うことになろう」

十郎太なら鳥居家の家臣になりすまして八郎を連れ去ることもできただろう。

八郎をおとりにして政重を討つとは、一石二鳥の妙手だった。

「ならば遠慮は無用でござる。伏しておられる人数を起こされるがよい」

政重は敦盛の鞘を払って低く構えた。

眉尻までさけた目をかっと見開き、鼻を大きくふくらまして息を整えている。

幾多の修羅場をくぐり抜けてきた武辺者の鬼気迫る形相だった。

観音堂や木の陰にひそんでいた二十人ばかりが、いっせいに飛び出して周りを囲んだが、政重の気迫と敦盛の穂先の鋭さに気圧され、遠巻きにするばかりだった。

これでは勝てぬと見て取ったのか、大柄の男が槍を構えて進み出た。

「それがしは岡部家の用人、村松源三郎と申す。主の仇、お覚悟めされよ」

声高に名乗って身方の士気をふるい立たせようとした。

政重は無言のままだった。

口を開けば気が逃げる。爆発寸前まで高めた気は、敵に立ち向かう瞬間に一気に吐き出さなければならなかった。

「かかれ」

号令一下、いっせいに敵が動いた。

槍が五人、残りは刀だが、源三郎ほどの使い手は一人もいない。

政重は一瞬のうちにそう見切っていた。

伏兵を起こすように言ったのはそれを確かめるためだが、十郎太は気付かなかったらしい。

うかつにも政重の策に乗せられた時に、すでに勝敗は決していた。

政重は獣のようなうなり声を上げて源三郎に襲いかかった。

相手が突き出す槍の穂先を体すれすれのところでかわし、すれ違いざま敦盛を真横にふるった。

源三郎の首は血しぶきとともに高々と宙に舞い、政重の背後でぼとりと落ちた。

頭とあおぐ者のあっけない死に、岡部家の者たちは浮き足立った。

あの男でさえ勝てないのなら、自分が敵うはずがないと怖気づいている。

その動揺から立ち直る隙を、政重は与えなかった。

敦盛を中段に構え、体ごと敵にぶつかっていく。目や喉元、手首や足首など、わずかな傷で戦闘能力を奪える急所を狙って的確に槍をふるう。

肩口や背中に何度か斬りつけられたが、鎖帷子を着込んでいるので何の痛痒も感じなかった。

「倉橋長五郎、これを見ろ」

あっという間に十数人が倒されると、十郎太は恐慌を来したらしい。後ろ手に縛り上げて猿ぐつわをかませた絹江を楯に取り、喉元に刃を当てていた。

「こいつを助けたければ、槍を捨てろ」

政重は迷った。

十郎太は本気なのか、それとも二人して芝居を打っているのか、とっさには判断がつかなかった。

絹江が身をよじり、槍を捨てるなと全身で訴えている。

その気持に偽りがないと察した瞬間、政重は敦盛を捨てた。

「それでよい。聞きしに勝る凄腕(すごうで)よな」

「どういうことだ。助太刀したのではなかったのか」

「お前を倒せば岡部家の再興がかなう。それゆえこのような策を用いたが、絹江が反対するんでね。人質(ひとじち)として使わせてもらうことにしたのさ」

「河鍋八郎はどうした」

「そこまで知ることはあるまい。腰の刀も捨ててもらおうか」

政重は刀を鞘ごと抜き、十郎太の足元にほうり投げた。

「シャー」

十郎太が凄(すさ)まじい声を上げて真っ向から斬りつけてきた。

政重は真後ろに飛びすさって切っ先をかわし、刀の峰を素手で押さえようとした。

だが十郎太は振り下ろした刀を素早く返し、逆袈裟(けさ)に斬り上げげた。

手首が無残に斬り落とされると見えた瞬間、奇跡が起こった。

政重は十郎太の手元に踏み込み、刃を両手でぴたりとはさみつけた。後に真剣白刃取りと呼ばれる技である。しかも刃を取った瞬間、肩口から体当たりにいった。

十郎太は何が起こったのか分らないまま、刀を失って後方にはね飛ばされた。

「おのれ」

十郎太は脇差(わきざし)で斬りかかったが、政重は刀を持ちかえるなり袈裟がけに斬り捨てた。背骨まで両断する凄まじい一撃だった。

四

備前島の宇喜多屋敷は二千の軍勢に包囲されていた。

宇喜多家の内紛は、秀家自ら軍勢をひきいて国許派の討伐に向かう事態にまで立ち至っていたのである。

原因は宇喜多左京亮や戸川肥後守らが、秀家に中村刑部の引き渡しを求めたことだった。

ところが秀家は刑部を庇(かば)いつづけ、いよいよ庇いきれなくなると加賀に落とした。

このことを知った左京亮らは手勢五百をひきいて備前島の屋敷を占拠し、刑部を加賀から連れ戻すように要求した。

先代直家以来の重臣とはいえ、ここまで勝手をされては主君としての面目が保てない。

秀家はやむなく武力による討伐を決意し、二千の軍勢をひきいて屋敷を包囲したのである。

政重が急を聞いて駆けつけたのは、秀家が攻撃命令を下す直前だった。

「倉橋長五郎政重でござる。備前中納言どのに言上(ごんじょう)したき儀あって推参いたした。お通しあれ」

島中に響きわたる声で名乗りを上げ、陣中に駆け込んだ。

秀家は緋縅(ひおどし)の鎧の上に熊毛の陣羽織を着て、床几に腰を下ろしている。

政重は本陣の前で大黒から飛び降り、作法通り秀家の前に片膝をついた。

「この儀につき、お知らせしたいことがございます。お人払いをお願い申す」

秀家はすぐに応じた。警固の者をすべて下がらせ、広い本陣に二人きりになった。

「これでいいかな」

「かたじけない。僭越(せんえつ)とは存じますが、それがしに屋敷内の方々との仲介役をお申しかった。

先の吟味で正純は、帯刀の無実を知りながら秀忠の意向に添う形で事件の決着をは
戸田帯刀事件の再吟味と宇喜多家の内紛は、水面下で密接に関わりあっていた。
「この騒動を仕掛けたのは、本多正純だと分ったからです」
「貴殿が、何ゆえ……」
付けいただきたい」

このことを突き止めた康政らは、再吟味を行なって正純の責任を追及しようとした。
窮地に立たされた正純は、華々しい手柄を立てて家康の信任をつなぎ止める必要に
迫られた。そこで宇喜多家の内紛を激化させ、機を見て取り潰そうと目論んだのであ
る。

このことを知った康政は大谷刑部とともに仲介に乗り出したが、家康の不興を買っ
て帰国せざるを得ない立場に追い込まれたのだった。

一部始終を話してくれたのは絹江である。

増淵十郎太が政重を討とうとしたのも、絹江を助けるためではなく、岡部家の再興
を果たしたなら相続させると正純から持ちかけられたからだという。

「このまま合戦に及ばれたなら、徳川どのの思う壺です。豊臣家のご城下を騒がせた

罪によって処罰しようと、手ぐすね引いて待ち構えておられるはずです」

「ならばあの者たちは、徳川にそそのかされて余に刃向かったと申されるか」

「そうではありますまい。屋敷に立て籠って騒動を起こしたなら、徳川どのが仲介に立ってあの方々の言い分を通すと約しておられるのでございましょう」

だから国許派は強硬な態度を取りつづけるのだが、家康や正純には初めから約束を果たすつもりはない。宇喜多家を潰すための捨て石に使っただけなのだ。

しかも秀家が騒乱を起こしたのは前田家と連絡を取り合ってのことだと言い立てれば、両家の勢力を一気に削ぐことができるのである。

「そこまでなされるか。徳川どのは」

「すべては天下をくつがえさんとする計略から出たことでござる。何とぞご分別下されませ」

「分った。明石掃部を呼び寄せるゆえ、同道なされるがよい」

「一人の方が話が早いと存じます。それがしが戻らなかった時には、掃部どのに弔い合戦をしていただきまする」

「ならば使者の印じゃ。これを着て行かれよ」

秀家が熊毛の陣羽織を手ずから肩にかけた。

表門の前で来意を告げると、脇の通用口から中へ通された。

屋敷は籠城中の城のようだった。

いたる所に土嚢を積み上げ柵を結い回し、攻め寄せる敵にそなえていた。

(まるで蔵人が立て籠った時のようだ)

政重はふとそう思った。

国許派の重臣たちは、主殿の広間に集まっていた。

宇喜多左京亮、戸川肥後守、花房志摩守ら、釜山鎮城で顔を合わせた面々である。

いずれも戦慣れした面魂をして猛々しく鎧を着込んでいるが、どこかのんびりと構えている。家康から仲介が入ると信じ込んでいるからにちがいなかった。

政重は使いの口上をのべた後で、

「お気の毒ですが、家康どのは西の丸から高みの見物をしておられますよ」

ずけっと言ってのけた。

「な、何を申すか」

色をなして食ってかかり、はしなくも図星だと白状したのは左京亮である。

先代直家の弟忠家の嫡男で、秀家の従兄弟にあたる。

後に家康から津和野三万石を与えられ、坂崎出羽守と名乗ったのがこの男だった。

「家康どのも私の兄も、初めから宇喜多家を潰そうとたくらんでいるのです。その策にまんまと乗せられて主家を滅ぼしたとあっては、泉下の直家公に顔向けができますまい」

正純をわざわざ兄とことわったのは、徳川家の内情に通じていると思わせるためである。

案の定、重臣たちの間に動揺のさざ波が広がった。

「ならば、何ゆえ貴殿が仲介に参られたのじゃ」

花房職之がたずねた。

小田原の陣では秀吉の戦ぶりに諫言を呈した硬骨漢で、榊原康政とは肝胆あい照らす仲だった。

「秀家公はそれがしを友と呼んで下された。そのお心に報いるためですよ」

「ほざきおって。その心底がいかほどのものか、このわしが確かめてくれるわ」

左京亮が野太刀をすっぱ抜き、大上段から斬りつけた。

政重はぴくりとも動かない。

左京亮が額先一寸のところで止めた刃を、うるさげに横に払ったばかりだった。

戸田帯刀事件の再吟味は、予定通り十月の晦日に行なわれた。

戸田蔵人と政重は西の丸の評定所に早々と入ったが、岡部家からは誰も出席しなかった。

藤森神社で家臣の大半を失ったために出席できなくなったのか、あるいは再吟味での勝ちを断念したのかも知れなかった。

かわりに本多正純の用人後藤主膳が席を占めた。先の吟味の決定に関与した立場から、蔵人らと対決することになったのである。

冷たい秋雨が降っている。

吟味を受ける者は庭の白洲に座るのが常だが、この日は特別に回り縁に上がることが許された。

やがて鳥居元忠が書記役を従えて座敷に入った。

武断派の老臣で、下総国矢作に四万石を与えられている。

三方ヶ原の戦いで左足を負傷し、今も引きずるようにして歩いていた。

上段の間のふすまが広々と開けられ、御座所が用意されている。何事かといぶかっていると、家康と本多正純が入ってきた。

このような席にわざわざ顔を出すとは、常にはないことだった。

「彦右衛門、始めよ」

家康が直々に元忠に声をかけた。

「それでは戸田帯刀の一件につき、改めて吟味をいたす。戸田方より言い分をのべよ」

「恐れながら申し上げまする」

蔵人は肚を据えたらしく、家康が現われても動じなかった。

「それがしの父帯刀は、岡部庄八どのとの口論の末に斬られたものでございます。庄八どのは喧嘩両成敗になることを恐れ、当家の用人河鍋八郎を買収して父に不正があったように証言させました。それゆえ当家のみが処罰されましたが、この決定が誤りであったことは、ここにおられる倉橋どのが河鍋から直に聞いておられます。それゆえ倉橋どのは、庄八どのを成敗して父の仇を奉じられたのでございます」

「倉橋長五郎、相違ないか」

「江戸市中の風呂屋で、本人の口から聞きました。戸田家がお取り潰しになれば奉公先を失うと案じた河鍋は、百二十石で岡部家に仕える約束で嘘の証言をしたのでございます」

「後藤主膳、このことについて異論はあるか」

「恐れながら申し上げます」

主膳は六十がらみの白髪の老人で、言葉にも振舞いにも悠揚迫らぬ落ち着きがあった。

「先の吟味の折に帯刀どのに不正があったと証言したのは、確かに河鍋八郎でございます。しかしそれが岡部どのに買収されての虚言であったとは、根拠なき放言かと存じまする」

「さにあらず。このことは榊原式部大輔さまもご存知でございます。それゆえ再吟味を行なわれるようにご尽力下されたのでございます」

蔵人が気色ばんで反論した。

「ならば戸田どのにうかがいたい。何ゆえ河鍋を証人としてこの場にお呼びにならぬのかな」

「証人になると本人も請け合っておりましたが、数日前に行方をくらましたのでござる」

「それは妙な話じゃ。当の八郎は式部大輔さまに監禁されて嘘の証言をするように迫られたと、当家に救いを求めてまいりました。お許しあらば、この場に呼んで証言させまする」

元忠が許可すると、裃姿の八郎が前かがみになって入ってきた。

顔を伏せながらも、油断のならない目であたりをうかがっている。

その卑屈な姿を見て、政重はすべてが腑に落ちた。

十郎太に命じて八郎を拉致させたのも、家康を動かして康政を帰国させたのも、正純の仕業にちがいない。

八郎も康政が面目を失ったと聞いて、正純の言いなりになった方が得だと踏んだのだろう。

(どこまで汚いんだ。あなたって人は)

政重は上段の間をにらみつけた。

正純は感情を消した能面のような表情をしたまま、背筋を真っ直ぐに伸ばして家康の脇に端座していた。

証言を求められた八郎は、康政から強迫されてやむなく嘘をついたのであり、政重とは会ったこともないと言った。

百二十石の扶持と引き換えに主家を裏切った男は、家康第一の寵臣である正純に誘われてまたしても節を曲げたのである。

これでは政重らに挽回の策はない。

蔵人がやる瀬ない目をして天を仰いだ時、鳥居家の者が元忠に何事かを耳打ちした。

「構わぬ。これへ」

その声を待っていたように、朽葉(くちば)色の小袖に打掛けを羽織った絹江が現われ、雨に濡れるのも構わずに庭先に平伏した。

「岡部庄八の妹、絹江でございます」

「そこでは寒かろう。縁に上がられよ」

「罪人の身内でございますれば、ここにてご無礼をいたします」

元忠に何度勧められても、軒下にさえ入ろうとしなかった。

「罪人の身内とは、いかなる訳じゃ」

「兄庄八は河鍋どのに言い含め、戸田帯刀さまに不正があったと讒言(ざんげん)させました。喧嘩両成敗と定められた法度(はっと)を逃れんがための、卑怯(ひきょう)未練な振舞いでございました」

一同の注目が、いっせいに絹江に集まった。

蔵人は喜びに爆発しそうな表情をしている。

政重は憂いを含んだ目で、雨に濡れながらひれ伏す絹江を見つめていた。

「そのことを庄八から聞いたのか」

「いいえ。兄は何も話さぬまま、倉橋さまに討ち取られてしまいました。わたくしが知ったのは、増淵十郎太から聞いたからでございます」

「そは何者じゃ」

「秀忠公のご近習で、兄とは義兄弟の盃を交わした仲でございました。その男が西の丸から河鍋どのを連れ出し、そちらにおられる本多正純さまのもとに届けたのでございます」

「何ゆえそのようなことを」

「この吟味に勝って岡部家の再興がなったなら、三千石の家禄をそのまま十郎太につがせると、本多さまがお約束なされたからでございます」

「本多どのにお伺い申す。この儀いかがかな」

元忠のしわの多い顔に、大敵を仕留める間際のような精気がみなぎった。

「身に覚えのないことでござる。何ゆえ増淵なる者がそのような虚言を弄するのか、この場に呼んでしかと詮議していただきたい」

正純は相変わらず眉ひとつ動かさない。だが心中の動揺は、こめかみに浮いた血筋となって表われていた。

「増淵は一昨日、倉橋どのを討とうとして返討にあいました。この場に呼ぶことはできません」

絹江のほつれ毛が雨に濡れ、一筋の糸となって白い頬にへばりついていた。

「死人に口なしでござるな。本多どの」

「元忠、もうよい」

　家康がのんびりとした声でさえぎった。

「絹江とか申したな」

「はい」

「自ら非を認めたのは何ゆえじゃ。岡部家の再興は諦（あきら）めたか」

「武士は誠（まこと）に生きるものと、亡き父より教わりました。不実と知りながら黙していては、草葉の陰で父が哀しみましょう。岡部家は武門の家ゆえ、再興は戦場での働きによって成し遂げたいと存じます」

「その覚悟、殊勝（しゅしょう）じゃ。真偽のほどは定かならぬが、そちの覚悟に免じて戸田、倉橋両名の帰参を許す。せいぜい忠勤に励むがよい」

　家康は正純に深手を負わせぬ形で決着をつけ、早々に席を立った。

「長五郎」

　蔵人が感極まった声を上げて政重の手を握りしめた。

「おめでとう。父上の無念を晴らせたな」

「そのようなことはどうでもよい。わしは、あの人を嫁にする。地の底までも追いかけて、わしの連れになってもらう。分ったか。文句があるなら、いつでも相手になってやる」

蔵人は感激のあまり目を真っ赤にして政重に迫った。

「分ったよ。異存などあるものか」

政重は一抹の淋しさを覚えながら、雨の中を去っていく絹江の後ろ姿を見送っていた。

評定所を出て控えの間に戻ると、正純が青ざめた顔で待ち受けていた。

「ただの猪（いのしし）武者かと思っていたが、なかなかやるじゃないか」

「何のことですか」

「とぼけるな。あの絹江とかいう女は、お前が仕込んでいたのだろう。八郎さえ押さえておけば勝てると思ったが、まさかあんな手があるとは恐れ入ったよ」

「不幸な人だな。あなたは」

「何だと」

正純の表情が一変した。

平静を装った仮面をかなぐり捨て、憎悪をむき出しにして政重をにらんだ。

「絹江どのが評定所に来られたのは、あなた方の不正をあばくためですよ。あなたは帯刀どのの潔白を知りながら、秀忠公をはばかって岡部に罪なしとされた。それを隠そうとして増淵までそそのかし、結局はこんな結果しか得られなかった。誰のせいでもない。あなた自身の不正が招いたことなんだ」

「たかが一度勝ったくらいで、たいそうな口をきくじゃないか。お前のような身勝手な奴に、徳川家の天下を築くために諸大名と渡り合っているわしの気持が分ってたまるか」

宇喜多家の内紛を治めたのも政重だと、正純は知っているはずである。そのことへの怒りもあるだろうが、意地でも口にしようとはしなかった。

「父上を頼りにしているのだろうが、そうはいかんぞ。徳川家に戻ってきたなら、わしの力がどれほどのものか見せつけてやる。お前の首など、小指一本動かしただけで飛ばせるんだ」

「私は徳川には戻りませんよ」

「見え透いたことを言うな。帰参したくて吟味に出てきたくせに」

「吟味に出たのは蔵人のためです。今の徳川家のやり方は、どうにも陰気でやりきれない。明日にも立ち去りますから、ご安心下さい」

「ふざけるな」

正純が拳《こぶし》を固めて畳を殴りつけた。

喧嘩に負けた子供のような幼ない表情をしている。悔しさのあまり今にも泣き出しそうだった。

「何もかも引っかき回しておきながら、そんな言い草があるか。この責任はどんなことをしてでも取ってもらう。たとえどこにいようと、じわじわと締め上げてなぶり殺しにしてやるからな。覚えておけ」

凄まじい捨て台詞《ぜりふ》を残して立ち去った。

翌日、政重は伏見を発《た》った。

わが道は蒼天にあり

いずくんぞ論ぜんや　三界《さんがい》の狭きを

長年世話になった藤波の部屋に、そんな書き付けを残していた。

前には正信に追われるように江戸を出た。だが今度は自分の意志で徳川家を去るのだ。

そのことで政重は初めて心の自由を得ていた。たとえ世の中がどのように動こうとも、信じた道を歩きつづけることこそ己の命を美しく使い切ることなのだ。

（そうではござらぬか。親父どの）

青く澄み切った空に語りかけると、心が晴れ晴れと開けてくる。

政重の思いが伝わるのか、大黒も軽やかなだく足で踊るように駆けていった。

（下巻へ続く）

生きて候（いきてそうろう）　上

本多正信（ほんだまさのぶ）の次男（じなん）・政重（まさしげ）の武辺（ぶへん）

朝日文庫

2024年5月30日　第1刷発行

著　者　安部龍太郎（あべりゅうたろう）

発行者　宇都宮健太朗

発行所　朝日新聞出版

〒104-8011　東京都中央区築地5-3-2

電話　03-5541-8832（編集）

03-5540-7793（販売）

印刷製本　大日本印刷株式会社

Published in Japan by Asahi Shimbun Publications Inc.

定価はカバーに表示してあります

ISBN978-4-02-265149-5

落丁・乱丁の場合は弊社業務部（電話 03-5540-7800）へご連絡ください。

送料弊社負担にてお取り替えいたします。